防守

THE DEFENSE Vladimir Nabokov

弗拉基米尔·纳博科夫

上海译文出版社

逢珍——译

Vladimir Nabokov
THE DEFENSE

Copyright © 1964, Vladimir Nabokov

图字：09-2005-111号

图书在版编目（CIP）数据

防守／(美) 弗拉基米尔·纳博科夫
(Vladimir Nabokov) 著；逢珍译. —上海：上海译文
出版社，2020.7（2024.2重印）

（纳博科夫精选集.Ⅱ）
书名原文：The Defense
ISBN 978-7-5327-8497-4

Ⅰ.①防… Ⅱ.①弗… ②逢… Ⅲ.①长篇小说—美
国—现代 Ⅳ.①I712.45

中国版本图书馆CIP数据核字 (2020) 第105210号

防守	Vladimir Nabokov	出版统筹 赵武平
The Defense	弗拉基米尔·纳博科夫 著	责任编辑 邹 滢
	逢 珍 译	装帧设计 山 川

上海译文出版社有限公司出版、发行
网址：www.yiwen.com.cn
201101 上海市闵行区号景路159弄B座
杭州宏雅印刷有限公司印刷

开本787×1092 1/32 印张8.5 插页5 字数136,000
2020年8月第1版 2024年2月第4次印刷

ISBN 978-7-5327-8497-4/I·5227
定价：65.00元

献给薇拉

前言

　　这部小说的俄文书名是 *Zashchita Luzhina*，意思是"卢仁防守"，指的是国际象棋中的一种防守技巧，这种技巧可以说是我在这部小说中创造的主人公卢仁大师发明的。卢仁这个名字的发音，如果把"u"拖长一些发成"oo"，就和"illusion"[1]一词同韵。早在一九二九年春，我就开始写这部小说了。当时我在法国东比利牛斯省的一个温泉小镇勒布鲁疗养，常在那一带捕捉蝴蝶。同年在柏林完成创作。当时的情景我记得特别清晰，长满荆豆和冬青的山间有一块斜面岩石，这部小说的主题构思最初就是在那儿形成的。假如当时认真地多想想的话，说不定会有进一步的奇思妙想。

　　Zashchita Luzhina 刊登在俄文流亡者季刊 *Sovremennye Zapiski*[2]（巴黎）上，用的是我的笔名"弗·西林"，之后立即由流亡者主办的斯洛弗出版社出版（柏林，一九三〇年）。纸面平装本，二百三十四页，长二十一厘米，宽十四厘米，纯黑色的护封，烫金书名。这个版本现在很难见到，可能会越来越少。

可怜的卢仁不得不等待三十五年才出了一个英文本。不错，三十年代后期有个美国出版商对该书表示过兴趣，刮了一阵要出英文本的风。但是后来证明，这位出版商原是那种梦想控制作家艺术灵感的人。他建议我用音乐取代象棋，把卢仁写成一个发狂的小提琴家，这样我们短暂的合作也就草草收场了。

今天重读这部小说，重温其故事情节，我颇有点安德森[3]回顾他那盘得意棋局的感觉。他向时运不济而又高傲的基耶塞里茨基连弃双车，基耶塞里茨基在后世无数的棋谱里带着永远的疑问反复遭此弃子攻杀。我的故事不好写，但我非常乐意利用这样或那样的形象和这样或那样的场景，为卢仁的生活构建一种致命的模式。我写了一座花园，写了一次旅行，还写了一系列的无聊琐事，都带着技能比赛的味道。尤其是最后几章，用着正规的象棋攻杀的形式，瓦解了那个可怜人最深处的一点理智。说到这里，我想为那些为赚钱而写评论的人省些时间

1 英语，幻觉。

2 用拉丁字母转写的俄语，《现代纪事》。

3 Karl Ernst Adolf Anderssen（1818—1879），德国著名国际象棋棋手，号称无冕之王。一八五一年在伦敦执白对莱昂内尔·基耶塞里茨基，中局连弃双车取胜，后世将此局誉为"安德森的不朽之局"。基耶塞里茨基（Lionel Adalbert Bagration Felix Kieseritsky, 1806—1853）为爱沙尼亚著名国际象棋棋手，一八三九年赴法国教授象棋并以下收费棋谋生。

和气力。这些人看书一般都是边看边念，遇到一部对话不多的小说时，只要能从《前言》中捡到够用的信息，就别指望他们认真读完全书。所以我不妨提醒他们注意磨砂玻璃窗意象（这个意象与卢仁的自杀有关，更确切地说是与他的"自将"有关），它要到第十一章时才首次出现。或者请他们注意我笔下这位闷闷不乐的大师回忆他下棋之旅时的感伤方式，他想起的不是浅橘红色的行李标签和幻灯演示片，而是不同的旅馆卫生间和走廊公共盥洗室里的瓷砖——那些呈蓝白相间的方格的地面，他坐在宝座般的坐便器上，垂眼一望，想象中便出现了酣战中的棋局；要么是铺在罗丹的雕塑《思想者》和房门之间的亚麻地毯上故意排得不对称的图案，市场上称为"玛瑙彩"，按着马一步三彩格的样式在这里或那里破坏着地毯灰色的底色，不然还是挺规则的方格；要么是一些又大又光的黑黄色相间的长方形，它们的 H 形纵列被热水管这条黄褐色垂直线无情地截断；要么是那个豪华卫生间，他从漂亮的大理石地板上认出了一个完整而朦胧的棋局，布局和多年前一天夜里他拳头支着下巴沉思过的一模一样。不过我设置的象棋效应不光出现在这些独立的场景中，在这部引人入胜的小说的基本结构中也能找到象棋效应的连锁反应。于是在第四章快结束时，我在棋盘的一角走出了意想不到的一步，十六年的岁月用一段文字一笔带过，卢仁突然长成一个邋遢的中年人，到了德国的一个旅游胜地。读者在一张花园小桌旁发现了他，他正用手杖指着一扇他想起来的旅馆窗户（不是他生命中的最后一块玻璃方格）同一个人说话。从放在铁桌上的坤包可以断定这是个女人，但直到第六章我们才会见着她。这时从第四章开始的往事回忆逐渐集中在卢仁已故的父亲身上，第五章中专写他的过去。写到他时，读者可以看出他一面回忆儿子早期的象棋经历，一面在自己头脑中将其程式化，好把它编造成一个青少年感伤故事。到第六章，我们转回库尔豪斯，发现卢仁还在摆弄那只坤包，还在同他那位读者尚未看清的伙伴说话。这时读者看清了她，她从他手中拿回坤包，说了老卢仁的去世，她也就成为小说布局的要紧部分。这三个中心章节的整体部署使人想起——或者说应当使人想起——某种象棋难题，其要点不仅仅是通过这么多步将死对方，还要有一个被称为"逆向分析"的过程，其要求是根据当前态势图进行复盘研究，证明黑方刚走的这一步不可能是王车易位，或者肯定是吃了白方的过路兵。

在这篇只作初步介绍的《前言》中，没有必要多谈棋子和攻防策略方面更为复杂的问题。不过有一点必须说明，在我的所有俄语书中，《防守》包含、散发着最大的"热情"——鉴于想象中象棋是种玄而又玄的东西，说"饱含热情"也许不合常理。事实上，即便是那些对国际象棋一窍不通的人或者对我的其他作品一概憎恶的人，也素来认为卢仁很可爱。他笨拙、邋遢、不合时宜——但正如我笔下那位温柔的小姐（一位当之无愧的好姑娘）很快注意到的那样，尽管卢仁皮肤灰白粗糙，深藏的天赋不为人知，但他的确有不可貌相之处。

我的俄文小说陆续出了一些英文版本（还会再出一些），在我最近为这些英文版本写的前言中已经形成了一条规则，那就是对维也纳学派说几句鼓励的话。手头这篇前言也不会例外。我希望，精神分析学家和接受精神分析的人都能欣赏卢仁精神崩溃后接受治疗的具体方法（比如暗示疗法，即暗示棋手把自己的"后"看成妈妈，把对方的"王"看成爸爸）。弗洛伊德学派的小后生将开锁的玩具装置当成了解读小说的真正钥匙，他们毫无疑问会继续把我的父母、我的情人和一连串的我自己漫画化，并将我笔下的人物和这些漫画形象等同起来。为了让这些侦探进展顺利，我不如现在就承认，我把我的法语女家教、我的袖珍象棋、我的好脾气和我在自家有围墙的花园里拾到的桃核统统赋予了我笔下的卢仁。

弗·纳博科夫

一九六三年十二月十五日于蒙特勒

一

令他最感震惊的是从星期一开始他就叫卢仁了。他的父亲——那位真正的卢仁，老卢仁，写了好多书的作家——搓着双手（手上已经抹上了透明的润肤霜，准备睡觉），笑眯眯地离开育儿室。他穿着一双绒面革拖鞋，迈着晚间悠闲的步子，缓缓回到卧室。他的妻子躺在床上。她略微抬起身子，说："怎么样？"他脱下灰色睡袍，答道："我们搞定了。平静接受。哎哟……真是肩头卸下了一副重担。""太好了……"他的妻子说道，缓缓拉起蚕丝被盖住全身，"谢天谢地，谢天谢地……"

这的确是卸了个大负担。整整一夏——短暂的乡村夏季大体上由三种气味组成：紫丁香花的气味、刚割下的青草的气味、干树叶的气味——整整一夏他们都在讨论这个问题，即在什么时候、以什么方式向他讲明。这样就一拖再拖，一直拖到了八月底。他们也曾故意绕个大圈，再一点一点朝那个话题靠拢，但他只要一抬起头来，他父亲就已经在假装饶有兴趣地轻轻敲击着晴雨表表盘，上面的指针总是指在暴风雨的位置上。他母亲这时则会溜开，躲到家里最隐秘的地方，让各房间的门都开着，一大捆零乱的长梗圆叶风铃草放在钢琴盖上也忘了收拾。又矮又胖的法语女家教常给他朗读《基督山伯爵》，读着读着老会停下来深怀同情地喊一声："可怜的、可怜的邓蒂斯[1]！"她向他的父母提出建议，由她来对付这头小公牛，尽管她非常害怕他。可怜的、可怜的邓蒂斯没有唤起他的同情心，看她满怀教化之心地叹气，他只是眯起眼睛，用橡皮把画纸都擦破了。原来他在画她肥胖的上半身，画得要多难看有多难看。

许多年后，有一年没想到他神志清醒了，心情特好。花园里的索索响声唤醒了他的记忆，正是在高兴得有点发晕的心境下，他记起了在阳台上听女家教给他读书的时光。往事充满阳光，散发着甘草枝浓郁香甜的气味。女家教常用小刀把甘草枝削成小块，劝他含在舌下。有一次他在注定会吱嘎作响地迎接她那肥臀的柳条椅上放了几枚图钉，这几枚图钉和阳光、和花园中的索索响声一道进入他的记忆。同时进入记忆的还有一只蚊子，叮在他皮包骨头的膝盖上，心满意足地鼓着血红的肚子。十岁的小男孩对膝盖上的任何情况都很清楚——那个发痒的肿块已经挠破流血了，晒黑的皮肤上有指甲留下的白色抓痕，还有划痕、擦痕，都是沙粒、小石子、尖细的树枝留下的签名。他想拍死蚊子，蚊子总是飞开，让他拍不着。女家教总

---

1 Edmond Dantès，《基督山伯爵》的主人公，即后来的基督山伯爵。

是要求他不要乱动。在一阵发狂般的抓挠过程中，他露出了不整齐的牙齿——一位圣彼得堡的牙医在上面安装了矫正牙齿的铂丝——垂下顶着一头螺丝鬈的脑袋，五根指头一齐用上，在蚊子叮过的地方又挠又搓。女家教越看越害怕，缓缓朝打开的图画本探身望去，望见了那张她不敢相信的漫画。

"不，还是我亲自给他讲，"老卢仁答道，对她的建议没有把握，"回头再说，现在让他安静下来听写吧。'出生在这个世界上难以忍受，'"老卢仁一字一板地念道，边念边在教室里来回踱步。"出生在这个世界上难以忍受。"他的儿子写着，差不多躺在桌子上，龇牙咧嘴，露出了箍在牙上的金属支架。"出生"和"忍受"两个词干脆空下没写。算术做得好一些。一个费劲找出的多位数长数字，经过多次尝试后，总会在关键时刻被十九除尽，不剩余数。这个过程中含有神秘的甜蜜感。

俄罗斯帝国的创始人是平淡无奇的希努斯和特鲁弗[1]，俄语单词表里列着字母"yat"，还有俄国的主要河流，老卢仁担心儿子知道这些事情都不容否定的时候会像两年前那样发一通脾气。那一次正好是法语女家教初次露面，她缓慢而沉重地出现在楼梯和木地板吱吱嘎嘎的响声中，震得家里的箱子移了位，

1　Sineus and Truvor, 希努斯和特鲁弗是俄罗斯帝国形成初期北部和西部两个小国的王，留里克大帝的兄弟。八六二年留里克大帝开始号令诸侯，两年后希努斯和特鲁弗同时去世，留里克遂成为俄罗斯的统治者。

整座房子都充满她来了的气氛。不过这一次没有发生发脾气的事，他平静地听着。他父亲说了好多别的事情，把最有趣、最能引起他注意的细节挑出来说，中间插着说了他长大了，要像大人一样用姓氏来称呼他了。儿子脸一红，眨起眼睛来，然后仰面躺倒在枕头上，张着嘴晃脑袋。父亲注意到他迷惑不解，也看到了他眼里噙着的泪水，便担心地说："别这么乱晃。"但他没有流出泪来，一翻身把头和脸埋在枕头里，嘴唇冲着枕头吹出声来。突然他坐起身来，垮着身子，情绪激动，两眼闪着泪光——马上问在家里大家会不会也叫他卢仁。

于是到了这沉闷、紧张的一天，他们乘坐一辆敞篷马车，到火车站去赶开往圣彼得堡的火车。一路上老卢仁坐在妻子旁边，看着儿子，随时准备在儿子那张顽固地扭向一边的脸转过来朝向他时马上露出笑容。他不明白是什么原因让这孩子突然变得这么"倔"，这个"倔"字是他妻子说的。他坐在前排座位上，面对着他们，披一件深色羊毛粗花呢斗篷，戴一顶水手帽。帽子戴歪了，但眼下世上无人敢把它扶正。他扭头看着路边粗壮的桦木树干飞驰而过，那些树长在一条沟边上，沟里落满了桦树叶。

"你不冷吗？"他母亲问。这时路朝河拐过去，一阵风吹得她帽子上的灰色羽毛现出轻柔的涟漪。"是啊，冷，"儿子看着小河说。母亲发出一声轻轻的响动，正要伸出手整整他的斗篷，但一见他眼中的神情，飞快缩回手来，只是在空中捻弄着手指示意："把斗篷拉高些，裹紧点儿。"儿子没有动。她不停地噘嘴唇，好让面纱不贴在嘴上——这是她的一种惯常动作，和面部痉挛差不多——望着丈夫，默默地求他相助。他也披着一条羊毛斗篷，戴着厚手套的双手放在一条花格呢旅行毯上，毯子从他身上缓缓地下了个坡，形成一个小谷，然后又轻轻地上坡，直盖到小卢仁的腰部。"卢仁，"他父亲强装快活地说，"哎，卢仁？"用盖在毯子下面的腿亲切地碰碰儿子。儿子往后缩缩膝盖。经过了些农民的小木屋，屋顶上厚厚地长着绿油油的青苔。马车又经过了那个熟悉的旧路标，上面刻的字（村子的名称和村民的数目）基本上看不清了。接着又经过了村里唯一的那口井，井边有吊桶，有黑泥，还有个双腿雪白的农妇。在村子的那一边马儿在慢吞吞地往小山上走，它们后面的下方出现了第二辆马车，车里坐着女家教和女管家，平时两人一个恨一个，现在紧紧挤在一起。车夫双唇"啪"地咂了一声，马儿又小跑起来。阴郁的天空下，一只乌鸦缓缓飞过残茬地。

火车站距庄园约一英里半，眼下这条路带着回响，平稳地穿过一片枞树林之后，在火车站这里和圣彼得堡公路交叉后继续向前延伸，越过铁轨，从一道栅栏下面钻过去，伸向无人知晓的地方。"想玩的话，可以玩玩木偶，"老卢仁讨好地对儿子说。儿子跳下马车，眼睛盯在地上，活动了一下斗篷刷痒了的脖子。他默默地接过父亲给他的十戈比硬币。女家教和管家一左一右笨重地从第二辆马车里爬下来。父亲摘下手套。母亲撩起面纱，注意着胸部发达的行李搬运工，他正在收拾他们的旅行毯。突然一阵风吹得马鬃竖起来，车夫深红色的衣袖也随风鼓了起来。

卢仁见月台上就他一个人，便朝摆着五个木偶小人的玻璃柜走去。小木偶的光腿被吊着，只等有硬币投入，便可活蹦乱跳起来。但今天它们的期待落空了，因为机器坏了，硬币白投了。卢仁等了一阵，然后转身走到铁轨边。他的右边有一个小女孩，坐在一大捆行李上，手托着胳膊肘吃一只青苹果。他的左边站着一个男人，打着绑腿，手握马鞭，望着远处树林的边缘。几分钟后那里会出现火车来了的信号——冒起一股白烟。他的正前方，铁轨的另一侧，有一节黄褐色的二等车厢，没有车轮，已经在地上扎根，变成了一处住人的固定居所，一个农民正在旁边劈柴。突然，眼前的一切被一片泪水的雾气模糊了，他的眼皮发烫，不可能再看即将发生的情况——父亲手中的车票呈扇形展开，母亲用眼睛清点行李，火车冲进站来，搬运工把踏脚板搭在火车车厢门口，这样往车上上行李时轻松点。他四面张望着。小女孩还在吃苹果，打着绑腿的男人还在定睛望着远方，一切都很平静。他好像散步一样走到了月台的尽头，然后快速跑起来。他跑下几级台阶，那儿有一条人踩出来的小径，火车站站长的花园，一道围篱，一个边门，枞树林——然后是一道小沟，紧接着是一座茂密的树林。

一开始他一头钻进了树林，身子刷过索索作响的羊齿草，淡红的欧铃兰叶子在脚底打滑。他的帽子耷拉在脖子后面，只用松紧带拴着。为进城他专门穿上了羊毛长袜，这会儿膝盖热乎乎的。他边跑边喊，小树枝划过额头时，就嘟嘟囔囔地骂几句小孩子的气话。最后，他总算停住了，喘着粗气蹲下来，斗篷遮住了双腿。

直到今天，他才意识到父亲说过的那个变化带给他的极大恐惧。这一天是他们一年一度从乡下返回城里的日子，这样的一天从来就不会快活。家里到处是出出进进的人，你非常羡慕花匠，他哪里也不去。和今天相比，往年秋天回城算是快活的了。他每天清晨和女家教一起散步——总是沿着同样的几条街，沿着涅瓦大街，然后取道河堤回家。这样的散步今后再也没有了。快乐的散步。有时候她建议先从河堤上开始，但他总是不同意——不是因为他喜欢从小习惯了的散步路线，而是因为他怕死了彼得保罗要塞上的那尊大炮，害怕雷鸣般的打炮声。

打炮时引起的巨大震动震得家里的窗玻璃哗哗响，能震破人的耳鼓——所以他总是设法（通过觉察不到的步速调整）在中午十二点打炮时到达涅瓦大街，尽可能远离大炮。要是变了散步路线的话，炮声就会在他刚到冬宫附近时袭击他。同样一去不返的是午餐后舒舒服服盖着虎皮毯躺在沙发上的沉思。时钟敲响两点时，盛在银杯里的牛奶味道特别可口。敲响三点时，就乘敞篷马车出去兜风。现在这一切都被新事情取代，这些新事情他不熟悉，所以觉得可怕。那是一个他觉得不能忍受、无法接受的世界，在这个世界里，从上午九点到下午三点要上五节课，还有一群小男孩，比他最近遇到的袭击他的小男孩更可怕。那是七月的一天，就在乡下那座桥上，那群小男孩围住他，用玩具手枪瞄准他，朝他射击。他们使坏，把玩具子弹头上的橡皮吸盘拔掉，小棍一样的玩具子弹就直接打在他身上。

林中寂静潮湿。他喊够了后，逗着一只小甲虫玩了一阵，小甲虫不安地动它的触角。然后他把小甲虫压在石头下碾碎，听到一声带汁的破碎声。他想再听听刚才的破碎声，便颇费了些时间碾那只小甲虫。又过了一阵，他发现下起了毛毛雨。于是他从地上站起来，找到一条熟悉的小路，跑起来，树根不时绊得他跌跌撞撞。他隐隐产生了报复的想法——返回庄园去，藏在那里，在那里过冬，靠吃储藏室里的奶酪和果酱活命。小路弯弯走了十来分钟，出了树林，下到河边，河面上全是雨点打出来的圈圈。五分钟后，锯木厂进入视野，厂里的人行小桥上锯末可以没过脚踝。小路又蜿蜒而上，再穿过光秃秃的丁香树丛，就到家了。他顺着墙悄悄走过去，看见客厅的窗户开着，就贴着排水管爬上去，爬到油漆剥落的绿色窗楣上，再翻过窗台。一进客厅，他停下来听。一张他外公的银版相片——络腮黑髯，手握小提琴——垂目盯着他。可当他从一侧看相片时，它就完全消失了，化入了玻璃里——他觉得很有趣，也有点伤感，每次进客厅都躲不开这种感觉。想了片刻后，他动了动上嘴唇，箍在上牙上的铂丝跟着上下动。他小心地打开门，听到有回声，不由得皱了皱眉头，主人才刚离开，空落之声就忙不迭地占领了这房子。他沿着走廊飞奔过去，冲上楼梯，跑进阁楼。阁楼很特别，有一扇小窗户，往下可以看见楼梯，可以看见闪烁着褐色光泽的楼梯扶手曲线优美，盘旋而下，消失在楼下阴影里。整座房子里极其安静。过了一会儿，楼下他父亲的书房里传来低沉的电话铃声。铃声时断时续响了很久。然后又是一片寂静。

　　他在一个盒子上坐下来。旁边有一个差不多的盒子，不过是打开的，里面有书。一辆女式自行车，后轮的绿色辐条断了几根，倒立着放在角落里。自行车的一边靠墙放着一块没有刨光的木板，另一边是一只特大的衣箱。几分钟后，卢仁觉得很扫兴，就像一个人围好了法兰绒围巾却不让出门那样扫兴。盒子因为开着，里面的书上落满了灰尘，他摸了摸，书上面留下几个黑印。书旁边有一个只剩下一根羽毛的羽毛球、一张大照片（军乐团的）、一张裂了的棋盘，还有别的一些不太有趣的东西。

就这样一个钟头过去了。突然他听到说话声，正门也发出嘎嘎响声。他警惕地从小窗向外一望，只见下面是他父亲。他像个小伙子一般跑上楼来，但还没跑到楼梯平台，又转身飞跑下去，膝盖朝两边甩动。楼下的人声现在听得清楚了，有男管家，有车夫，有守卫。一分钟后楼梯又恢复了生气，这一次是他母亲提起裙子快步上来了。但她也是没到楼梯平台就停了下来，只是靠住楼梯扶手朝上望望，然后张着双臂，快步下楼去了。又过了一分钟，他们终于结成一队上来了——他父亲的秃脑门闪闪发亮，母亲帽子上的鸟翎像凫在浪涛上的鸭子一般来回摇摆，男管家的灰白小平头一上一下地动着。后面的人不时靠在扶手上，有车夫和守卫，不知为何挤奶女工阿库丽娜也来了，最后是水磨磨房来的一个黑胡子农民，一个未来经常出现在他噩梦中的人。一行人中数这农民最强壮，所以就由他把小卢仁从阁楼上抱下来，放进了马车。

二

老卢仁，写书的卢仁，经常思索他的儿子会长成个什么样子。他写了好多书（其中有一部被人遗忘了的长篇小说，书名为《烟雾》，其余的都是写给男孩子、青少年和中学生看的，出版时配有结实的彩色书皮），在这些书里常常闪现着一个金发少年的形象，"倔强"，"郁闷"，后来成为一位小提琴演奏家或画家，整个成长过程中从未失去道德美。他的儿子与所有那些在他看来注定会长成碌碌之辈（假定确有碌碌之辈的话）的孩子存在着几乎察觉不到的特质差别，他把这种特质解释为天才的隐秘表现。他已故的岳父生前是作曲家，虽然是个有点枯燥的人，而且即使是在他创作成熟的时期，其水平也曾遭人非议。老卢仁牢牢记着岳父是作曲家这回事，竟然不止一次地做一个像石版画一样的美梦，梦见自己夜里端着一支蜡烛下楼来到客厅，客厅里有一个Wünderkind[1]，穿着一件拖到脚跟的白色睡衣，正在弹奏一架巨大的黑色钢琴。

他认为人人都应该明白他的儿子非同寻常。他觉得外人也许比他自己更明白这一点。他为儿子挑选的学校尤其因关注学生所谓的"内心"世界而闻名，也享有对学生关怀备至、体察入微的名声。据说在该校创建初期，课间长休时老师们就陪着男孩们一起玩：物理老师一边回头张望，一边把一堆雪团成一个雪球；lapta[2]（俄式棒球）比赛中，数学老师在逃跑躲避中被小硬球击中了肋骨；就连校长本人也来了，欢叫着为比赛加油。如今这样的游戏场景不再有了，但师生同乐的名声仍在。他儿子的班主任是教俄罗斯文学的老师，作家卢仁的老熟人，同时也是个不错的抒情诗人，曾出版过一部模仿古希腊诗人阿那克里翁风格的诗集。"顺便来坐坐，"卢仁第一次带儿子到学校时他对卢仁说，"每个星期四十二点左右都行。"卢仁果真去了。楼梯上无人上下，很安静。他穿过大厅向教师办公室走去，隐隐听见一阵嘈杂的大笑声从二班教室传出来。接着又是一片寂静，长长的大厅中只有他的脚步声响在黄色的镶花地板上，沉重而响亮。教师办公室里有一张铺着台面呢的大桌子（令人联想起考试场面），班主任正坐在桌旁写信。

　　自儿子入学之后，他还没有和班主任说过话。现在是时隔一月后拜访他，他满怀兴奋的期盼，也有点忐忑不安——这样的心情他曾经感受过一次，当时他还是个身穿大学校服的年轻

1　德语，神童。

2　用拉丁字母转写的俄语。

人，去见一位文学评论杂志的主编，前不久他给他寄去了他写的第一篇小说。此刻和当年一模一样，他没有听到他暗暗期盼的惊喜之词（那种期盼就像你在一个陌生的小镇上醒来，仍然闭着双眼，心中暗暗期盼着一个非同寻常的灿烂清晨），也没有听到那些他希望从别人嘴里最终会说出来的话，假如不是怀有这样的一丝希望的话，那些话他自己倒会痛痛快快地说出来。他听到的都是些冷淡枯燥的话，证明这位老师对他儿子的了解比他还少。关于深藏的天赋的话题，一个字未曾提起。是这位老师先说话，侧着长着胡子的苍白脸庞，他从鼻子上小心地摘下卡得紧紧的夹鼻眼镜，鼻梁两侧留下两道粉红色的凹槽，又用手心揉着眼睛。他说这孩子可以表现得比现在更好些，又说这孩子似乎和同学们相处不好，课间休息也不爱活动……"这孩子无疑是有能力的，"这位老师终于揉完了眼睛，"但我们注意到他缺少点活力。"这时楼下响起了铃声，接着铃声响上楼来，又在全楼响成了一片，尖厉刺耳，令人难以忍受。铃声响过后，有两三秒钟完全寂静的时刻，然后一切突然恢复了生机，爆发出一片嘈杂声。书桌盖砰砰响，大厅里充满了说话声和脚步声。"这是课间长休，"老师说，"要是愿意，我们就下楼到院子里去，可以看孩子们玩耍。"

孩子们下楼下得飞快，抱住楼梯扶手，便鞋底蹭在楼梯的边沿上，刷的一下滑下去，楼梯边就这样给磨得很光了。他们在楼下挤满衣架的暗影里换鞋，有几个坐在宽宽的窗台上，一边咕哝着说话，一边匆匆系鞋带。突然他看见了他儿子，正弓着背很不雅观地从一只布袋中往外掏他的靴子。一个浅黄色头发的男孩跑得太急，一下撞在他身上，卢仁往旁边挪挪，突然看见了他父亲。他父亲冲他笑笑，托着他的羊羔皮无檐帽，用一只手的掌边在帽顶上压出那道应该有的褶子。卢仁眯眯眼睛，转过身去，好像没看见父亲似的。他蹲在地板上，背对着他父亲，埋头摆弄他的靴子。已经换好鞋的孩子从他身上跨过去，推他一下，他就往里缩缩，仿佛要躲进一个黑暗的角落里去。最后他总算出来了——穿着一件灰色长外套，戴着一顶羊羔皮小帽（这帽子被同一个高大的男孩屡次三番摘下来）。这时他父亲已经站在院子另一头的大门旁，满怀期待地朝卢仁的方向望着。老卢仁的身旁站着那位文学老师，这时被孩子们当足球踢的那只灰色大皮球恰好滚到文学老师脚边，他本能地想发扬学校迷人的传统，拉开架势要踢球，却只笨拙地这只脚换那只脚，还险些掉了一只长统套鞋。他开怀大笑，老卢仁抓着他的胳膊肘扶住他。小卢仁乘机溜回门厅。门厅里这会儿一片寂静，只听见看门人隐在衣架丛中舒舒服服地打着哈欠。透过门玻璃，在星状嵌框的铁条之间，他看见他父亲突然摘下手套，匆匆和老师握手告别，走出大门消失了。小卢仁这才又悄悄走出来，小心地绕开玩耍的孩子们，往左边走向拱廊下堆放木柴的地方。在那儿，他拉起领子，在一堆圆木上坐下。

就这样，约有二百五十个课间长休他都是坐在柴堆上度过的，一直到他被带往国外的那一年。有时候老师会从某个角落突然拐出来，说："卢仁，你怎么老坐在柴堆里？你应该和别的孩子一起玩玩。"一听这话，卢仁总会从柴堆上站起来，想找个离这会儿玩得特别起劲的三个同学不远不近的地方。谁要是砰地踢过球来，他就赶紧躲开。确信老师走远后，他就又回到柴堆上。他上学的头一天就选好了这地方。那是阴沉的一天，他发现周围都是对他的仇恨、嘲笑和好奇，致使他的眼睛里自动燃起了怒气，他所看到的每一样东西——很不幸，人长眼睛就得看东西——都遭受到莫名其妙的视觉变形。带有十字形蓝边的书页变得模糊不清，黑板上的白色数字忽而缩小，忽而增大。算术老师的声音好像越来越远，越来越虚，越来越听不明白。他的同桌是个两腮刚长出胡须的阴险家伙，常得意而又不露声色地说："现在他就要哭了。"但卢仁没哭过一次。有一回在厕所里，他们几个联手把他的脑袋按进一个冒黄泡的便池里，即使这样他也没哭。"先生们，"老师在最初的一节课上说，"你们的新同学是一位作家的儿子。你们要是还没读过

15

他的作品，那现在就该读了。"他在黑板上大大地写下一行字，劲儿使得太足，粉笔在他的手指下嘎扎嘎扎地断成了几截。这一行字全用大写字母写：《托尼历险记》，希尔维斯托洛夫联合出版公司。往后两三个月里，同学们都叫他托尼。那个两腮刚长胡须的家伙故作神秘地把那本书带到课堂上，上课期间偷偷传给别的同学看，还不时意味深长地瞥一眼他那位受害者。下课后，他就从书的中间部分朗读起来，故意读得前言不搭后语。彼得利什契夫从前面回头看，想往前翻回一页，结果这一页撕破了。克莱布斯抢着说："我爸爸说他是个不折不扣的二流作家。"格罗莫夫大喊："让托尼读给我们听！""最好每人发一页，"班上的那位小丑兴致勃勃地说。一阵激烈的厮打后，他占有了那本漂亮的红皮金字的书。书页在教室里散落一地。其中一页上印有图画——一个眼睛明亮的学童站在街道拐角上拿他的午餐喂一只邋遢的狗。第二天卢仁发现这幅图画整整齐齐地钉在他的课桌桌盖里侧上。

不过很快他们就不再惹他了。只是他的绰号会时不时响起，但他坚持不应声，最后也就没人再叫了。他们不再注意卢仁，不同他说话，就连班上唯一的一个文静男孩（每个班里都会有这种类型的学生，就像每个班必有一个胖男孩，一个壮男孩，一个机灵鬼一样）也躲着他，怕沾上他的晦气。正是这个文静的男孩，六年后一战伊始，因完成了一项极其危险的侦察任务被授予圣乔治十字勋章，后来在内战中失去一臂。在一九二〇年代，他努力回忆卢仁上学期间是个什么模样时，只能想起一个背影。在班上要么坐在他前面，长着两只招风耳，要么一直退到大厅的尽头，尽可能远离吵闹声。再就是坐着雪橇回家，双手插在衣袋里，背着一个黑白相间的书包，天在下雪……他想跑上前去看看卢仁的脸，却只见风雪迷茫，纷纷扬扬、无声无息的雪，给他的记忆盖上了一层昏暗的白雾。这个从前的文静男孩，如今不安定的流亡者，看了报上登的一张照片后说："想想看，我死活想不起他的模样……死活想不起……"

不过老卢仁每天下午四点左右透过窗户往外瞧，总会看见远远驶来的雪橇和儿子像个小白点一样的脸。儿子一般是直接来他的书房，脸颊碰一下父亲的脸颊，对着空气亲一下，转身就走。"等等，"他父亲总会说，"等等。告诉我今天怎么样？叫你上黑板了吗？"

他热切地望着脸扭向一边的儿子，总想抓住他的肩膀摇摇他，给他几个响吻，吻他苍白的脸颊，吻他的眼睛，吻他柔软凹陷的鬓角。在刚上学的那个冬天里，患贫血病的小卢仁身上散发着一股令人心酸的大蒜味，这是按医嘱注射了砷化剂的后果。他的铂丝牙箍已经取下了，但出于习惯他还是继续龇牙咧嘴。他上身穿一件诺福克上衣，下身穿一条膝盖下方钉着纽扣的灯笼裤。他站在书桌旁，重心偏在一条腿上，沉着脸就是不说话，这样他父亲也不敢乱说乱动。小卢仁走了，书包一直从地毯上拖了过去。老卢仁刚才正在伏案撰写他计划中的一个故事，故事都写在学生用的练习簿上（这是他一时兴起，将来给他作传的人也许会欣赏这种写法）。现在他胳膊肘支在书桌上，听着隔壁餐厅里的独白，那是他妻子的声音，在劝沉默的儿子喝杯可可饮料。真是令人可怕的沉默，老卢仁心想。这孩子情况不好，内心有什么痛苦之事……也许不应该送他上学。可话说回来，他得和别的孩子相处，学会适应……谜一样难，谜一样难啊……

　　"那就吃块点心？"隔壁的声音还在伤心地继续，接着又是沉默。有时候会出现点可怕的情况：突然，没有一点明显的原因，另一个声音会回击，沙哑刺耳，然后门砰的一声响，仿佛被狂风刮得关上了一般。这时老卢仁会跳起身来，直奔餐厅，笔仍握在手中，像握着一只飞镖一般。他妻子正在抖着双手收拾打翻了的茶杯和茶碟，看看上面有没有裂纹。"我刚才问他学校的情况，"她说，没有看她丈夫，"他不想回答，然后就——像个疯子……"他们两人都注意听儿子的动静。秋天里法国女家教回巴黎了，现在就没人知道他在他的屋里做什么。他屋里的墙纸是白色的，靠上部是一道蓝边，上面画着灰色的鹅和姜黄色的小狗。一只鹅对着一只狗，全屋一圈下来共有三十八对这样的。一个板架上面放着一个地球仪和一个松鼠标本，这一套东西是在棕枝主日[1]从凯特金市场[2]上买来的。一辆绿色的发条玩具火车从扶手椅的落地花边下露出来。这是一间舒适亮堂的房间。鲜艳的墙纸，快乐的物品。

屋里也有书。他父亲写的书，红底金字的压花封面，第一页上是一行手书题词：我真诚地希望我的儿子永远像托尼一样善待动物和人类，后面是一个大大的感叹号。有的题词是：我写这本书是为我儿你的将来着想。这些题词在他心中激起了一种隐隐约约以父为耻的感觉，因为这些书就像柯罗连科的《盲音乐家》或冈察洛夫的《战舰巴拉达号》一样枯燥无味。还有一大卷普希金诗集，从来没有打开过，封面上画着一个厚唇卷发的男孩。不过也有两本他终生喜欢的书，是他的姨妈送给他的。这两本书牢牢印在他的记忆中，就像放在放大镜下那么清晰。这两本书对他的人生影响如此强烈，以至二十年后重读它

1　Palm Sunday，复活节前一周的星期日，为纪念耶稣"受难"之前最后一次进入耶路撒冷。据《圣约·新约》记载，当时耶路撒冷的民众手捧棕榈树枝欢迎耶稣。为表示纪念，这一天，教堂大都用棕榈树枝装饰。

2　Catkin Fair，复活节前一周被称为棕枝周（Palm Week），也称凯特金周（Catkin Week），凯特金市场是这期间的一个集市。

们时，他看到的只是索然无味的释义，一个缩略本，这两本书好像已被他心中留存的那个不可重复的永恒形象所超越。不过既不是对远游的渴望让他身不由己地紧跟在斐利亚·福格[1]身后，也不是小男孩对神秘历险的向往引他关注贝克街[2]的那所房子。在那里，身材瘦长、长着鹰钩鼻子的大侦探给自己注射一针可卡因后，便如痴如梦般地拉起小提琴来。很久之后他才在脑子里理清了是什么使他对这两本书如此着迷，原来是精致的情节展开模式，叫读者欲罢不能。斐利亚戴着大礼帽，面对复杂的情况从容应对，钱财该舍就舍。他忽而骑着花百万英镑买下的大象，忽而乘坐非得烧掉一半的大船。夏洛克让逻辑推理带上幻梦般的魔力。他写了一篇专论，研究所有已知的各种雪茄烟的烟灰。单凭一点烟灰，就像得了闯入神奇迷宫的法宝，由此进行各种可能的推理，得出令人叹服的结论。他的父母在圣诞节这一天请来魔术师表演，表演中魔术师不知怎么的把福格和福尔摩斯暂时融会于一身了。这一天卢仁感受到了新奇的快乐，本来对表演的不满全都消失了。有时候老卢仁提出——提得很谨慎，也不经常提——"把你的同学请到家里来

1　Phileas Fogg，法国科幻小说家凡尔纳（Jules Verne, 1828—1905）的小说《八十天环游世界》（*Around the World in Eighty Days*）中的主人公。

2　Baker Street，指伦敦贝克街二二一号B，是英国小说家柯南·道尔（Sir Arthur Conan Doyle, 1859—1930）塑造的大侦探夏洛克·福尔摩斯的住所。

玩"，但从来不见动静。有鉴于此，老卢仁联络了两家熟人，这两家的孩子也在小卢仁的这所学校上学。他相信这样做既热闹，也管用。他还请了一位远房亲戚的几个孩子，有两个文静柔弱的小男孩和一个脸色苍白、黑头发梳成一条大辫子的小女孩。请来的男孩都穿着水手服，头发上有发油的气味。小卢仁惊恐地认出来其中两个，原来是三班的博申涅夫和卢申，两人在学校里总是穿着邋遢，举止粗野。"好，人都到齐了，"老卢仁说道，高兴地扶住儿子的肩膀（这肩膀缓缓地从他手底下滑走了）。"现在我走了，你们自个儿玩。互相认识一下，玩一会儿——回头再叫你们，会给你们一个惊喜。"半个钟头后，他过去叫他们。屋子里一片寂静。小女孩坐在角落里翻着评论杂志 *Niva*[1]（《田野》）的附录，找图画看。博申涅夫和卢申腼腆地坐在沙发上，红着脸，头发油光闪亮。两个文弱的外甥在屋里晃悠，毫无兴趣地看看墙上的英国版画，看看地球仪，看看松鼠，看看放在桌上坏了好久的一个计步器。小卢仁自己也穿着一套水手服，胸前挂着一只拴着白绳的哨子，坐在窗户附近的一把硬椅子上怒目凝视，咬着拇指指甲。不过魔术师补救了这一切。第二天，博申涅夫和卢申恢复了他们令人讨厌的本来面目，在学校大厅里走到他跟前，向他深深鞠躬，发出一阵粗俗

1　用拉丁字母转写的俄语。

的哄笑，然后匆匆离开，挽着胳膊，一摇一摆地走着。即使是这样嘲弄，也没能打破魔术师的魔力。在他脸色阴沉的请求下——如今他不论说什么，眉毛都痛苦地锁在一起——他母亲从小商品市场上给他买了一只漆成红褐色的大盒子和一本魔术技法书，封面上画着一位身着晚礼服、胸佩奖章的绅士，正抓着一只兔子的耳朵把它提起来。大盒子里有几个带假底儿的小盒子；一根裹着闪亮彩纸的魔术棒；一副做工粗糙的纸牌，其中带人形的牌半面是杰克或老 K，半面是穿着制服的羊；一顶带夹层的可折叠礼帽；一根两头拴着两块小木块的绳子，不清楚是干什么用的。还有色彩艳丽的小纸袋，里面装着可以把水变蓝、变红、变绿的粉末。这本书要比其他书好玩得多，卢仁毫不费力就学会了几套扑克牌把戏，站在镜子前对着自己表演了好几个钟头。当一个把戏练到得心应手时，他从中体验到一种神奇的快乐，隐约觉得尚有更多的快乐潜藏其中。不过仍有一些还没有学会的东西，比如凌空一抓，变出一枚卢布来；让观众从一副牌中任意抽出一张，看好是几但不作声，魔术师从不知所措的卢申耳朵后面抽出一张牌来，正是观众抽出的梅花七。其中的奥妙魔术师显然成竹在胸，但他还没有掌握。书中描写的复杂道具让他不快。他追求的奥秘是一种简单，和谐的简单，这样的把戏远比最复杂的那些更能引人称奇。

他的学业报告在圣诞节送来了，写得极其详细。"总体评价"几个字是醒目的红色，老师在这一栏下不厌其烦地细说他如何嗜睡，如何冷漠，如何懒散，如何愚钝。成绩栏里用评语代替分数，俄语成绩是"不满意"，其他课程里有三四门是"勉强满意"——数学就是其中之一。然而，就在这时候，卢仁却异乎寻常地迷上了一本叫做《趣味数学》的难题集。他被稀奇古怪地胡闹的数字、任性乱窜的几何线条所吸引，对所有这些学校课本里没有的事物着迷。一条斜线，像辐条一般移动，沿着另一条竖的直线向上滑行——这个证明奇妙的平行原理时出现的情形，让他产生了又惊又喜的感觉。那条直线和所有的线一样没有终点，这条斜线也没有终点，它沿着直线滑动，角度越小升得越高，这样它注定要永无止境地运动下去。因为它不可能离开直线，它们的交点以及他的灵魂便跟着这条线沿着一条没有尽头的小径向上滑去。不过他借助尺子把两条线强行分开：他只是重画了一下，让两条线平行。这使他感觉到，在遥远的无穷之处，当他强行使斜线跳起时，发生了一场无法想象的灾难，一个无法解释的奇迹。于是他倘佯在这些神奇线条的天堂中，人间的线条全然不在心上了。

有一阵他又在智力拼图游戏中找到了迷人的乐趣。这些拼图刚开始只是儿童玩具，由几大块拼板组成。拼板的边上有圆形的齿，像小小的奶油甜饼一般，相互紧紧咬合在一起，这样整块拼图拎起来各个小块也不会散开。但那一年从英国传来流行一时的成年人拼图游戏，在彼得堡那家最好的玩具店里大家管它叫"拼图机"。这东西做得独出心裁，异常精妙，拼块呈各种形状，从一只简单的圆盘（拼起来后是蓝天的一部分）到各种最复杂的形状，应有尽有。有隅角、海角、地峡，还有各种精巧的凸状物，让你难以辨明它们本该装在什么地方——是不是要填补基本上拼好了的黑白相间的奶牛皮？这块绿底黑边的长条是不是牧羊人的手杖投下的影子，在另一块形状比较明显的拼板上能清晰地看出牧羊人的一只耳朵和头的一部分。拼板的左边渐渐显出奶牛的腰，右边在一些绿叶衬托下，出现了一只握着牧笛的手。当上方的空间用天蓝色堆积出形状，那块蓝色圆盘便顺顺当当地嵌了进去。这些五颜六色的小块精确地结合起来，最终构成一幅明晰的图画，这让卢仁感到无以名状的激动。这类智力拼图中有些价格昂贵，由几千个小块组成，都是他那位年轻的姨妈买的，一位快乐、亲切、长着红头发的姨妈。他总是伏在客厅的一张牌桌上，花好几个钟头琢磨这些拼块。每一块先用目测，然后再试试可以填这个空还是那个空，还试图根据一些不易看出的迹象提前断定拼出来是一幅什么性质的图画。从隔壁充满客人吵闹声的房间里总是传来他姨妈的央求声："看在上帝的分上，任何一块都别弄丢了啊！"
有时候父亲会进来，看看拼图，朝桌子伸出一只手，说："你
看看，这块肯定要放在这儿的。"卢仁哪里也不看，只会喃喃
说："废话，废话，别瞎搅。"父亲则小心地用嘴唇碰碰儿子头
发蓬乱的头顶，然后离去——走过几把镀金的椅子，走过宽大
的镜子，走过名画《弗莱恩沐浴》的复制品，走过钢琴——一
架沉默的大钢琴，垫着厚玻璃，盖着一块织锦布。

三

　　直到四月，复活节假日期间，卢仁命中注定的那一天终于到来了。整个世界突然昏暗下来，仿佛有人拉了电闸。黑暗中只有一样东西仍然闪闪发亮，那是一个新生的奇迹，一个闪亮夺目的小岛，他的全部生命将注定倾注在它上面。他抓住的幸福长存下来，这个四月的一天永远冻结了。四季在另一个层面继续更替，城里的春天，乡村的夏天，各有特色——都是一些暗流，对他几乎没有影响。

　　事情发生得很简单。老卢仁在纪念岳父去世周年的那一天在寓所举办了一场音乐会。他本人不懂音乐，但对歌剧《茶花女》怀着一种隐秘的、不好意思的喜爱之情。平时在音乐会上，钢琴演奏他只听个开头，接下来看着钢琴演奏者映在黑亮漆影里的那双手也就满足了。但这场音乐会他不管愿意不愿意都得办，因为晚会上要演奏他已故岳父创作的作品。其实他去世后，报纸已经沉默良久——遗忘是彻底的，压抑的，无可奈何的。他妻子反反复复地说这都是阴谋，阴谋，阴谋，脸上带着怯懦的笑容，还说她父亲在世时别的作曲家就嫉妒他的才能，如今又想压制他死后的名声。她穿着一件黑色开领晚礼服，戴着一条高级的钻石项链，臃肿而苍白的脸上永远是一副呆滞的和气模样。她平静地迎接客人，没有兴奋地尖叫，对每一位客人只快速、柔和地低语几句。不过她心里很怯场，老四下张望，找她丈夫。他这时正装模作样地迈着小碎步前后张罗，浆过的衬衣前胸从马甲背心里鼓出来，像女人的文胸一样——一位和气、谨慎的绅士，在文艺圈里首次拘谨亮相。"又是一丝不挂的裸体，"一家美术杂志的主编走过《弗莱恩沐浴》时看了一眼感叹道，那幅沐浴图在强烈的灯光照耀下格外生动。就在这时，年轻的卢仁从画上人物的脚下站起身来，头碰在画上。他往后缩缩身子。"他长这么魁梧啦，"一个女人的声音从他身后传来。他躲到一个人的燕尾服后面。"你说什么？这不行，"他的头上方雷鸣般的声音吼道，"不能对我们的出版社提出这种要求。"就他的年龄而言，他根本不算魁梧，倒是很瘦小。他在客人中间走来走去，想找个安静的地方。有时候会有人抓住他的肩膀，问他几个傻问题。客厅里由于摆着一排排的镀金椅子而显得特别拥挤。有人小心翼翼搬着一个乐谱架走进门来。

卢仁不引人注意地转了几圈后，往父亲的书房走去。书房里很暗，他在屋角的一只长沙发上坐下来。从远处的客厅里隔着两间屋子传来小提琴轻柔的呜咽声。

他昏昏欲睡地听着，紧抱双膝，望着松松拉起来的窗帘中间露出的一道带着花边的灯光，窗帘外大街上的一盏汽灯闪着淡紫色的白光。时不时有一道微光闪过天花板，划出一个神秘的圆弧。书桌上落下一个忽明忽暗的光点——他不知道是什么东西在反光，也许是那个沉甸甸的球形水晶镇纸的一侧在反光，也许是书桌上压相片的玻璃在反光。他打着盹快要睡过去了，突然书桌上响起了电话铃声，吓他一跳，同时马上清楚了那个反光点原来是电话机。男管家从餐厅来到书房，边走边打开一盏只照亮书桌的灯。他将听筒放到耳边，又小心地将听筒放在皮面记事簿上，走了出去，没有注意到卢仁。一分钟后他陪着一位绅士回来，这位绅士一走进灯光照亮的小圈之中，马上从书桌上拿起了听筒，另一只手摸索着桌边椅子的后背。男管家出去随手关上了门，切断了远远传来的音乐声。"喂，"绅士说。卢仁从暗处看着他，不敢动，也对一个纯粹的陌生人如此自在地靠在他父亲的书桌旁感到很不安。"不，我已经演奏过了，"他看着上方说，一只白皙的手闲不住，在书桌上乱翻。一辆出租马车从木板人行道上驶过，传来空荡荡的马蹄声。"我觉得是这样，"绅士说。卢仁能看清他的侧面——象牙色的鼻子，黑头发，浓眉毛。"坦率地说，我不知道你为什么把电话打到这里来,"他平静地说,手继续摆弄桌上的什么东西。"如果打电话只是想核实……你这傻瓜,"他笑起来,一只穿着漆皮皮鞋的脚也颇有规律地一前一后晃起来。接着他非常熟练地把听筒夹在耳朵和肩膀之间,一面时断时续地回答着"是的"、"不"、"也许",一面双手捧起他刚才在书桌上一直摆弄着的那东西。那是一只精美的小盒子,是几天前别人送给小卢仁父亲的礼物。小卢仁还没有机会看盒子里是什么,所以他这会儿好奇地盯着绅士的双手。可是绅士没有马上打开盒子。"我也是,"他说,"很多次,很多次。晚安,小姑娘。"他挂上听筒,叹口气,打开小盒子。但是他转过身去了,卢仁从他的黑背影后面什么也看不见。卢仁小心地动了动,可是一只沙发垫滑到了地板上,绅士迅速转过身来。"你在这儿做什么?"他发现了躲在暗处的卢仁,问道,"哎呀,偷听可不好!"卢仁还是不吭声。"你叫什么名字?"绅士和气地问。卢仁从长沙发上溜下来,走近了一点。一套雕刻群像一个紧挨着一个装在盒子里。"漂亮的棋子,"绅士说道,"爸爸下棋吗?""我不知道,"卢仁说。"那你自己下吗?"卢仁摇摇头。"真遗憾。你应该学。我十岁就是个好棋手了。你多大了?"

门轻轻地打开了。老卢仁走了进来——踮着脚尖。他已经准备好看见小提琴家还在打电话,便想好了要低声说一句得体的应酬话："接着打，接着打，但是等您打完了，观众们还很希望能听您再演奏几曲。"于是他机械地说着"接着打，接着打"，一见儿子，想好的话打断了。"不，不，我已经打完了，"小提琴家站起来说道，"漂亮的棋子。你下棋吗？""随便玩玩，"老卢仁说。（"你在这儿做什么？你也过去听音乐吧……"）"下棋好啊，下棋好，"小提琴家说道，边说边轻轻地关上盒子。"一招一式像和谐的乐曲。你看，我都听得见棋子走动了。""依我看，下棋需要高超的数学才能，"老卢仁说道，"在这方面，我……他们正等你演奏呢，大师。""我倒想下盘棋，"小提琴家笑着离开屋子，"神奇的游戏。无限的可能性。""非常古老的发明，"老卢仁说。回头看看儿子，又说："怎么回事？跟我们一起走吧！"可是还没走到客厅，卢仁便设法逗留在餐厅里了。餐桌上摆满待客的点心果品，他拿了一盘三明治，端着它回了自己的房间。他边吃边脱衣服，然后钻进被窝里吃。他母亲往里看时，他已经关了灯，她过来俯身看他，脖子上的项链在灰暗的房间里闪着光。他假装睡着了。她走了，用了好长好长时间才关上门——为的是不弄出声响来。

第二天他一醒来，感到一阵莫名其妙的激动。四月的早晨阳光明媚，凉风习习，木板人行道上闪烁着一层紫罗兰色的清辉。冬宫拱门附近的街道上方一面巨大的红蓝白三色旗迎风招展，衬着三色旗的那一块天空也呈现出三种不同的颜色：淡紫色、深蓝色、淡蓝色。假日里他和父亲总会出去散步，但如今散步已不同于童年时的散步了。正午的炮声不再惊吓到他，父亲的谈话难以忍受。他以昨晚的音乐会为由借题发挥，不停地暗示学音乐是个好主意。午饭有复活节剩下的奶油奶酪（现在成了一个塌下来的小圆锥状，圆尖上隐隐发灰），还有一个没有动过的复活节蛋糕。他的姨妈，还是那位可爱的红发姨妈，他母亲的第二个表妹，特别快活，一边给大家分蛋糕，一边讲她花了二十五个卢布，让拉瑟姆答应用他的安托瓦尼特号单翼飞机带她飞一圈。他们定好第五天试飞，可到那一天飞机无法飞离地面，而沃森一坐上，情况就正好相反，飞机在机场上空像钟表一样一圈一圈地转。而且它飞得那么低，斜飞过看台时，大家都能看见飞行员耳朵里塞着的脱脂棉球。卢仁因特殊原因对那个早晨和那顿午餐记得格外清晰，就像你对长途旅行的前一天记得格外清晰一样。他父亲说午餐后驾车去涅瓦河那边的岛上玩是个好主意，那里的林中空地上长满银莲花。他正说着，年轻的姨妈把一块蛋糕准准地塞进他嘴里。他母亲一直沉默着。第二道菜上来后，她突然站起来，想要遮住因控制泪水而扭曲了的脸，屏住气连连说："没事，没事，一会儿就过去了。"说着匆匆离开餐厅。父亲把餐巾往桌上一扔，跟了出去。卢仁不明白究竟发生了什么事，不过他和姨妈沿走廊过去的时候，他听见他母亲屋里传出压抑的抽泣声，还有他父亲辩白的声音，他反反复复高声说着一句话："没有的事，胡思乱想。"

"我们到别处去吧，"姨妈低声说，神情紧张而局促不安。他们进了书房，一束阳光射在加有厚实软垫的扶手椅上，光束里飞旋着灰尘的微粒。她点燃一支香烟，缕缕轻柔透明的烟雾开始在阳光中缭绕。这是唯一一个和他待在一起让他不觉得拘束的人，此时此刻尤其愉快：家里静得出奇，有一种要出事的感觉。"嗯，我们找啥玩玩，"姨妈急急地说，一只手从后面抓住他的脖子，"你的脖子多细呀，一只手就能抓住……""你知道怎么下棋吗？"卢仁悄悄地问，脑袋从姨妈手中脱开，脸颊刷过姨妈漂亮的淡蓝色丝绸袖子。"玩呼'同'牌戏[1]比下棋好，"她心不在焉地说。什么地方传来砰的一声门响。她惊得一缩身，朝门响的方向转过脸去听。"不，我要玩象棋。"卢仁回答。"象棋很复杂，亲爱的，一会儿工夫学不会的。"他走到书桌旁，找到那个盒子，它被立起来放在一张桌面相片的后面。他姨妈站起来取烟灰缸，反复低语她思考得出

---

1 Snap，一种儿童玩的简单牌戏，玩者各自将手中的牌一张张发放桌面，抢先认出两张相同者即呼"同"（snap），桌面所有的牌便统归先呼者。

的结论:"那样的话就糟了,那样的话就糟了……""这是棋,"卢仁说道,把盒子放在一张土耳其风格的嵌花矮桌上。"还得有棋盘,"她说,"你看,不如我来教你下跳棋,跳棋简单些。""不,象棋。"卢仁说,说着打开了油布棋盘。

"先把棋子摆好,"他姨妈叹口气,开始摆棋子,"白棋摆这边,黑棋摆那边。王和后并排。这里的是军官。这些是马。每个角上的是大炮。现在……"她突然怔住了,一个棋子举在半空,望着门。"等等,"她担心地说,"我好像把手帕落在餐厅里了。我去去就来。"她打开门,却马上又回来了。"不管它了,"她说,重新坐下,"别,这些棋子我不在时你别摆,你会摆错的。这个叫兵。现在来看怎么走棋。马当然跳着走。"卢仁坐在地毯上,一只肩抵着姨妈的膝盖,看着她那只带着白金细手镯的手把棋子一个个拿起又放下。"后是最灵活的,"他满意地说。这枚棋子没有站在方格的正中央,他伸出手指动了动它。"这就是一个子怎样吃另一个子,"他姨妈说,"好似把它推出局,占它的位置。兵斜着吃子。如果你能吃掉王,但它又能跑掉,就叫将军。如果王无处可逃,就叫将死。所以你的目标就是吃我的王,我则吃你的王。你看看,所有这些解释起来要用多长时间啊。也许我们可以另找时间玩?""不,现在就玩,"卢仁说道,突然一低头吻了吻姨妈的手。"真是好孩子,"

姨妈轻柔地说，"我从来没指望受到如此亲切的对待……你终究是个讨人喜欢的小男孩。""求求你我们玩吧，"卢仁说，跪在地毯上的双膝往前挪了挪，挪到矮桌旁。但这时她突然从座位上站起来，起身太猛，裙子扫过棋盘，碰掉了几个棋子。门口站着他父亲。

"回你屋里去，"他说，扫了儿子一眼。卢仁长这么大还是头一回被人赶出房间，惊讶之下，跪着没动。"你听见了没有？"他父亲说。卢仁脸一红，开始在地毯上找跌落的棋子。"快点！"父亲的声音像雷鸣一般，以往他从没有用过这样的嗓门。他姨妈急忙拿起棋子胡乱往盒子里塞。她双手颤抖。有一个兵怎么也放不进去。"那就拿着它，拿着它，"她说。卢仁缓缓地卷起油布棋盘，又拿起盒子，因觉得受了伤害，脸沉了下来。他两只手都拿着东西，无法从身后关上房门。他父亲一个箭步过来，砰的一声关上房门，使劲太大，震得卢仁手中的棋盘掉在地上，展了开来。他只好放下盒子，再将棋盘卷起来。书房的门里面先是一阵沉默，然后是扶手椅在他父亲的重压下发出吱吱响声，再就是他姨妈屏住气的低声质问。卢仁心烦地想，今天每个人都疯了，这样想着回自己屋去了。一到自己屋里，他马上把棋子按姨妈给他演示的样子摆好，对着棋子沉思良久，想琢磨出点门道来。然后把棋子拿下，整整齐齐装

34

进盒子里。从那天起这副象棋就留在了他那里，过了好久他父亲才发现象棋不见了。从那天起他的屋里就有了一个引他着迷的神奇玩具，它的玩法他还没有学会。从那天起，他姨妈再也没来看过他们。

约莫一个星期后，第一节课和第三节课之间出现了一节空堂：地理教师患了感冒。上课铃响过五分钟后，仍然没人进来，紧接着便是一种快乐的预感。似乎如果这时玻璃门突然打开，地理教师像平时那样跑步一般冲进教室，几十颗即将获得快乐的心就将破碎。只有卢仁无动于衷。他正低低地伏在书桌上削铅笔，想把铅笔头削得像针一样尖。兴奋的嘈杂声在他周围膨胀。看来我们的狂喜肯定会实现。然而有时候是难以忍受的失望：代替生病老师的会是特爱上课的小个头数学老师，他总是蹑手蹑脚地走进教室，悄无声息地关上门，带着一脸奸笑从黑板底下的壁架里捡出几截粉笔来。可今天整整十分钟过去了，还没人出现。嘈杂声越来越大。有人高兴过头了，砰的一声盖上书桌盖。班主任不知从什么地方冒了出来："绝对安静，"他说，"我要求绝对安静。瓦伦廷·伊凡诺维奇病了。你们自己找点事做。但必须保持绝对安静。"他走了。窗外闪动着大块松软的云彩，有东西汨汨地流淌滴落，麻雀喳喳叫。快乐的时刻，迷人的时刻。卢仁无动于衷地又削起一支铅笔来。

格罗莫夫正扯着沙哑嗓子讲故事，兴致勃勃地说着一些稀奇古怪的污言秽语。彼得利什契夫央求每一个人给他说说是怎么知道两个直角之和的。突然卢仁清清楚楚地听到身后有一种很特别的声音，是木头的咯吱咯吱声。这声音听得他全身发热，心漏跳了一拍。他小心地转过头。克莱布斯和班上唯一的那个文静男孩正灵巧地把又轻又小的棋子摆在一个六英寸的棋盘上，棋盘放在他二人坐的板凳中间。两人侧身坐着，很不舒适。卢仁忘了把他的铅笔削完，走到他们跟前去。两位棋手没有注意到他。那个文静男孩多年后努力回忆他的同学卢仁时，根本记不起那一盘在一节空堂课上随便下的棋。过去的日子全混起来了，他只隐隐约约有个印象，卢仁曾在一场全校比赛中夺冠。这点印象在他记忆中像一块痒痒之处，想挠却又够不着。

"走塔楼了，"克莱布斯说。卢仁望着克莱布斯走棋的手，心里一抖，突然有点慌乱，原来姨妈没有把棋子的名称给他讲全。不过这里讲的"塔楼"看来就是"大炮"的同义词。"这不行，我没看出来你能吃掉它，"另一个说。"那好吧，你悔一步，"克莱布斯说。

卢仁看着他们对弈，既羡慕得钻心般难受，又有一种令人不快的挫败感，努力想从中看出那位音乐家说过的和谐之美。他隐约觉得在某种程度上他比这两个人更理解对弈，尽管他眼下根本不懂如何对弈，不懂这一步为什么好，那一步为什么差，不懂怎样才能不受损失而直捣对方王城。有一种棋步让卢仁看得非常高兴，步步相连，很有意思。克莱布斯的王向他称做塔楼的一个棋子滑过去，这个塔楼一跳躲开了王。然后他看见另一个王从几个兵后边出来（其中一个兵已经出局了，像拔掉一颗牙齿一般），发疯般地前后走动。"将军，"克莱布斯说，"将军。"（被盯上的这个王就跳到一边去。）"你这儿不能走，这儿也不能走。将军，我要吃了你的后，将军。"这时他自己损失了一个子，便闹着非要悔棋不可。那个班霸在卢仁脑后轻轻弹了一下，同时伸出另一只手把棋盘打翻在地。这是卢仁有生以来第二次注意到象棋是多么不稳定的东西。

第二天早晨，他还躺在床上，便做出了一个从来不曾做过的决定。他通常是乘出租马车上学，对马车的牌号总是仔细研究，用特殊的办法把牌号加以分解，便于储存在记忆之中，在需要的时候完整地调出来。但今天他没有坐到学校就下车了，兴奋之中忘了研究马车牌号。他在卡拉万纳亚街下了车，担心地四下看看，绕了一大圈，躲开学校的地盘，来到塞吉夫斯卡亚街。路上意外看见地理老师，只见他胳膊下夹着一个公文包，迈着大步朝学校方向奔去，一边走一边又擤鼻涕又吐痰。卢仁赶快转过身去，转得太急，书包里的一件神秘东西重重地响了一声。当地理老师像阵乱窜的风一般从他身边刮过去后，他这才意识到自己站在一家理发店的窗子前，三个长着卷发和粉红鼻孔的脸色苍白的小姐正盯着他看。他深吸一口气，沿着潮湿的人行道飞快地走。他下意识地调整步伐，好让脚后跟每次都踩在两块铺路石板之间的接缝上。但石板宽窄不一，害得他走不快。为了不受接缝的诱惑，他下了人行道，在车道上走，沿着人行道的边趟着泥水前进。他终于看到他要去的那座房子，酱紫色，塑着几个赤裸的老头使劲托着阳台，正门上装着染色玻璃。他走到大门跟前，拐了进去，走过一块绘有白鸽的石壁，悄悄溜过内院，院里有两个人正挽着袖子在擦洗一辆亮晃晃的马车。他走上一段台阶，按响门铃。"她还睡着呢，"女仆说，吃惊地看着他，"在这儿等着，好吗？我这就去给夫人通报。"卢仁非常老练地一斜肩滑下书包，放在了他身旁的桌子上。桌面上嵌着一个瓷制的墨水池，放着一个珠子饰边的吸墨纸盒，还有一张他父亲的照片。这张照片他不熟悉，父亲一只手捧着一本书，另一只手的食指按向鬓角。他这会儿没有更好的事情可做，便数起地毯的颜色来。他以前只来过这个房间一次，是去年圣诞节——在父亲的建议下，他给姨妈送来一大盒巧克力。其中的一半他自己吃了，剩下的他重新整理了一番，免得别人看出破绽。就在前不久，他姨妈还天天来他们家，但现在不来了。家里有种难以捉摸的阻力在阻止他问姨妈的事。地毯上的颜色数到九种后，他又将目光转向一个绣着灯心草和白鹤的丝绸帘子上。他刚想看看帘子的另一面是否也有白鹤，这时他姨妈终于来了——她的头发还没有梳，穿着一件华丽的和服式女晨衣，衣袖就像一对翅膀。"你从哪儿冒出来的？"她惊叫道，"学上得怎么样？你这孩子可真好玩……"

两个小时后他又出现在街上。他的书包现在已经空了，轻轻地在他的肩头跳动。他不得不磨磨时间，磨到平时回家的那个时间。他信步进了塔夫利柴斯基公园，书包轻飘飘的，渐渐让他烦恼起来。首先，他正因为怕弄丢了才放在姨妈那里的那样东西说不定在他下一次去之前就弄丢了，其次，那东西不放在姨妈那里的话他就可以每天晚上在家里随时玩。他决定以后想个别的法子。

"家里有事，"第二天老师不经意地问他前一天为什么没来上学时他答道。星期四他早早就离开了学校，接下来一连三天没见人，后来解释说他嗓子痛。星期三他故技重演。星期六第一节课他迟到了，尽管他这天离开家的时间比平时还要早。星期日他宣布说他受到邀请要去一位同学家，他母亲听了大为诧异，结果他一去就是五个钟头。星期三学校早早放学（每年四月底都有这么美妙的几天，天色阴沉沉、灰蒙蒙的，期末已在眼前，人心松散），他到家却比平时晚得多。后来整整一个星期他都没上学——心醉神迷的一个星期。老师电话打到家里，问这是怎么回事。他父亲接的电话。

下午卢仁四点左右回到家时，他父亲脸色阴沉，瞪着两眼，他母亲喘着气不说话，好像没了舌头一般，然后一反常态，歇斯底里地大笑起来，还连哭带喊。乱了一阵后，父亲一言不发，领着他进了书房。他两手交叉抱在胸前，要求卢仁做出解释。卢仁胳膊底下夹着沉重而宝贵的书包，眼睛盯着地板，心里在想姨妈会不会抖搂出来。"好好说，给我个解释，"他父亲又说了一遍。她不会抖搂出来的，不管怎么说，她怎会知道他被逮住了呢？"你不说？"他父亲问。再说了，她似乎还喜欢他逃学。"现在听着，"父亲突然态度一软说，"让我们像朋友一样谈谈。"卢仁叹口气，坐在一把椅子的扶手上，眼睛依然盯着地板。"像朋友一样，"他父亲更加缓和地又说一遍，"我们证实你已经逃过几次课了。现在我很想知道你都去了哪里，都做了什么事情。我甚至能理解，比方说，天气好，人就有冲动想出去散散步。""对，我有冲动，"卢仁漠然说道，烦了起来。他父亲想听听他到底去哪里散步了以及这种散步的需要是不是由来已久。接着父亲提醒他，每个人都有他自己的责任，做公民的责任，做家庭成员的责任，做士兵的责任，也有做学生的责任。卢仁打了个哈欠。"回你屋里去！"他父亲绝望地说。儿子离开后，他在书房中央站了好久，望着房门，不明所以地恐惧。他妻子一直在隔壁屋里听着，这时走了进来，坐在沙发边上，又开始痛哭流泪。"他在骗人，"她一遍又一遍地说，"就像你骗人一样。我被骗子包围了。"他只是无可奈何地耸耸肩，心想生活多么可悲，一个人要尽好自己的责任多难啊。不能再见面，不能通电话，不能去他无法抗拒实在想去的地方……现在又有了儿子这桩麻烦事……这么古怪，这么倔……事到如今，可悲，太可悲……

四

外祖父生前的书房，即使在一年中最热的日子里，也是他们那座乡下房子中最潮湿的一间。不论他们开窗多勤，还是那么潮湿。原来窗户外面正好是一片昏暗阴沉的枞树林，枝叶繁茂浓密，相互交织，以至不可能分辨一棵树哪里到头，下一棵树从哪里开始。这是一间不住人的屋子，书桌上什么也没有，只立着一个拉小提琴男孩的铜像。屋里有一个没有上锁的书橱，里面放着厚厚几摞杂志，全是同一种带插图的杂志，现在已经停刊了。卢仁经常飞快地翻动书页，翻到印有象棋棋盘的那一页。棋盘的一边是一首科林弗斯基的诗，配有一幅竖琴形状的小插图，另一边是一个杂学知识栏，内容有不稳定的沼泽地、美国怪人以及人的肠子有多长等等。卢仁的手一页一页地翻了好多卷，没有一张图画能吸引他停住——不论是有名的尼亚加拉大瀑布，还是饥饿的印度儿童（骷髅一般瘦小，鼓着个大肚子），或是谋杀西班牙国王未遂事件。世上的生活随着一阵哗哗的翻书声匆匆过去，然后忽然停了下来——停在那张珍贵的棋盘图上，那是布局、开局，一盘完整的对局。

暑假刚开始，他已经十分想念他的姨妈和那位捧着一束鲜花的老绅士——尤其想念老绅士满身的香气，有时是紫罗兰香，有时是铃兰香，这要看他给卢仁的姨妈带来的是哪一种花。他通常来得恰是时候——正好是卢仁的姨妈看看表离开屋子之后一两分钟。"没关系，让我们等一会，"老人总这么说，边说边取下包花的湿纸。卢仁总会给他搬来一把扶手椅，放在已摆好棋子的桌子旁。这位送花老先生的出现使卢仁有了办法摆脱本来已颇为尴尬的局面。三四次逃学之后，他已经看得出姨妈实在没有下棋的天资。战局一开，她的棋子总是拥堵不畅，乱得毫无章法，那只王在没有掩护接应的情况下会突然冲将出来。但这位老先生棋艺出神入化。第一次是他姨妈戴上手套匆匆说道："很不巧，我得出去一下，不过你别走，和我的外甥下棋。感谢你送我这么漂亮的铃兰。"老先生第一次坐下来，叹口气说："我已经很久没摸棋子了……好吧，年轻人——你要左边还是右边？"——正是在这第一次，几步棋之后，卢仁的耳朵开始发烫，他全盘被动，无着可进。在卢仁看来，老先生仿佛在下另一种棋，和姨妈教他的棋全然不同。棋盘沐浴着花香。老先生把军官模样的棋子称做象，把城堡模样的棋子称做车。每当走出一步会置对手于死地的棋时，他总会马上退回去，好像把一个昂贵的器械拆开，展示其构造原理，以此让对手明白应该怎么出招才能转危为安。他不费吹灰之力赢了最初的十五盘棋，走子如飞，毫不思索。但到第十六盘时，他突然开始思考，赢得困难一些。在最后那一天，他送来整整一车紫丁香花，多得无处可放。孩子的姨妈在卧室里踮着脚尖乱窜，后来可能是从后门出去了。就在这最后一天，一场惊心动魄的持久厮杀后，老先生泄露了从鼻子里出粗气的习惯。卢仁有所感悟，好像内心有个结突然除去，天地豁然开朗，一直遮住他识局慧眼让他痛苦的智力障碍消失了。"好，好，和了吧。"老先生说道。他把他的后来回走动几次，就像摆弄一架破机器的杠杆一般，又说了一遍："和了吧。长将为和。"卢仁也试了试那杠杆，看是否管用。他搬搬它，再搬搬，然后端坐不动，两眼直勾勾地盯着棋盘。"你前途无量，"老先生说，"只要照现在这样发展下去，定会前途无量。你进步神速！如此神速前所未见。……对，你大有前途，大有前途啊……"

　　正是这位老先生给卢仁讲解了简单的象棋记谱法，卢仁把登在杂志上的棋局逐一重走了一遍，很快发现自己身上有一种从前他羡慕的才能。这才能是他外公特有的，他父亲常在餐桌上给客人讲述，说他本人实在难以理解，他岳父能一连好几个钟头读乐谱，目光掠过音符的同时，头脑中就能听到各种各样的音乐演奏声，时而微笑，时而蹙眉，有时还会返回去重读，像读小说的人一样回到前面核实某个细节，如人名、故事发生的时间等。他父亲说过："能欣赏音乐的自然状态肯定其乐无比。"现在卢仁能顺畅地浏览代表不同棋步的字母和数字，他开始体验到的快乐正是类似他外公读乐谱的快乐。起初他学着重走那些从前大赛中留下的著名棋局——迅速瞥一眼着法记录，然后默默地在棋盘上走子。时不时棋谱中有这一步或那一步带着感叹号或问号（感叹号表示妙着，问号表示劣着），这样的一步后面往往用括号标出好几种后续着法。那一步妙着就像一条渠一样分出众多支渠，人们必须将每一条支渠追溯到底，然后再回到主渠那里去。这些可能的后续着法说明了原来的那一步失误之举或先见之明的根本所在。渐渐地卢仁不再从棋盘上一步一步地复演这些后续着法，而是在头脑中将那些符号和标志进行排列，感受由它们组成的美妙音乐。与此相似的是，他能够不使用棋盘"读"出曾经见过的一局棋。这更令他高兴，因为他不必一面摆弄棋子一面注意听门口的动静，老担心有人进来。门其实是锁上的，但来人把铜把手拧了好几次后，他就会不情愿地过去打开门——来的是老卢仁，要看看他儿子在这间无人居住的潮湿房间里做些什么。他会发现儿子两耳通红，烦躁愠怒，书桌上摆着装订起来的大摞杂志，这时老卢仁会心生疑惑，儿子会不会是在杂志里寻找女人的裸体画片。"你为什么把自己锁起来?"他总是这么问(小卢仁总是缩起头来,心里又怕又清楚,父亲只要往沙发底下一看,就会发现那副象棋)。"这儿的气息果真冰凉冰凉的。这些旧杂志有多大意思呢? 我们走吧,看看枞树下有没有红蘑菇。"

是啊,果然有蘑菇,可以食用的红色牛肝菌蘑菇。蘑菇帽呈淡淡的砖红色,绿色的针叶扎在上面,有时一片草叶会在其中一个蘑菇帽上面划下一道长长的细痕。蘑菇帽的暗面有许多小孔,偶尔会有一条黄色的鼻涕虫坐在孔里。老卢仁每采下一朵蘑菇,都要用他的折叠小刀从长着厚厚灰斑的蘑菇根部刮净苔藓和泥土,然后放进篮子里。他儿子在后面拉开几步跟着他,像个小老头那样背着手。他不仅不找蘑菇,甚至拒不欣赏他父亲带着欢声笑语挖出来的蘑菇。有时候臃肿肥胖、面色苍白的卢仁太太会穿着并不适合她的一身单调白衣出现在林荫道的尽头,接着朝他们匆匆走来,一会儿走在阳光中,一会儿走在阴影里,北方树林中一年四季从不消失的枯叶在她白色高跟拖鞋有点歪斜的鞋跟下沙沙作响。七月的一天,她在阳台台阶上滑了一跤,扭伤了脚,之后卧床许久。这期间她不论在她遮得很暗的卧室里,还是在阳台上,都穿一件粉红色的长睡衣,脸上厚厚地涂了脂粉,身边的一张小桌上总是放着一只小银碗，里面放着一些 boules-de-gomme[1]。脚很快就好了，但她仍然躺着，好像认定这就是她的命，她一辈子准准就是这个命。这年夏天不同寻常地热，蚊子不让人安宁，一整天都会听到在河里洗澡的农家姑娘的尖叫声。在这样一个既压抑又充满情欲的一天，一大早牛虻还没有开始折磨那匹受到刺鼻药膏保护的黑马，老卢仁就登上折篷轻便马车去了火车站，要在城里度过这一天。"你起码要讲点道理，我必须去见见希尔威斯特洛夫，"他前一天晚上对妻子说，穿着老鼠一般颜色的晨衣在卧室里大步转悠，"真是的，你太怪了。你就不明白去一下很重要吗？我自己也不想去。"可是她躺着不动，脸埋在枕头里哭，哭得肥胖的后背止不住地颤动。不管怎样，天一亮他还是走了。他儿子站在花园里，看见马车夫的上半截身子和父亲的帽子沿着那排小枞树闪了过去。那排树长得高低不齐，作用是把花园和道路隔开。

这一天小卢仁情绪低落。旧杂志中的所有棋局都研究过了，所有的难题都解决了。无奈他只好跟自己对弈，但这样对弈的结果不可避免地是双方子力交换殆尽，成为毫无意思的和棋。天气热得难以忍受。阳台在明亮的沙地上投下一个三角形的阴影。林荫道上满是太阳投下的斑驳亮点，如果你眯起眼睛

1 法语，弹性润喉糖球。

细看，就会看到一副规则分布的明暗方块图。一条花园长凳下平平躺着一片格子一般整整齐齐的密实阴影。花坛四角的石头基座上都立着水罐，沿对角线相互威胁着。燕子飞向天空，像是剪刀飞快地剪出一个图案来。小卢仁不知道该做什么，便沿着河边的人行小道走去。河对岸传来发狂的尖笑声，还有裸体闪动。卢仁悄悄躲到一棵树后面，偷偷看那些闪动的裸体，心怦怦乱跳。一只鸟在枝头扑扑乱动，他一惊之下匆匆离开河边回去了。他一个人和管家一起吃午餐。管家是一个寡言少语的黄脸老太太，身上总有股淡淡的咖啡味。饭后他懒洋洋地躺在客厅的沙发上，打着瞌睡听各种各样的细微声音。一只黄鹂在花园里鸣叫，一只大黄蜂飞进了窗户，嗡嗡乱叫，从母亲的卧室里端出来的碟子在托盘上碰得叮当响。这些清晰的声音在他的沉思中奇怪地变了形，变成了昏暗背景下一些鲜艳精致的图案形状。他想搞清楚这是怎么回事，想着想着睡着了。他母亲打发女仆来叫他，脚步声将他惊醒……卧室里昏暗沉闷，他母亲把他往身边拉，但他死命顶住，拒不过去，她只好放开他。"过来，跟我说会儿话，"她柔声说道。他耸耸肩，一根手指轻轻敲击膝盖。"你难道不想告诉我点什么吗？"她问得更加柔和。他看看床边的桌子，把一枚糖球放进嘴里，吮吸起来。然后又放进了第二枚、第三枚，一枚接一枚，直到嘴里塞满了翻来滚去的糖球。"再吃点，想吃多少就吃多少，"她喃喃说道，一只手从被子底下伸出来想摸摸他，爱抚他。停了一会儿后她说："今年你一点没晒黑。不过也许晒黑了，只是我看不出来罢了。这儿光线太暗，所有的东西看起来都发青。请把那威尼斯百叶窗拉起来。算了，别过去，等会儿再拉。"他把一嘴的糖球吃光了，便问可不可以走了。她问他现在想做什么，想不想去车站接坐七点的火车回来的父亲。"让我走吧，"他说，"这里有股药味。"

他想顺着楼梯滑下去，就像学生们在学校里下楼那样——他在学校里倒是从未那样下过楼。可是这里的楼梯太高了。楼梯底部有一个壁橱，他一直没有仔细检查过，于是在里面找起杂志来。他翻出来一本，发现有跳棋专栏，例图是棋盘上点着笨拙的圆点，但没有象棋专栏。他继续翻找，老是碰到一个讨厌的植物标本簿，里面夹着干枯了的高山火绒草和紫红色的叶子。说明用淡紫色墨水写成，稚嫩的书法，笔画很细，同他母亲现在的笔迹截然不同。写的是：一八八五年于达沃斯[1]；一八八六年于加特契纳[2]。他来了气，一屁股坐在扔了一地的书

1　Davos，位于瑞士东部，是欧洲海拔最高的城市。冬天气候寒冷。是有名的滑雪胜地。

2　Gatchina，位于圣彼得堡以南五十公里处，是沙皇保罗一世的行宫和军事要塞。

本丛里，把干枯的叶和花扯了下来，细尘呛得他直打喷嚏。这时楼梯下面已经很暗了，他又翻起那本杂志来，书页开始变得朦胧不清。有时候一幅小图片会忽悠他一下，因为天色越来越暗，图片看上去就像一盘象棋棋局。他把书本胡乱塞回抽屉，漫步进了客厅，无精打采地想这会儿肯定早过七点了，因为伙食管家正在点煤油灯。他母亲穿着一件淡紫色的睡袍步履沉重地走下楼来，一只手拄着拐杖，另一只手扶着栏杆，一脸的恐惧神色。"我不懂你父亲为什么还没有回来，"她边说边艰难地走出客厅，走到阳台上，开始朝下面两排枞树之间的路上张望，夕阳给枞树干箍上了鲜艳的红铜色。

他十点钟左右才回来，说误了火车，一直忙得不可开交，还和他的出版商一起吃了饭——不，不要汤，谢谢。他又说又笑，声音很大，吃饭的声音也很响。卢仁觉得很奇怪，因为感觉到他父亲一直在看他，好像见他在这里颇为惊讶似的。饭吃完后又接着喝晚茶。母亲胳膊肘支在桌子上，默默地眯起双眼看着她那盘树莓，丈夫的故事越讲得眉飞色舞，她两眼眯得越细。后来她站起身，平静地走了，卢仁觉得所有这一切似曾发生过。他一个人留在阳台上和他父亲在一起，不敢抬头，老觉得那种搜寻的目光一直盯在他身上。

"你怎么打发时间的？"他父亲突然问，"都在做什么?""没做什么,"卢仁答道。"那您现在打算做什么?"老卢仁依然用强装欢快的语调说,学着儿子口气,改用了正式尊称"您","想去睡觉,还是想陪我在这儿坐坐?"卢仁拍死一只蚊子,非常小心地抬头仰望,然后侧目溜了他父亲一眼。他父亲的胡子上粘了一点面包屑,眼睛里闪着令人不快的嘲弄神情。"你会什么?"他父亲说,胡子上的面包屑掉了下来。"你会什么?让我们玩个游戏。比方说,我来教你下棋如何?"

他看儿子的脸慢慢变红了,心生怜悯,立即补了一句:"要不玩魔术——那边桌子的抽屉里有一副纸牌。""可是没有象棋,我们家没有象棋,"卢仁哑声哑气地说,又小心地溜了父亲一眼。"那副精致的象棋还在城里,"父亲平静地说,"不过我想阁楼上会有旧的。我们去看看。"

父亲高高举着灯,灯光照耀之下,在一个装各种杂物的箱子里,卢仁果然找到了一个棋盘。这时他又一次觉得这一切好像从前发生过——箱子是打开着的,一枚钉子从侧面钉了出来。那些书落满灰尘,那个木头棋盘正中间裂了道缝。一个滑盖小盒映在灯光里,盒子里装有小型的棋子。就在他找象棋以及找到后拿着它下楼回到阳台这整个一段时间里,卢仁都在猜度,他父亲是偶然提起象棋呢,还是注意到了什么情况——最明白的解释他想不出来,正如破解象棋难题,有时候破解的关键其实是看似不可能的意外一步。正因为这一步看似不可能，就自然而然地被排除在众多的可能着法之外。

这时棋盘已放在了灯光照亮的桌面上，就放在灯和树莓之间，棋盘上的灰尘用一张报纸擦掉了。他父亲的脸上不再露着嘲笑，卢仁也忘掉了自己的担心，忘掉了自己的秘密，一想到现在只要他愿意，就能展示他的棋艺了，心里顿时充满了又自豪又兴奋的快感。他父亲开始摆棋子。少了一个兵，便用一个可笑的小瓶形状的紫色东西代替。还少一个车，便用一枚跳棋棋子代替。马都没有了头，盒子倒空后（留下了一个小骰子和一枚红色的筹码），找到一个马头，却和哪一匹马都不配。一切就绪后，卢仁突然下了决心，喃喃说道："我已经会下一点了。""谁教你的？"他父亲问道，并没有抬头。"我在学校里学的，"卢仁答道，"有几个男生会下。""噢！很好，"他父亲说，接着（引用普希金笔下难逃厄运的决斗者的话）又说道："如果你愿意，让我们开始吧。"

老卢仁从年轻时起就下棋，不过下得不勤，棋艺也不精，碰上谁就和谁下。在宁静的夜晚，在伏尔加河上的汽船甲板上下过，在他哥哥多年前去世的国外疗养院里也下过。在这一带的乡下，就和那位乡村医生下。医生不善交际，每隔一段时间就不来他家了。所有的棋都是随便下下，因而错漏百出，没什么奇思妙想。对他来说，下棋无异于一种放松运动，或只是陪人说话越说越少时体面地保持沉默的一种办法。一种不复杂的简便游戏，既不显示雄心壮志，也不表现灵感，所以他开局总是同样的套路，不管对手的招法。尽管他对输赢看得很淡，但他私下里自认为绝非低劣棋手。如果输了棋，他会认为那是因为他心不在焉，好心让招，或是为了活跃盘上气氛涉险冒进。他认为，只要勤奋努力，就可以不凭理论知识破解棋谱上的任何弃子开局法。他儿子对象棋的爱好令他如此惊奇，似乎太出乎意料——同时也是如此不可避免和命中注定的。现在坐在灯光明亮的阳台上，周围是漆黑的夏夜，他儿子坐在对面，一低头看棋，他那绷紧的前额似乎就变宽变大。这一切太奇怪了，太可怕了，以致老卢仁无法想棋。他假装集中精神思考，心思却拐向了别处。先是模模糊糊地想起在圣彼得堡鬼混的这一天，留下的羞愧至今挥之不去，最好再不深究，然后又回到眼前儿子走这个子或那个子时悠然自得的手势。才下了几分钟时间，他儿子就说："你要是这么走，王就会被将死。要是那么走，你就会丢后。"他迷惑不解，悔了这一步，重想妥当之着，头先向左歪了歪，又向右歪了歪，缓缓地向后伸出手指，又迅速缩了回来，好像烫了一下似的。这时他儿子平静地把已经吃掉的棋子整整齐齐地摆进盒子里，纹丝不乱。终于老卢仁走出了导致自己局面被毁的一步，便干笑几声，把王碰倒，以示认负。就这样他连负三局，并且意识到再弈十局，结果都会一样，但他欲罢不能。第四局刚一开始，卢仁把父亲刚刚走过的棋子挪了回去，摇摇头，用不像孩子的自信口气说："败着，齐戈林[1]建议改走吃兵。"这一局他又输了，失败速度快得不可思议，毫无办法。他又笑笑，伸出一只颤抖的手往一只平底雕花玻璃杯中倒牛奶。杯底里有一个树莓核，牛奶倒进去它就浮了上来，绕着杯口打转儿，不愿意被拣出去。他儿子收起棋盘和棋盒，放在屋角里的一张柳条桌上，冷冷地随口道声晚安，轻轻带上门走了。

"好啊，原来如此，我早该想到这一层，"老卢仁边说边用手帕擦指尖，"他下棋不是图好玩，是在搞一种神圣的仪式。"

一只毛茸茸的胖飞蛾两眼闪闪发光，撞上油灯后落在桌上。一阵微风轻轻吹过花园，客厅里的挂钟发出悦耳的打点声，响了十二下。

"不对，"他说道，"愚蠢的胡思乱想。年轻人中优秀棋手多了，这有什么奇怪的。这事从头至尾是我多虑了，仅此而已。都怪她——不应该鼓励他。算了，无论如何……"

1　Mikhail Ivanovich Chigorin（1850—1908），俄国国际象棋领军棋手，最早的俄国象棋大师，创建俄国棋派，称为齐戈林派，于二十世纪后半叶称霸世界棋坛。

他沮丧地想到马上他还要去编谎话，去抗议，去安慰她，而现在已经是半夜时分了……

"我要睡去了，"他说道，身子却坐在椅子上没有动。

第二天一大早，在花园后面浓密的灌木林里光线最暗、苔藓最多的一角，小卢仁埋下了他父亲那盒珍贵的象棋，认为这是避免麻烦的最简单的办法。因为家里还有另外的象棋，他可以光明正大地使用它。他父亲按捺不住对儿子下棋的关心，便去见了那位阴郁的乡村医生，此人棋艺比他高得多。晚饭后，他把儿子和医生拉到阳台上，安排在柳条桌旁坐下，自己又是搓手又是笑，竭力不去想这样的安排有失妥当——但其中原委他不能讲——他自己摆好棋子（为那枚紫色的代替棋子表示了歉意），坐在两位棋手之间，热切地观起棋来。医生拧起两道浓眉，用长着毛的大拳头揉搓肥大的鼻子，每走一步都要思考许久，还时不时向后靠到椅背上，好像离棋盘远点能看得更清楚。他时而睁大眼睛，时而上身沉重地往前倾，双手支在膝盖上。他输了——气得直哼哼，动静太大，连柳条扶手椅都有了反应，吱吱作响。"你看看，你看看！"老卢仁叫道，"你该这么走，就全有救了——甚至会反占优势。"医生压低嗓音吼道："你没看见他正在将我的军吗？"然后开始重新摆子。老卢仁陪着医生出来走进黑暗的花园，一直把他送到路上。路往下通到桥边，两边飞着萤火虫。一路上他听到了他一度特别渴望听到的话，然而现在这些话沉甸甸地压在他的心头——倒不如干脆没听到。

医生开始每天晚上都来。正因为他是一个一流棋手，所以屡战屡败反而其乐无比。他送给小卢仁一本象棋手册，但是建议他不要过度沉湎其中，不要累坏了身体，要在户外阅读。他说起他曾经偶然见过的几位象棋大师，说起最近一次的锦标赛，也说起象棋的历史，还说起一位来历不明的印度王公，以及了不起的菲利多尔[1]，此人同时也是一位颇有建树的音乐家。有好几次，他面带阴沉的微笑交给小卢仁一样他称为"小糖果"的东西——原来是从期刊上剪下来的一盘巧妙棋局。卢仁凝视片刻，总会找出拆解之法。这时他脸上会露出异常神情，眼里放射出喜悦，颤声感叹："太精彩了，太精彩了！"不过他没有产生过自己设计棋局的念头。每当医生长毛的手抽掐着把他的王越撤越远，最后点点头，盯着棋盘端坐不动时，卢仁就隐约觉得，设计疑难棋局对于他感受到的内心的冲锋陷阵、所向披靡的力量是种毫无意义的浪费。每次对弈，老卢仁必定观战，总是盼着出现奇迹——他儿子输一盘，可他儿子就是不

1　François-André Danican Philidor（1726—1795），法国国际象棋大师。音乐上也极有建树，享有"棋王音乐家"之誉。

败。每次他儿子获胜，他又害怕又高兴（这种复杂的心情令他痛苦）。他往往握着一个马或一个车，大喊尚未全盘皆输，有时候甚至亲自上阵，把医生已经回天无力而投子认负了的棋坚持下到底。

事情就这样开始了。从阳台上一个个对弈的傍晚到圣彼得堡一家杂志上登出卢仁照片的那一天，仿佛什么事情都没发生过一般。既没见有乡村蒙蒙秋雨落在紫菀花上的事，也没有返回城里重新上学的事。那张照片出现在十月的一天，是他在一家象棋俱乐部参加了难忘的第一次比赛之后不久。发生在返回城里和登出照片之间的所有事情——毕竟有两个月之久——变得模模糊糊，混杂不清，以至于后来回想这一段时，卢仁无法准确地说出一些事情发生的时间。比如那次学校的联谊晚会是什么时候的事——就在那次晚会上，在一个同学几乎都没注意到的角落里，他平静地赢了学校的地理老师，此人是有名的业余高手。再比如有位头发花白的犹太人是哪一天应他父亲之邀来家里吃饭的。那是个上了年纪的象棋天才，曾在世界各大城市战无不胜，如今无所事事，眼快瞎了，心脏也有病，贫困潦倒，当年的热情、果敢和好运永远消失了……不过有一件事情卢仁记得相当清楚——那就是他在学校里经历的恐惧感，害怕大家会得知他的天赋而后嘲笑他。后来，在这点不会出错的记忆引导下，他推断就在那次联谊晚会上弈过一局后，他肯定再没有去上学。因为一想起童年时的可怕遭遇，他就不敢想象第二天早晨要走进教室，去迎接那一双双好奇的、洞悉一切的眼睛的可怕感觉。但他又记得好像是在他的照片登出后，他就拒不上学了。在他的记忆中，联谊晚会和那张照片纠缠在一起，打成了死结，说不清哪件事在先，哪件事在后。是他父亲给他拿来了那本杂志，上面登的那幅照片还是前一年在乡下照的：花园里的一棵树，他站在树旁边，一片树叶挡在前额，微微垂下的脸上露出闷闷不乐的神情，穿着一件嫌窄的白色短衬衣，平时总是不扣前襟纽扣。他父亲以为他见了照片会高兴，不料他什么话都没说——不过他的确偷着乐了：现在可以借此不再上学了。整整一个星期，全家人都求他去学校。他母亲当然还哭了。他父亲威胁说要收回他那副新象棋——特大的棋子，摩洛哥山羊皮的棋盘。突然一切自行解决了。他离家出走了——穿着秋衣，因为他的冬装在他前一次出走未遂之后被藏了起来。他不知该去哪里（天正下着冰冷刺骨的雪，雪落在屋檐上，风一刮，将积雪吹掉，接着又积，又吹掉，如此一遍遍地重复这种小小的暴风雪）。他信步游荡，最终荡到他姨妈家，春天过后一直再没见过她。她正要出去，他碰上了。她戴着一顶黑帽子，捧着一束用纸包起来的鲜花，准备去参加一个葬礼。"你的老棋友死了，"她说，"和我一起去吧。"他很生气，气没有让他进去暖暖身子，气还在纷纷扬扬下着的雪，气姨妈面纱后面闪着多情的泪花。于是他猛一转身，扬长而去。又转悠了一个钟头后，动身回家。回家的具体情形他不记得了——更为奇怪的是，过去的事情是这样发生的还是那样发生的，他全都说不准了。也许他的记忆力后来加强了不少，原来因神经错乱而有所减弱——因为他错乱了整整一个星期，极其虚弱，容易激动，医生断言他很难康复。那不是他第一次生病，后来回想起这次生病的情形，他就不由自主地想起另外一些生病的情形。他的童年充满了生病的记忆，记忆尤为清晰的是他还很小的时候，总是独自一个人玩，把自己包在虎皮地毯里，孤苦伶仃地演国王——扮演国王是最美好的事情，因为他想象中的王袍保护他抗住了发烧时的阵阵寒冷。他们会又是摸他的头，又是量他的体温，然后要把他裹得严严实实放在床上。他则想尽可能拖延，让这个不可避免的时刻晚些到来。其实没有哪一场病能同十月里那场因下棋而起的病相比。曾经战胜过齐戈林的那个头发花白的犹太人、躺在鲜花中的那位爱慕姨妈之人的尸体、父亲拿来那本杂志时狡猾而快乐的表情、被突然将死而惊呆了的地理教师、象棋俱乐部那间充满烟草气味和烟雾的房间（在那里他被紧紧地围在一大帮大学生中间），还有那个胡子刮得干干净净的音乐家，出于某种原因把电话听筒像夹小提琴那样夹在脸颊和肩膀之间——这一切都出现在他错乱的神志中，像是在一张怪异的、摇晃的、不断崩裂的棋盘上下着一盘魔鬼棋局。

康复后，他长高了，比从前瘦了。父母把他送到国外。先在亚得里亚海岸，躺在花园的花坛上晒太阳，脑子里一盘盘地下棋，这样下棋是谁也禁止不了的。后来又到德国的一个疗养胜地，父亲常带着他沿着两边有山毛榉编成围篱的小路散步。十六年后故地重游时，他认出了放在花坛之间装有胡须的陶制小矮人。那家旅馆变大了，也更漂亮了，门前彩色石子铺成的花园小径他也认出来了。还认出了小山上阴暗潮湿的树林和五颜六色的油漆路标（一种颜色表示某一条道路的方向），每个交叉路口都配备了这样的标记，画在山毛榉树干上或岩石上，这样散步的人就不会迷路了。山泉附近的几家商店里在廉价出售和十六年前一样的镇纸，镇纸上印有深翠绿的风景图，配有装在凸面玻璃下的珍珠贝。在公园看台上演奏歌剧杂曲的无疑还是当年的乐队，那几株枫树仍然为那些小餐桌遮出可爱的阴凉，人们坐在桌旁喝着咖啡，吃着切成楔形、涂着掼奶油的苹果馅饼。

"看，看见那些窗户了吗？"他用手杖指着旅馆的侧厅说，"正是在那里我们进行了那场小小的比赛。有几位最受敬重的德国棋手参加了。我是个十四岁的孩子。得了第三名，对，第三名。"

他把两只手重新放到粗手杖的弯头上，做了个悲伤的、略显老气的手势，这样的手势如今他做起来已经很自然。然后低下头，好像在听远处的音乐。

"什么？戴上帽子？你说太阳晒得厉害？我说这阳光无力。你何必计较阳光如何呢？我们是坐在阴凉里的。"

然而他还是接过了小桌那边递过来的草帽，弹了弹帽子底部，那里有一个不太明显的黑点遮住了帽子制造商的名字。他苦笑一下，戴上了草帽。那是不折不扣的苦笑：右边脸颊和嘴角微微抬高，露出烟草熏坏了的牙齿。他只会这么笑，再没有别的笑容。单凭外貌，谁都不会说他才四十出头。他的鼻子两翼延伸着两道松弛的深皱纹，前胸佝偻，整个身子给人一种不健康的沉重感。当他猛然站起，抬起胳膊肘驱赶一只叮他的黄蜂时，可以看出他个头相当矮——当年的小卢仁身上没有任何朕兆预示现在这身慵懒、病态的肥肉。"它怎么老缠着我，"他尖着嗓子高声抱怨，不停地抬胳膊，另一只手努力掏着手帕。那只黄蜂完成了最后一圈盘旋后飞走了，他的目光跟在它后面，望了许久，同时机械地抖开了手帕。然后他把他的金属椅在石子地上放得稳当一些，拾起掉在地上的手杖，又坐下来，沉重地喘气。

"你笑什么？黄蜂是极其讨厌的小虫。"他皱起眉头，眼睛盯着桌面。他的香烟盒旁放着一个手提包，半圆形，黑丝面料。他神情恍惚，伸手够着手提包，开始咔嗒咔嗒地摆弄包上的锁。

"锁扣不好，"他说道，也不抬眼，"说不定哪一天包里的东西会全掉出来。"

他叹口气，把手提包放在一边，用和刚才一样的语调接着说："对，有几位最受敬重的德国棋手。还有一个奥地利人。我已故的爸爸运气不佳。他原以为在这地方不会有人真的对象棋感兴趣，不料我们刚到就赶上了一场比赛。"

旅馆经过重建，原来的一切都乱了，侧厅现在已面目全非。当时他们住在侧厅的二楼，定好住到年底再回俄国——他父亲不敢提起的上学幽灵又隐隐欲现。他母亲早在夏初时就回去了。她说她想俄国的乡下，都想得快疯了。那"疯了"一词拖长了音调，说得伤心痛苦，其实在卢仁的记忆中，这样的音调就是他母亲唯一的音调。她实在不知道自己是该走还是该留，但还是恋恋不舍地离去了。早在很久以前，她就有了和儿子形同陌路的奇怪感觉，好像儿子已经飘向远方，她疼爱的儿子不是眼前这个长大了的男孩，不是这个报纸上正在大写特写的象棋天才。他该是从前那个激烈的、不听话的小孩子，稍不如意，就会躺在地板上闹，又是尖叫，又是用脚敲地板。如今她看见什么都觉得伤心，一切都变得无所谓——火车站花园里稀有的非俄国品种的紫丁香，北方快车[1]的卧铺车厢里郁金香形的灯，还有她胸口下垂沉闷的感觉。那是一种接不上气的感觉，也许是心绞痛，也许如她丈夫所说，只是神经过敏。她走了，没有写信来。他父亲心情好了起来，换了一间小点的屋子。后来就是七月的一天，小卢仁从另一家旅馆往回走——他那些性格古怪的年长棋友中有一位就住在那里——在明亮的斜阳下，他突然望见他父亲站在山路边的木头护栏旁。他身边还有一位女士，正是从圣彼得堡来的他那位红头发的年轻姨妈。他大为惊讶，又不知为何觉得羞耻，便没有跟父亲说话。几天后的一个大清早，他听见父亲急速地沿着走廊朝他的房间走来，好像在哈哈大笑。门突然被推开了，他父亲拿着一张纸走了进来。他把那张纸不停地往外甩，仿佛要扔掉一般。泪水滚下他的脸颊，顺着鼻子往下淌，好像他脸上刚被洒了水似的。他不停地抽泣、喘息："这是什么？这是什么？错了，他们弄错了。"手仍然在不停地往外甩那封电报。

1 Nord Express，一八九六年由比利时国际铁路公司开通，区间西起巴黎，东止圣彼得堡。

五

　　他在圣彼得堡、莫斯科、下诺夫哥罗德、基辅、敖德萨等地参加比赛。这时出现了一个叫瓦伦提诺夫的人，既当教练，又当经纪人。老卢仁戴了个黑臂章——悼念他的妻子——对当地记者说，要是没有一个天才的儿子，他绝不能把自己的祖国如此全面地游览一遍。

　　在这些比赛中，卢仁杀遍了俄国最优秀的棋手。他经常同时应对二十位业余棋手。有时候他还下蒙目棋。多年后老卢仁计划写一部中篇小说，就写这样一个下象棋的小男孩，由他父亲领着（在小说中是养父）从一个城市到另一个城市参加比赛。想当年他并无此打算，那时他投给流亡者报纸的每一篇稿件在他看来似乎都是绝笔之作——天知道他投了多少充满抒情情调和打字错误的绝笔之作。一九二八年他开始动笔写这部小说——是在出席了流亡作家协会的一次会议回家之后，其实出席那次会议的就他一个人。写这部小说的想法来得很突然，也很清晰，当时他正坐在柏林一家咖啡馆的会议室里等开会。他像平常一样来得很早，见咖啡桌没有摆在一起准备开会，觉得

64

奇怪，就叫服务生赶快摆好桌子，要了茶水和一小杯白兰地。房间里很干净，灯光明亮。墙上挂着一幅静物写生画，画的是一个切掉一小块的西瓜，四周围着几只饱满的桃子。一块干净的台布轻轻地抖起，稳稳地盖在摆在一起的桌子上。他往茶里放了一块方糖，看着气泡冒起来，把他那双没有血色的、总是冰凉的手放在玻璃杯上暖和。附近的酒吧里，小提琴和钢琴正在演奏歌剧《茶花女》的选段。美妙的音乐、白兰地、雪白洁净的桌布，这一切惹得老卢仁好不伤心。如此伤心却又很惬意，致使他不想动。于是他就这么坐着，一只胳膊肘支在桌上，一根手指压在鬓角上——一个面容憔悴、眼睛通红的老头，穿着一件针织背心，外罩一件棕色的夹克衫。音乐在演奏，空房间灯光四射，西瓜的切面上红光闪闪——看来没有人前来开会了。他看了好几次表，但后来茶和音乐令他陶醉，便忘了时间。他静静地坐着，想这想那——想他买的一台二手打字机，想马林斯基剧院，想很少来柏林的儿子。后来他猛然意识到自己已经在那儿坐了一个钟头了，桌布仍然雪白，上面空无一物……灯光这么亮，人却只他一个，他觉得怪诡异的。桌子摆好了要开会，会却没有开成，他独坐在这样的桌子旁，很快断定那久违了的文学灵感已经重新造访他了。

　　到该总结总结的时候了，他边想边环视这个空房间——桌布、蓝色的墙纸、静物写生画——那样子就像是在看一个大人物出生的房间。老卢仁心里暗暗邀请了未来给他写传的人（此人在时间概念上离他越来越近，但奇怪的是，这个人越来越虚，离他越来越远），来仔细看看这间令人意想不到的屋子，中篇小说《弈子开局》就是在这间屋子里完成构思的。他一口喝光了杯中剩下的茶，穿上外套，戴上帽子，从服务生那里得知原来今天是星期二而不是星期三。他微微一笑，觉得自己如此走神并非是坏事一桩。一回到家里，他立即移开了打字机上黑色的金属盖子。

呈现在他眼前最清晰的景象是这样一些回忆（由作家的想象作了少许润色）：明亮的大厅，两排桌子，桌子上放着棋盘，每张桌子旁都坐着一个人，每个坐着的人身后都站着一群伸长脖子观战的人。这时桌子之间的通道上匆匆走来一个小男孩，眼睛不看任何人——穿着一件优雅的白色水手服，像个皇子一般。他依次在每张桌子前停一下，迅速走出一步棋，要么垂下长着栗色头发的脑袋略加思考。旁观者要是不懂这就是一人同时多盘对弈的话，会对眼前的情景大惑不解。只见那些年长一些的人身着黑衣，脸色阴郁地坐在棋盘后面，棋盘上密密麻麻布满奇形怪状的木刻小矮人，对面则是一个衣着整齐的机敏少年，也不知是何方神圣，迈着轻盈的步子挨桌走过去。大厅里静得出奇，气氛紧张，所有的人都一动不动，只有这个少年独行在他们中间……

作家卢仁自己并没有注意到他的回忆实质上是程式化了。他也没有意识到，他赋予儿子的特征更像音乐天才，不太像象棋天才。结果就变成既病态又可爱的模样——眼睛奇特，朦朦胧胧，头发拳曲，脸色白得透亮。不过现在他面临一些困难：儿子的这个形象，所有的不良因素都去掉了，温顺已经到了极限，但他必须有一些常人的习性。有一点他能肯定——他不想让这个孩子长大成人，不想把他转化成如今这个沉默寡言的人。这个人偶尔到柏林来看看他，问什么都只答个只言片语，双目半闭地坐一阵，然后就走，在窗台上留下一个装着钱的信封。

"他会早死的，"老卢仁大声说，边说边在屋里焦躁不安地转悠，然后又绕着移开盖子的打字机转，字盘上的输入键都瞪着反光的大眼睛盯着他看。"对，他会早死的，死得必然，死得感人。他将躺在床上下着最后一盘棋死去。"他对这个想法很迷恋，恨不能此书开篇伊始就从结局写起。不过话说回来，为什么就不能从结局写起呢？可以试一试嘛……他开始引导着自己的思路从后往前走——从主人公感人的、不同寻常的死倒叙到他尚未明确的身世。但过了一阵儿后，他改变了念头，在桌旁坐下来重新构思。

儿子的天赋是在战后才得以充分发展的，也就是战后神童变成了大师。一九一四年大战一触即发时，他已经带着儿子又一次出国了，这一回瓦伦提诺夫也去了。那场战争老是干扰他的回忆，害得他理不顺故事情节。小卢仁应邀赴维也纳、布达佩斯、罗马等地参加比赛。因为那些棋谱上留下大名的高手中有一两位已经败在他的手下。这个俄国小男孩的名望上升得很快，以至他父亲本来一般的文名也偶尔在国外报上被提及。奥地利大公被杀时他们三个都在瑞士。出于一些相当随机的想法（如有人认为山区空气对他儿子有益……瓦伦提诺夫说俄国现在不是下棋的时候，而他儿子只有靠下棋才能维持生计……也考虑到战争不会旷日持久），他一个人返回了圣彼得堡。过了一两个月，他忍受不住，便写信叫儿子回来。瓦伦提诺夫写来一封回信，告知他说他儿子不想回来。这封信写得很怪，夸夸其谈，和它辗转各地、迂回送来的经历倒也相配。老卢仁又写了一封信，回信还是那样古怪，不是从塔拉斯普[1]来的，而是从那不勒斯来的。他开始讨厌瓦伦提诺夫。有些日子他痛苦万分。说来可笑，现在通过账户转钱也很麻烦。不过瓦伦提诺夫在他后来的来信中有一封提出孩子的一切费用由他承担——

---

1 Tarasp，瑞士东南靠近奥地利边境的旅游胜地。

以后他二人再结算。时间过去了。他意外地做了一回战时通讯员，去了一趟高加索。痛苦再加痛恨瓦伦提诺夫（此人来信倒也勤快）的日子总算过去了，接着便是心平气静的日子。因为他觉得国外的生活对他儿子有利——比在俄国好（这一点已从瓦伦提诺夫那里准确地得到了证实）。

如今十五年过去了，战时的岁月变成了回忆往昔时的烦人障碍。战争年代好像侵犯着创作自由，凡是描写某个人成长过程的书都免不了要提到那场战争。即使是主人公年纪轻轻就死，也无法摆脱这样的困境。围绕着他儿子的形象有不少人物和情景。说来不幸，这些人物和情景只有放在那场战争的背景下才真实可信，没有战争背景的话，这些人物和情景也就不可能存在。至于那场革命，就更烦人了。一般认为，那场革命影响了每一个俄国人的人生轨迹。作家不可能让笔下的人物不饱受煎熬安然无恙地经历革命，躲是躲不开的。这才真正是对作家自由意志的践踏。据实而论，那场革命怎么会影响他儿子呢？在一九一七年秋天期盼已久的一天，瓦伦提诺夫出现了，和从前一样又说又笑，穿戴阔气。他后面跟着一个矮胖的年轻人，留着刚蓄不久的小胡子。刹那间他感到伤心、尴尬、大失所望。儿子很少说话，老是斜眼看窗子（"他是害怕有流弹打进来，"瓦伦提诺夫低声解释）。这一切起初像是一场噩梦——

不过任何事情时间一久就适应了。瓦伦提诺夫口口声声说欠他的账以后肯定会在"朋友圈子里"结清的，后来发现他在做什么重要的秘密生意，欧洲盟国的所有银行里都藏有他的存款。小卢仁开始常去一家非常僻静的象棋俱乐部，这家俱乐部是在国内动乱闹得正凶的时候兴旺起来的，值得信赖。春季里他和瓦伦提诺夫一起消失了，又去了国外。在此之后是一些不期而至的回忆，纯属个人性质，他写书用不着——挨饿、被捕等等，突然又是合法流亡、惨遭驱逐、干净的黄色甲板、波罗的海的微风、和瓦西连科教授讨论灵魂不死问题。

所有这些油然而生的凌乱思绪从他记忆的各个角落跌跌撞撞地涌出来，粘在他的笔头，损害着他对往事的每一段回忆，挡住了自由思想的去路。他躲避不开，不得不仔细地、一点一点地进行梳理，好让全书有个整体感。经过梳理后，他理出了关键人物——瓦伦提诺夫。这是一个绝对有才的人，连那些往后要说他坏话的人也如此认为。一个怪人，什么行当都能干的万金油，组织业余演出少不了这样的人。他还是个工程师、一流的数学家，象棋迷和跳棋迷，自命为"最风趣的绅士"。他有一双迷人的褐色眼睛和极具魅力的笑声。食指上戴着一枚骷髅形戒指，让人明白他一生中有过多次决斗。曾有一段时间他在小卢仁的学校里教健美操，有一件事不论学生老师都印象深刻：一位神秘女郎经常乘坐豪华轿车前来找他。他工作之余发明了一种神奇的金属铺路材料，曾在圣彼得堡的涅瓦大街上离喀山大教堂不远处试用。他曾编排过三四种高明的象棋棋局，是所谓的"俄式棋局"的开山鼻祖。宣战那一年他二十八岁，没有任何病痛。毫无活力的词语"逃亡者"有点不适合这位乐天、健壮、机敏的人，然而也找不出别的适合他的词。战争期间他在国外做了些什么，至今无人知晓。

于是作家卢仁决定充分利用此人。只要他一出现，任何故事都会生动起来，带上点历险意味。但故事最重要的部分尚未落实。迄今为止，他拥有的各种素材都是天然色彩——生动活泼，这没有疑问，但相当凌乱，他还得找出一个确定的方案，一条清晰的主线。这是作家卢仁第一次不知不觉地以色彩开篇。

这些素材在他头脑里越是鲜活，他越是不敢坐到打字机旁开写。一个月过去了，又一个月过去了，夏天开始了，他仍然把他看不见的主题包在最欢快的色彩中。有时候他觉得这本书已经写出来了，排版他都看得一清二楚。校样都看过了，书页边上打着红色的校对符号。接着样书来了，摸上去崭新清爽。再往远处看，便是一团神奇的雾。尽管有失败，尽管名声沉浮不定，但终成正果，令人欣喜。他拜访了众多故友，絮絮叨叨地、津津有味地给他们讲自己即将问世的这本书。一家流亡者报纸登了一条消息，大意是他沉寂文坛很久之后目前正在创作一个新故事。这条消息是他自己写的，自己送去的，登出来后他激动地念了三遍，还把它从报上剪下来，放在自己的钱包里。他开始更为频繁地出现在文学界的晚会上，认为人人见了他肯定都怀着好奇与尊敬。一次，在一个变化莫测的夏日，他去郊外树林里找牛肝菌。菌没找着，突遇大雨，浑身淋透，第二天便卧床不起。他孤苦伶仃地病了没多久，就很不平静地走了。流亡作家联盟理事会为他默哀一分钟，以示悼念。

六

"每一样东西都会掉出来，肯定会掉出来的，"卢仁说，又一次拿起手提包。

她迅速伸出手，把包远远移开，然后砰的一声把包放在桌子上，好像以此强调不许动她的包。"你总是闲不住，非要摆弄个什么，"她温和地说。

卢仁看看自己的手，指头展开，又合拢起来。指甲被尼古丁熏得发黄，四周长满粗糙的硬皮。密密的皱纹遍布在指关节上，靠近指根处稀稀落落长着毛。他把手放在桌子上，靠在她的手旁边。她的手指白皙光滑，看上去很柔软，指甲修剪得又短又整齐。

"很遗憾我不认识你父亲，"她停了片刻后说，"他一定非常和气，非常真诚，非常喜欢你。"

卢仁沉默不语。

"给我多讲点——你当年在这儿怎么过的？你当年真的是个爱跑爱闹的小男孩吗？"

他将双手重新放在手杖上。看他脸上的神情，看他沉重的眼皮困得直耷拉，看他微微张开的嘴仿佛要打呵欠一般，她得出了结论：他已经烦了，厌倦回忆过去了。不管怎么说，他还是冷冰冰地回忆了过去。他丧父仅仅一个月，现在就能不含泪水地看着这座他童年时代父子二人共同住过的旅馆，这让她感到困惑。不过，在这种冷漠中，在他笨拙的话语中，在他灵魂的沉重颤栗中（他的灵魂仿佛昏沉沉地翻了个身，又睡着了），她想她看出了一些感人之处以及一种魅力，很难界定清楚，但从他们相识的第一天起她就感觉到他身上的这种魅力。他和他父亲之间的关系显然很淡，但他还是准准地选择了这个度假胜地，准准地选择了这家旅馆，好像期盼着从那些似曾相识的物体和景观中感受到一定要靠外力才能获取的激动感。这显得多么神秘啊！他的到来就非同小可。那是下着毛毛细雨的一天，天色灰暗，草木翠绿。他头戴一顶很不体面的粗呢黑帽，脚蹬一双过大的橡胶鞋。当他笨重地从旅馆汽车里走下来的时候，她从窗户里望见他的身影，感觉到这个她不认识的新来者是个相当特别的人，和住在这个旅游胜地的任何人都不一样。当天晚上她知道了他是谁。在餐厅里，每个人都在关注这个神情忧郁的矮胖子。他吃饭吃得多，吃相也不雅观，还时不时陷入沉思，一根手指在桌布上不停敲击。她不会下象棋，对象棋赛也不感兴趣。但是不知为何，她觉得他的名字听起来耳熟，它早已在不知不觉间牢牢印在她的记忆之中，只是她已经记不起第一次听见它是在什么时候。有位德国制造商，长期遭受便秘之苦，也喜欢谈论这种病。他是个一根筋的人，不过脾气很好，待人亲切，穿着也颇为讲究。他和她在回廊上正喝着保健水，他突然忘了说他的便秘，对她讲了那位忧郁先生的一些令人称奇的情况。当时那位先生正站在嵌入一根大圆柱里的小橱窗前，观看摆在里面展销的手工小制品。他已经换掉了他那顶粗呢帽，现在戴着一项旧的硬草帽。"你这位同胞，"制造商眉毛一抬，示意是在说他，"是一位著名的棋手。他从巴黎来，准备参加两个月后在柏林举办的棋赛。如果他胜了，将向世界冠军挑战。他父亲去世不久。这些情况报上都有。"

　　她想认识这位同胞，跟他说说俄语。在她看来，他的笨拙举止，他的忧郁神情，还有不知为何使他看上去像个音乐家的大翻领，都十分引人关注。他没有注意她，也没有像旅馆里的所有其他单身男人那样设法找个借口跟她攀谈，这一点让她快慰。她长得并不特别漂亮。五官娇小端正，就是缺点什么——仿佛造物主最后关头漏了决定性的点睛一笔。假如补上这一笔——五官原样不动，但加一点只可意会不可言传的韵味——她就是个美女了。现在虽说不算漂亮，但芳龄二十五，时髦的短发整齐可爱。她有个转头的动作，无意间显露出有可能达到的相貌完美，只是有望达到的完美在最后一刻功亏一篑了。她的衣着极其简单，剪裁得极其合身，胳膊和脖子露在外面，像是在炫耀它们散发的温柔清新气息。她很富有——她父亲在俄国失去了财产，在德国又重振家业。她母亲定好了很快就要到这个旅游胜地来。自从卢仁出现后，她一想到母亲来了会不停地唠叨，就很不开心。

在卢仁到来的第三天，她就结识了他，结识的办法是传统小说里或电影里常用的那一套：她掉下一块手帕，他捡了起来——唯一不同的是两人互换了角色。卢仁沿着一条小径在她前头走，不停地往地上掉东西：一块方格大手帕，不同寻常地脏，上面粘着衣袋里各种各样的碎屑；然后又掉出一支折断了、压扁了的香烟，里面的烟草已经没了一半；还有一只坚果和一枚法国法郎。她只捡起了手帕和硬币，继续往前走，缓缓地跟上他，好奇地看会不会再掉下东西来。卢仁右手拄着手杖，每经过一棵树和一条长凳，都要轻轻敲一下。左手在口袋里摸索，摸到后来终于站住不走了，把衣袋从里向外翻过来，又掉出一枚硬币，他这才开始检查衣袋里子上的大洞。"漏光了，"他用德语说，从她手里接过手帕。（"这也是掉了的，"她用俄语说。）"可怜的东西，"他接着说，没有抬眼看，既没有改说俄语，也没有任何惊讶的表示，好像他的东西失而复得是非常自然的事。"不，别把东西放回衣袋中去，"她说道，突然大笑起来。直到这时他才抬起头来，愁眉苦脸地瞥了她一眼。他那张肥大的青灰色脸没刮好，双颊上留下剃刀划下的伤痕，表情奇特，一脸困惑。他有一双非同寻常的眼睛：细长，甚至稍微有点斜，耷拉的眼皮底下好像粘了灰尘一般。不过透过这层松软的灰尘，闪着一缕水汪汪的淡蓝色微光，里面蕴含着狂乱和迷人的魅力。"再不要这么掉东西了，"她说道，说完就走开了，觉得他的目光望着她的背影。那天晚上她走进餐厅的时候，远远望见他就忍不住冲他微笑，他也忧郁地、似笑非笑地回应她。有时候旅馆里的那只猫悄无声息地在地板上从一张桌子跑到另一张桌子时，他也会投去这么一笑。第二天，在旅馆花园里的岩洞、喷泉和陶制小矮人丛中，他朝她走过来，为捡起手帕和硬币的事向她致谢，声音低沉忧郁。（从那时起，他隐隐约约、几乎无意识地老是观察她，看她会不会掉东西——好像要暗中和她扳平似的。）"不必客气，不必客气，"她答道，还说了许多类似的话——都是些空泛的话。这样的话不知说了多少，为了应付眼前无话可说的困窘，就匆匆地暂时说上一通，都是可以不说的废话。这样的废话说了，又觉得这么说一通有点小乏味，于是就问他喜欢不喜欢这地方，是不是住了很久了，做没做矿泉疗养。他回答说喜欢这地方，在这里住了好长时间了，也做了矿泉疗养。这时她完全明白这么问问题太傻，却又身不由己，停不下来，就又问他下棋有多长时间了。他没有回答，转过身去。她觉得太尴尬，便畅谈起天气来，为昨天、今天和明天的气候特征开了个详细的清单。他继续沉默，她也陷入了沉默。然后她开始翻她的手提包，边翻边使劲地找话题，结果只从包里找出一把破梳子。他突然转过脸来对她说道："十八年三个月零四天。"他这么一开口说话，总算让她体面地摆脱了困境。再说他回答得那么详尽，日子算得那么精准，她甚至觉得颇受抬举。不过接下来她开始有些气恼了，问题都是她来问，他一个也不问，好像对她一点都不在意。

一位艺术家，伟大的艺术家，她望着他那沉重的侧影、肥胖弓着的身子、粘在总是湿漉漉的前额上的一缕黑发，心中常这样想。也许正是因为她根本不懂象棋，所以在她看来，象棋不仅仅是一种室内游戏或业余娱乐，而是与所有受到认可的艺术不相上下的神秘艺术。她从来没有密切接触过那些艺术家，所以没人拿来跟他比。除了那些有灵感的怪人，一些音乐家和诗人，他们的形象说清楚也清楚，说模糊也模糊，就像罗马皇帝、宗教法官或者喜剧中的吝啬鬼的形象一样。她的记忆中有一条光线比较昏暗的画廊，里面依次摆着所有曾引起她注意的人。这里有她学校生活的记忆——圣彼得堡女子学校，正门前有一条不走车的、满是尘土的短街道，学校房子临街的一面长着少许不同寻常的常春藤。地理教师——他也在一所男子学校教书——是一个大眼睛男人，额头很白，头发蓬乱，据说有结核病。传说他爱上了一个高年级的女生，是那位白发蓝眼的女校长的侄女。女校长的小办公室很整洁，贴着蓝色的墙纸，支着白色的荷兰烤炉，十分舒适。她记忆中有个蓝色的背景，周围是蓝色的空气，地理教师正是在这样的背景下留在了她的记忆里。他总是急急忙忙的样子，风风火火地冲进教室。后来他在她的记忆中融化了，消失了，让位于另一个在她看来也是与众不同的人。这个人出现之前女校长有一番冗长的告诫，千叮咛万嘱咐大家不要笑，见了此人无论如何不要笑。那是苏维埃政权的头一年，班上的四十名学生中只剩下十七个了。每天碰着老师时，他们都要问："今天上课吗？"老师则一成不变地回答："我们还没有接到最后指示。"从普通教育人民委员部[1]来的那个人到了时，女校长下令严禁失笑。不管他说什么，也不管他行为举止如何，都不准笑。他来了，在她的记忆中留下了印象，是个格外有趣的人。他是个瘸子，但活泼好动，眼睛不停地快速眨巴。女孩子们挤在静悄悄的大厅里，他在人群前面来回走动，瘸腿走得灵活轻快，转身像猿猴一样敏捷。他那只跛

---

1 Commissariat，苏联一九四六年以前政府各部的称谓。

脚穿着双层底的鞋，走动时轻松地拖着跛脚，右手在空中比划，把空气切成整齐的块，要么就做抚摩布料一般的动作。他说话飞快，最后又讲了讲他打算要讲的几场社会学讲座，还说了说学校马上要与一所男子学校合并的事情——大家强忍住笑，忍得下巴痛，嗓子难受。后来就到芬兰了，这个国家留在她心中的印象是比俄国还俄国，这也许是因为木头别墅、枞树林、湖上的白色小船、松林倒影遮暗了的湖面等都是独特的俄国风光，在芬兰这远离前线的地方这种俄国风光太难看到，令人格外珍视。当时的芬兰还可以作为度假胜地，在那里她的圣彼得堡生活仍在继续。有几次她远远看见一位著名作家，是个脸色非常苍白的男人，留着惹人注意的山羊胡，总是仰望敌机已经开始侵犯的天空。他总以某种奇怪的方式站在一位俄国军官的身旁。后来内战期间，那位军官在克里木失去了一只胳膊——当时他还是个极其内向腼腆的男孩，夏天里她经常和他一起打网球，冬天里一起滑雪。和这种有雪的记忆一起再一次浮现的是夜晚背景下那位著名作家的别墅，作家本人后来就是在这幢别墅中去世的。电灯照亮了已经清扫过的小径和还在风中飞舞的雪，昏暗的雪地上闪着道道幽灵般的条纹。这几位不同职业的男人每一位都在她的记忆中留下了各自独特的色彩（蓝色的地理教师，卡其色的教育官员，作家的黑色外衣，一个穿着白衣白裤的年轻人，用网球拍高高挑起一颗枞树球果），他们之后便是一些一闪即逝的图像：在柏林的流亡生活、慈善舞会、支持君主制的会议、许多一样的人——这些记忆都挨得太紧，她回想起来时无法准确定位，不知哪些是精华，哪些是糟粕。再说现在也没有时间对这些记忆逐一甄别筛选，太多的记忆空间被这个沉默寡言的男人占据，他谜一般神奇，是她所认识的男人中最有吸引力的一个。他的艺术，以及他那种艺术的所有表现形式和标志都显得高深莫测。她很快就得知，他每天晚饭后开始工作，一直要工作到深夜。不过他的工作超出了她的想象能力。没有什么东西把他的艺术连接起来，既没有画架，也没有钢琴，而这样的艺术象征物正是她头脑中所追求的。他的房间在一楼，叼着雪茄烟在花园的夜色中散步的男人们有时会瞥见他的台灯和低头沉思的脸。后来总算有人告诉她，他坐在一张空棋盘旁工作。她想亲自看看，于是在他们第一次谈话后不久的一个晚上，她沿着夹竹桃树林中的小径走到他的窗前。可是她突然觉得这样做很唐突，便从窗下径直走了过去，没有往里看。她走出树林，来到大路上，能听见娱乐馆那边传来的音乐声。后来她实在按捺不住好奇心，又返回去，走到他的窗前。不过这一次她故意把铺路的石子踩得咯吱咯吱响，好以此证明自己不是前来偷看的。他的窗户开着，百叶窗没有放下来，在房间明亮的中部，她看到他脱掉夹克衫，绷紧脖子上的肌肉，打了个哈欠。他的肩头缓慢而有力地动着，这个样子就在她穿过黑暗朝灯光照亮的旅馆露台匆匆走去时还继续一起一伏地在她眼前晃动。他的工作她不得而知，但那肯定是不可思议的劳累工作，她能想象到经过这种工作后表现出的巨大疲劳。

卢仁真的累了。最近他下棋过于频繁，也没有个统筹安排。尤其是下蒙目棋太累，但蒙目表演报酬高，他乐意下。他也乐在其中：不必去走动那些看得见、听得到、摸得着的棋子了。棋子稀奇古怪的形状和木头材质往往扰乱他的心神，他总觉得象棋的力量博大精深，是看不见的，棋子不过是暂且承载棋力的粗糙外壳而已。下蒙目棋时，他才能感受各个棋子不同的原始而纯洁的力量。那时他既看不到雕刻的马鬃，也看不到兵光滑的头——但他能清清楚楚地感觉到想象中棋盘上的这个格或那个格被某种凝聚起来的明确力量所占据。所以他把每一个棋子的移动想象成一次放电，一次冲击，一道闪电——整个盘上战场被震得发抖，他则是这种强大力量的主宰。这里他凝聚起电能，那里再释放出去。就这样，他一次同十五个、二十个、三十个对手同时开战。一次下多少盘当然有影响，因为盘数多费时就多。不过体力上的疲劳比起心神上的疲惫来就算不得什么了——下棋本身有压力，也有喜悦，遭到的报应就是心神疲惫。他一下棋便进入一种仙境，在那样的境界中，他使用的是无形的精神力量。他在这些蒙目比赛中也找到了某种慰藉，因为最近几年里他在国际赛事中一直不走运，搞蒙目赛则总是大获全胜。国际赛事中出现了一个幽灵般的障碍，挡住他夺冠的去路。瓦伦提诺夫过去就偶然预言过这一点，那是在他们分手前不久。"趁你能发光就赶快发光，"他在那次难忘的伦敦棋赛后说。那是战后的第一次国际棋赛，他这位二十岁的俄国选手脱颖而出。"赶快发光，"瓦伦提诺夫诡秘地又说一遍，"因为你做少年天才的日子不会很长了。"让他赶快发光，这一点对瓦伦提诺夫来说非常重要。他对卢仁感兴趣，仅仅是因为卢仁是个奇人，一种反常现象，有点不正常，却令人着迷，就像达克斯猎狗又短又弯的腿那样，反常却又吸引人。在和卢仁一起生活的日子里，他自始至终从不间断地鼓励他开发天赋，不曾有过一秒钟把他当个人来看待。好像是不但瓦伦提诺夫没有把他当人看，就连现实生活也忽略了他是个人。瓦伦提诺夫把他展示给有钱人，就像展示一个有趣的怪物一般。他通过他来构建对他有用的关系网，组织了无数次的棋赛，只是当他开始怀疑这个象棋天才正在变成一个普通的青年棋手之时，他这才带他回到俄国他父亲那里。后来，他像带一件贵重物品一样，又把他带走，心想也许送他回来是犯了一个错误，这个奇人说不定还有一两年的油水可榨。等这一两年耗尽之后，他送给卢仁一些钱作为礼物，就像人们打发一个已经厌倦了的情人那样，然后就消失了，在电影业中找到了新的乐趣。那是一门神秘的占星学行当，他们的任务就是读剧本，找明星。他离开卢仁，加入到一伙衣着时髦、口若悬河、自以为是的骗子中间。这伙人的行话是银幕哲学、大众口味、摄影机下的私密镜头，他们同时也有相当丰厚的收入。他跳出了卢仁的世界，这对卢仁来说是个解脱，一种奇怪的解脱，就像你从一场不幸福的恋爱中解脱出来一般。想当年他和瓦伦提诺夫是一拍即合——早在他还在俄国巡回比赛的时候。后来，他对瓦伦提诺夫的感情就像一个儿子对待一个轻浮、冷漠、油滑的父亲那样，对一个这样的父亲，谁都不会说爱他有多深。瓦伦提诺夫仅仅把他当做一个棋手来关心。有时候他还充当教练的角色，这种角色就是围着运动员转，用无情的严厉手段给运动员建立一套明确的生活制度。瓦伦提诺夫以这种教练的角色断言棋手吸烟是完全可以的（因为象棋和吸烟都带有东方色彩），但在任何情况下都不能喝酒。他们一起生活的时候，在大旅馆的餐厅里（战时无人入住的大旅馆），在吃便饭的餐馆里，在瑞士的酒吧里，在意大利的 trattorie[1] 里，他一成不变地给小卢

1　意大利语，小吃店。

仁点矿泉水。他为他挑选的食品也是清淡的，这样他的头脑就能自如地工作。不过出于某种原因（也许还是因为同"东方"有一点朦朦胧胧的联系），他对卢仁爱吃糖的习惯大加鼓励。最后他还发明了一个特别的理论，那就是卢仁象棋天赋的发展与他的性需求的发展有联系，在他身上，象棋代表着他的性需求在朝特殊的方向发展。他认为卢仁处于内在的紧张状态是有益的，如果通过自然方式得以放松，恐怕会浪费了他身上宝贵的能源。出于这样的担心，他不让卢仁接近女性，对卢仁守身如玉的孤僻性格暗自高兴。这一切之中不乏下作之处。卢仁回忆这段时光时，吃惊地发现他和瓦伦提诺夫之间竟然连一句关心体贴的人情话都不曾有过。尽管如此，后来俄国变成了令人不快的地方，他们最终离开了那里，三年后瓦伦提诺夫消失时卢仁还是产生了一种空虚感，觉得失去了靠山。而后他承认这一切都是不可避免的，叹了口气，转过身去，重新对着棋盘沉思起来。战后国际棋赛多了起来。他在曼彻斯特比赛，迎战已至暮年的英格兰老冠军，激战两日后，打成平手。在阿姆斯特丹，他输了关键的一局，原因是超时判负。对手高兴得发出一声低吼，砰的一掌打停了卢仁的赛钟。在罗马，图拉提得意洋洋地弈出了他的成名局。还有许多其他城市，对他来说千篇一律——旅馆、出租车、咖啡馆或俱乐部的大厅。在那些城市中，灯光朦胧的街灯整整齐齐地一排排向后闪过，然后突然向前围住广场中的一匹石马。所有这些东西像木头棋子和黑白相间的棋盘一样，都是日常习惯了的又可以不要的身外之物。他接受这样的外在生活，只当它是不可避免却又毫无趣味的事情。同样，他在穿着方式上，在日常生活习惯中，做事出于什么动机，极其模糊，他会停下来想些有的没的，很少换内衣，夜里无意识地给手表上弦，用同一片剃须刀片刮脸，一直用到它根本刮不动了为止。吃饭没有个固定时间，吃得也很简单。出于某种说来感人的惯性原因，他现在进餐时仍和过去一样会要矿泉水。矿泉水在他的嗓子眼里轻轻冒泡，引得眼角处发痒，像是在为消失了的瓦伦提诺夫流泪。只有在很少见的情况下他才会注意到自己的存在，比如说喘不上气的时候——这是对他身躯沉重的报复——就不得不在楼梯上停下来大口大口地喘气。再比如说犯了牙痛病的时候。或者在夜深人静时，他正在思考棋局，伸手取过火柴盒，摇摇，没听见里头有火柴响动，这时那支好像由别人趁他没注意塞进他嘴里的香烟就会凸显出来，固体的、静态的、没有灵魂的香烟，于是他的全部生活浓缩为一个简单的愿望，那就是吸烟，尽管天知道他在不知不觉间已经吸掉多少支烟了。总的说来，他的生活马马虎虎惯了，无须他自个儿操心，所以到如今往往好像是有个人——一个神秘的、看不见的经纪人——在继续带着他参加一场又一场的棋赛。不过偶尔也有反常的时刻，比如四周一片寂静，你从房门朝走廊望去，所有的房门口都放着鞋、鞋、鞋，这时孤独会在你耳中轰鸣。父亲在世时，卢仁一想到他要来柏林，一想到必须见他，帮助他，跟他说话，就心里发沉——这个乐呵呵的老头，穿着手工编织的毛背心，笨拙地拍他的肩头，令他难以忍受。这就像一段羞于示人的记忆，你眯紧眼睛，从牙缝里直哼哼，想要与之彻底了断。他没有离开巴黎去参加父亲的葬礼，主要原因是害怕尸体、棺材、花圈，还有与丧事有关的人情世故。不过他后来还是去了，直接去了墓地，冒雨在墓园里乱转，胶鞋上粘了厚厚一层泥。结果没有找到他父亲的墓，他看见几棵树后有个管理员模样的人，可是一种懒得问人、不好意思问人的奇怪心思害得他没有过去打听。他拉起衣领，沉重地往回走，走过一块荒地，朝等着他的出租车走去。父亲的去世没有影响他的工作。他当时正准备参加柏林的国际棋赛，此行目标明确，就是要找到对付意大利棋手图拉提精妙开局的最佳防守着法。图拉提是柏林大赛预计参赛棋手中最令人生畏的一位。他是象棋最新流派的代表，开局先出动两翼子力，棋盘中间空着，不用兵去占，却从两侧造势入局，令对方中军险象环生。他看不起王车易位的稳妥着法，善于独辟蹊径，在各子之间形成最出人意料的互动关系。卢仁已经会过他一次，败下阵来。他对那次失败特别耿耿于怀，因为图拉提从性格上、下棋的风格上和对奇异布局的偏好上来看，都堪称一位智力上和他旗鼓相当的劲敌，只是图拉提已经走得更远了。卢仁早年刚出道时，就以前所未有的果敢和看似置象棋基本规则于不顾而震惊棋坛，但现在和图拉提光彩夺目的极端着法相比，显得有点过时了。卢仁目前的困境有点像一位作家或作曲家的困境：崭露头角时吸收了最新的艺术成果，以手法新颖轰动一时，后来突然发现，他周围的情况已经不知不觉地发生了变化，又有别人不知从哪里冒出，使他新近尚且领先的手法落到了后面。这时他觉得自己遭了抢劫，只认为异军突起、超越了自己的艺术家都是拾他牙慧，还不怀感激，却很少认识到应该反省自己。其实正是他自己的艺术僵化了。他曾经有过创新，但从此以后再无进展。

回顾十八年多的象棋生涯，卢仁看到最初他是节节胜利，后来便是奇怪的停滞，间或这里那里侥幸取胜，但一般情况下多是让人气愤而又无可奈何的和棋。正因为和棋下得多了，他不知不觉地成了一个有着谨慎、保守、平庸的名声的棋手。还有奇怪的事。他的想象越大胆，休赛期间进行秘密研究时创新越活跃，开赛后无可奈何的感觉反而越强烈，出招也就越发小心谨慎。他早就位居世界级大师之列，名满天下，所有的棋谱里都要说到他，也是五六位争夺世界冠军称号的顶尖高手之一。他的崇高威望应归功于他早年的出色表现，那时的他罩在一种朦胧的光辉中，是天降英才的光环，登峰造极的云霞。父亲的死对他来说是衡量他象棋旅途的一个界碑。回头一看，他才发现近年来棋艺进展那么缓慢，不由得大吃一惊。明白过来后，他狠下心来埋头钻研新招，要发明一种令人称奇的防守体系，而且已经隐约感到所需着法内在的和谐。那天去了一趟墓地后，他在一家柏林旅馆下榻，晚上觉得身体不适：心悸，胡思乱想，觉得脑子麻木了，涂了一层清漆似的。早上去看病，医生建议他休养，去某个安静的地方。"……去一个到处是绿色的地方，"医生说。卢仁取消了答应好的蒙目表演赛，动身去了这个现成的地方。当时医生一说绿色，它就马上浮现在他的眼前。事实上，他暗自庆幸，多亏了那么一段往事，这才轻而易举地给他点明了应该去的疗养胜地，省去了所有的麻烦，让他住进了一家只等他来的现成旅馆。

在这里的绿色美景中，他的确觉得好多了。风景可算中等，给人一种安全平静的感觉。突然之间，在这里出现了一个谁也不知从何而来的人，好似地摊市场上一个摊位的彩纸幔子哗啦一声破成个星星状，里面冒出个笑眯眯的人脸一般。这个人既出现得突然，又好像熟悉。这个人说话的声音似乎在他耳畔无声地响了大半辈子，现在突然从平时的暗处站到了明处。他想弄明白自己头脑里怎么会留下一个这么熟悉的印象，想来想去想出了一张毫不相干却又清清楚楚的脸。那是一个露着肩膀、穿着黑色长统袜的妓女，在一个不记得名字的小镇上站在一条昏暗小街上的一个亮着灯的门廊里。说来可笑，他觉得现在遇上的这个人就是那个妓女。如今她穿戴整洁端庄，不如从前那么漂亮，好像洗掉了妖媚的脂粉，不过正因为如此变得更容易接近了。这是他看见她时的第一印象，当时他还惊奇地发现她实际上已经同他讲起话来了。根据散落在他昔日记忆中凌乱而又模糊的评价标准来判断，她不像他心目中想象的那么漂亮，这一点他一想就烦。后来他也就不计较这一点了，也开始渐渐忘了她模模糊糊的原来模样。跟他说话、花时间陪他、冲他微笑的是个真实存在的大活人，这让他觉得安心，还挺自豪的。那一天在花园平台上，颜色鲜亮的黄蜂不停地落在铁桌上，晃动着它们低垂的触须——也就是那一天，他开始谈他小时候曾经在这家旅馆住过。卢仁以一系列的隐秘着法开始，他自己只隐约明白其含义，原来这就是他表达爱情的特殊方式。"接着说，再讲点，"她一遍一遍地说，尽管已经注意到他忧愁苦闷地陷入了沉默。

他身子倚在手杖上坐着，心想如果用马步走动阳面山坡上的那棵欧椴树，就可以吃掉斜对面的电线杆。与此同时，他又竭力回忆刚才到底说到哪里了。一位服务生跑离旅馆的侧厅，弯曲的手指头上挂着一打空啤酒杯。卢仁松了口气，想起了他刚才在讲曾经在那间侧厅里举行过的一场棋赛。他变得燥热不安起来，帽箍紧紧压住两鬓，为什么不安尚不明白。"我们走，"他说，"我带你去看看。现在那边肯定空着。也凉快。"他迈开沉重的步子，拖着的手杖沿着石子路刮过去。手杖一弹，上了门台阶，他先进门。她心想不请女士先进，修养太差，不由得连连摇头。接着她责备自己做了个错误的注解——他的行为举止跟教养是毫无关系的。"到了，我想应该往这边走。"卢仁说道，推开了一扇侧门。炉子里的火在熊熊燃烧，一个身穿白衣的胖男人正在喊着说话，有人抱了高高一摞盘子跑了过，盘子堵住上身，只见两条腿在跑。"不对，再往远处点儿，"卢仁说道，沿着回廊往里走。他又推开一扇门，差点摔下去：门那边有几级下去的台阶，底部有一些果汁甜酒，一堆垃圾，还有一只恐惧的母鸡，见有人来，连跳带蹦地跑开了。"我记错了，"卢仁说，"可能在右边。"他感觉到额头上聚起滚烫的汗珠，便摘下了帽子。唉，那间凉爽、空旷、宽敞的大厅印象那么清晰，可怎么就是找不到呢！"让我们再试试这个门，"他说。试了一下，门锁着。他把门把手往下拧了好几下。"谁啊？"一个粗哑的声音突然说道，还传来床的吱吱响声。"错了，错了，"卢仁喃喃说道，继续往里走。这时他回头一看，停住脚步：只剩他一个人了。"她现在去了哪儿？"他大声说，拖着脚这边转转，那边转转。回廊。朝着花园的窗。墙上的信箱，每个分箱上编有号码。一阵铃响。一个分信箱中突然冒出一个歪歪斜斜的数字来。他惊呆了，不知所措，好像在噩梦中迷了路一般。他急忙往回走，边走边不停地低语："胡开玩笑，胡开玩笑。"他出得门来，没想到进了花园。长凳上坐着两个人，好奇地看他。突然他听见头顶上传来一阵笑声。抬头一看，她正站在她房间的小阳台上大笑，胳膊肘支在围栏上，手掌托着脸颊，摇着头，一副淘气地责备他的神情。她看着他宽大的脸，又看看他脑袋后面的帽子，等着看他现在怎么办。"刚才我赶不上你，"她喊道，直起身来，张开胳膊做了个解释的动作。卢仁低下头，进了楼。她以为他马上会敲她的房门，便想敲了也不让他进来，就说屋里乱。可是他没有敲门。她下楼吃晚饭的时候，他不在餐厅。他生气了，她这样判断，就比平时早一些上床睡觉了。早上她出去散步，看看他是不是和平时一样坐在花园里的长凳椅上读报等她。他不在花园，也不在回廊，她就独自一人散步去了。晚饭时他仍然没有出现，他的桌子被一对老早就盯上这张桌子的老夫妇占领了。

她到办公室问卢仁先生是不是病了。"卢仁先生今天早上去柏林了，"办公室的小姐回答说。

一个小时之后，他的行李回到了旅馆。门卫和大厅服务生带着事不关己的冷漠把早上搬出去的行李又搬了进来。卢仁从车站步行回来——一个满面愁容的矮胖先生，热得萎靡不振，鞋都让灰尘染白了。他一路上见长凳就休息，还有一两次采了黑莓吃，结果酸得龇牙咧嘴。沿着公路走时，他注意到一个金发小男孩迈着小步跟在他后面，手里拿着个空啤酒瓶，有意落在后面，用小孩子那种专注的神情盯着他，让人受不了。卢仁停下来，他也停下来。卢仁走，那孩子也走。卢仁忍不住来了脾气，挥着手杖吓他。对方一怔，咧嘴一笑，惊喜交集的样子。"我要……"卢仁低声说，朝他走过去，手杖也举了起来。小男孩一跳，转身跑掉了。卢仁嘴里咕哝着，鼻子使劲地喘气，继续往前走。突然，一块瞄得极准的小石子击中了他的左肩胛。他大叫一声，转过身去。没有人——只有空荡荡的路、树林、石南灌木丛。"我要宰了他，"卢仁用德语高叫道，加快步伐赶路，同时拐来拐去地迂回前行，嘴里还反复叨叨要宰了他。他曾经在哪里看到过，说要是怕背后中弹，就这么拐着走。快到旅馆的时候，他累得筋疲力尽，喘着粗气，几乎要哭了。"改主意了，"他走过办公室的铁格子窗时说，"我要住下来，改主意了……"

"她肯定在她房间里，"他一边上楼一边说。他冲进屋里找她，仿佛用头撞开了房门一般。他隐隐看见她穿着一件粉红色的衣服斜靠在沙发上，便匆匆说道："你好——你好，"然后在房间里大步转悠起来，以为事情就这么轻松、愉快、风趣地搞定了，与此同时又激动得喘不过气来，"所以接着刚说的说下去，我不得不通知你，你即将成为我的妻子。我求你同意了吧，我已经绝对不可能离你而去。现在一切都不同了，一切都会美妙起来。"说到这里，他在暖气边的一把椅子上坐了下来，双手捂住脸大哭起来。然后他把一只手撑开一些，让这只手捂住脸面，腾出另一只手摸手帕。透过手指间抖抖索索的湿缝儿，他又一次隐隐看见那件粉红色的衣服，此刻声响很大地朝向他走来。"好啦，好啦，不哭了，不哭了，"她不停地说着安慰的话，"都是大人了，还这么哭。"他抓住她的胳膊肘，吻到一个又硬又凉的东西——她的手表。她摘了他的草帽，抚摸他的前额——同时往后闪，避开他想抓住她的笨拙动作。卢仁对着手帕大哭，哭了一阵又一阵，声泪俱下。后来他擦了眼睛，擦了脸蛋，擦了嘴，长长地舒了一口气，靠在暖气片上，湿润明亮的眼睛直直地盯着前方。这时她才清楚地意识到，这个男人，不管你喜不喜欢，已经是一个不可能从你生活中推开的人了。

他已经在你的生活中牢固地、坚实地坐了下来，而且似乎已经坐了很长时间了。不过她也困惑，不知如何带他去见她的父母，不知如何让他出现在她家的客厅里——一个生活在另类世界中的人，形体相貌都很特别，与任何人、任何事物都格格不入。

刚开始，她想着这样那样的办法让他适应她的家人，把他放在她家的周围环境中，甚至放在她家寓所的室内陈设中：她想象着卢仁走进她家，同她母亲交谈，吃她家自制的Kulebiaka[1]，影子映在从国外买来的昂贵的俄国式茶壶上——这些想象最后总是以一场巨大的灾难告终：卢仁笨拙地晃了晃肩膀，一下子就把房子撞塌了，就像碰倒了一件摇摇晃晃的舞台布景，地下升起一声尘土的叹息。他们的寓所很豪华，设施一应俱全，位置在柏林一栋公寓大楼的一楼。她的父母再度富裕起来后，决定开始严格按照俄国生活方式过日子。不知为何，他们的俄式生活总是与装饰性的斯拉夫语古书，画着伤心的旧时贵族女仆的明信片，印有华丽的三马雪橇或火红鸟烙画的清漆匣子，印制精美、绝版已久的画刊等相联系。那些画刊上登的照片都非常漂亮，照的是旧时俄国的庄园和瓷器。她父亲常对他的朋友们说，在和那些出身不明的人进行商务会谈后，沉浸在真正的俄式家居环境中，吃一口真正的俄式饭菜，那是一

---

1 用拉丁字母转写的俄语，俄式色拉。

种特别的享受。他们家的仆人本来是一个地道的俄国勤务兵，从柏林附近的一家流亡者避难所雇来，可是在没有什么明显原因的情况下，他变得非同寻常地粗鲁，于是就换了一个德国-波兰裔的女仆。她的母亲是一位仪态端庄的夫人，胳膊长得丰满，常满怀深情地称自己"童言无忌"，一个"哥萨克人"（这是她看《战争与和平》时记下的话，结果记得不准，走样了）。她当俄式家庭主妇绝对一流，爱好通神论，贬斥无线电广播，说那是犹太人发明的。她非常善良，不工心计，真挚地热爱着她在周围草草构筑起来的这个简易的、人造的俄国。不过有时候她会心烦，令人难以忍受。她自己对心烦的原因有个说法：她不知道自己亲手营造起来的俄国到底缺了些什么。女儿对这个华而不实的公寓住所一点不感兴趣，它和他们平静的圣彼得堡老家根本不同。在老家，家具和别的东西都有自己的灵魂。在老家，圣像供奉柜凝聚着令人难以忘怀的深红色光泽，神奇的圣诞树挂满了金橘。在老家，一只扶手椅的丝制靠背上绣着一只聪明的肥猫。在老家，还有上千样小东西，上千样气味和上千样变化的色彩，所有这些东西合在一起构成了令人陶醉的环境，想来伤心，又无可替代。

　　来柏林拜访他们的俄国青年认为姑娘人不错，但不是很有情趣。她母亲则说（压低声音，带一点嘲笑）在这个家里女儿代表"知识阶层和先锋派文学"——这么说是因为她能背诵几首从《诗歌读者》上看来的"象征派诗人"巴尔蒙特[1]的诗，还是另有原因，就不得而知了。她父亲喜欢她的独立精神，喜欢她的文静，喜欢她微笑时垂下双眼的特别样子。然而，至今没有人能挖掘出她最动人的魅力究竟在何处。她最动人的魅力是她的灵魂深处所具有的一种神奇的能力。她能在现实生活中感知曾在她童年时代（童年时代正是灵魂的本能不会出错的时代）吸引过她、折磨过她的事情；她能找到高兴的、动人的事情；她能对那些无助和不幸的生灵经常产生一种难以自制的怜悯柔情；她能遥遥感到在几百英里以外的西西里岛上有个地方一头肚子上长着毛的瘦腿小驴正在遭受毒打。无论何时，只要碰到正在遭受伤害的小生灵，她就会经历一场传说中的日食——传说中一有日食，就会莫名其妙地降下黑暗，尘土飞扬，鲜血出现在墙上——好像是她如果不能马上出手施救，不能马上制止别人对生灵的残害（在一个如此向往幸福的世界上，竟存在残害生灵的事，这是绝对无法解释的），她就心不得安，不如一死了之。因此，她生活在无穷无尽的、人所不知的焦虑之中，老是期待着新的惊喜或者新的怜悯。传言说她很喜欢狗，随时愿

---

1 Konstantin Dmitrieyevich Balmont（1867—1942），俄国象征主义诗人，在十九世纪末甚有影响。

意解囊助人——她听这些俗气的传言，就像小时候做游戏那样的感觉。那种游戏是你到屋子外面去，别人在屋里议论你，你得猜测谁说了你什么。在玩这种游戏的人当中，在你去隔壁待了一会儿后再加入其中的那些人当中（你坐在隔壁等着叫，你故意唱唱歌，以免偷听之嫌，不唱歌的话就翻开碰巧放在手边的一本书——就像从玩偶匣子里冒出个玩偶那样，书中突然冒出一段文字，是一段看不明白的对话末尾），在那些她必须猜测其意见的人当中，现在又有了一个沉默寡言的男人。这个人定了主意很难改变，而且旁人完全不知道他在想什么关于她的事情。她怀疑他对她的社会背景或者她的生活环境一无所知，没有任何概念，这样的话，就难保他失口说出什么可怕的话来。

她觉得自己离开大厅时间已经很久了，于是把手轻轻地移到自己脑后，往下抚了抚头发，微笑着返回大厅去了。卢仁和她母亲正坐在一棵盆栽扇叶矮棕榈树下面的柳条椅上，她刚刚介绍他们认识的。卢仁眉头紧锁，翻弄着放在他大腿上的那顶很不雅观的草帽。就在此刻，她也害怕起来，原因是既想起不知卢仁正在用什么词语说她（如果他真的在说她的话），又想起卢仁会给她母亲留下什么印象。前一天她母亲刚刚到达，刚开始抱怨窗户朝阴、床头灯不亮时，女儿就说起她和著名棋手卢仁成了好朋友的事，所有的词语都尽量保持在同一种语调上。"毫无疑问是个假名,"她母亲说,边说边在她的盥洗用具袋里翻找,"真名是鲁宾斯坦或者艾布拉姆森。""非常非常著名,"女儿继续说,"人也非常好。""你还是帮我找找香皂吧,"她母亲说。现在,她已经给他二人做过了介绍,自己借口去要些柠檬汁,让他们单独待在一起。返回大厅的时候,她产生了一种灾难已至、回天无力的恐惧感,不由得大老远就大声说起话来,结果在地毯边上绊了一下。她笑着挥挥手,以保持平衡。他毫无反应地摆弄着他的平顶草帽,没人说话,她母亲眼里闪着惊讶的神情,这时她突然想起了那天他胳膊搭在暖气上抽泣的情形——所有这一切令她实在难以忍受。不过这时卢仁突然抬起头来,嘴一歪露出了那个熟悉而忧郁的笑容——她的恐惧立即消失了,可能的灾难似乎是什么特别有趣的事情,一切都没有改变。好像是等着她回来再告辞一般,卢仁哼了一声,站起身来,使劲地点了一下头("乡巴佬,"她高高兴兴地想,把他点头的模样翻译成她母亲的口头语),然后朝楼梯走去。中途遇上了用托盘端着三杯柠檬汁的服务生。他拦住他,从盘中拿起一杯,小心地端到眼前,眉毛随着饮料表面荡漾的波纹一上一下地动,就这样缓缓地上了楼梯。他在楼梯转弯处消失后,她开始极其小心地剥包着饮料吸管的那层薄纸。"好一个乡巴佬!"她母亲大声说道。女儿听了有一种满足感,和你在字典中查一个外国词，发现那意思就是你已经猜到的意思时产生的满足感一样。"他不是个正常人，"她母亲接着说，又困惑又生气，"他是干什么的？肯定不是个正常人。他叫我女士，就这么称呼我，好像个售货员。天知道他是干什么的。我敢打包票，他是持苏联护照的。一个布尔什维克，就是个布尔什维克。我像个白痴一样坐在这儿。听他那通闲聊！顺便说一下，他的袖口相当脏。你就没有注意到吗？又脏又破。"

"什么样的闲聊？"她问，低垂的眉毛下闪着微笑。

"'对，女士。不，女士。''这里气氛很好。'气氛！这也算个词？我问他——总得说点话吧——是不是离开俄国很久了？他就是不吱声。然后他评论起你来，说你喜欢喝冷饮。冷饮！大傻瓜，大傻瓜！不行，不行，这种人我们还是离远点……"

为了继续玩那种猜别人对自己有何看法的游戏，她加快步伐朝卢仁房间走去。在他匆匆离开的这段时间里，他原来的房间给别人居住了，于是给他又分了一间比原来楼层高一点的房间。这时他正支着胳膊肘坐在桌旁，好像苦闷极了，烟灰缸里半截没有完全掐灭的香烟还在挣扎着冒烟。桌子上和地板上扔满了凌乱的纸张，上面都是铅笔写下的东西。有那么一秒她想那是他的账单，不知共计多少。开着的窗吹进风来，她一开门，风便穿堂而过。卢仁从沉思中回过神来，从地上捡起纸张，整整齐齐地叠好，冲她笑笑，挤挤眼。"怎么样？进行得怎么样？"她问道。"到赛场上就成形了，"卢仁说，"我现在只是草草记下几种可能的着法。"她产生了一种开错门了的感觉，好像走进了她本不想进去的地方。不过这个她意想不到的地方很美妙，她不想再去那间玩猜人看法游戏的房间。但卢仁不再继续谈论象棋，他连椅子带人一起朝她挪了过来，伸出两只激动得发抖的手搂住她的腰。他不懂怎样才算亲热，便想让她坐在自己的膝盖上。她伸出双手顶住他的肩膀，转过脸去，假装看桌子上的纸。"这是什么？"她问。"没什么，没什么，"卢仁说，"都是各种比赛的记录。""放开我，"她尖叫着命令道。"都是各种比赛的记录，记录……"卢仁一遍又一遍地说着，使劲把她往自己身边拉，眯起眼睛仔细看她的脖子。一阵突如其来的痉挛抽歪了他的脸，片刻间他的眼睛失去了所有神情。接着他的五官奇怪地松弛下来，双手也自动松开了。她从他身边走开，很生气，却不知道为什么生气，也觉得奇怪，他竟然放开了她。卢仁清清嗓子，贪婪地点燃了一支烟，带着令人猜测不透的顽皮神情看着她。"对不起，我这一来，"她说，"首先，打扰了你的工作……""一点也没有，"卢仁答道，出人意料地快活，还拍打膝盖。

　　"其次，我来是想知道你对我母亲的印象。"

"一位上流社会的夫人，"卢仁答道，"一眼就能看出来。"

"听着，"她喊了起来，非常恼火，"你上过学吗？你在哪里上的学？你从没跟人见过面，谈过话吗？"

"我周游各地，"卢仁说，"这里那里。到哪里都会住一阵儿。"

"我这是在哪儿？他是谁？接下来该怎么办？"她扪心自问，环视了一下屋里。桌上乱扔着纸张，又皱又乱的床，洗脸盆——上面扔着一片生了锈的剃须刀片——一个半开的抽屉，从里面像蛇一般爬出半截带红点的绿色领带。在这团悲凉的杂乱之中，坐着一个最深不可测的男人，一个沉迷于一种诡异艺术之中的男人。她想就此打住，她想抓住他所有的缺点和怪毛病，一劳永逸地让自己明白这个男人不是她的如意郎君——然而与此同时，她仍然在清清楚楚地为他操心：不知他在教堂会有怎样的表现，穿上燕尾服又会是何种模样。

七

　　他们的约会当然还在继续。那位可怜的夫人心中恐惧，开始注意到她的女儿和这位极不可靠的卢仁先生看来是难舍难分了——他二人之间有谈话，他二人有对视的目光，还散发出一些她无法准准地确定其含义的信息。这一切在她看来太危险了，以至她克服了自己对卢仁的反感，决定尽可能不离卢仁左右。这么做的部分目的是为了对他有个彻底的了解，但主要目的还是不让女儿动不动就不见了踪影。卢仁以下棋为业，真是无聊，荒唐……这样的职业也只有用如今这倒霉时代的话语才能解释得通。现在的人好创个毫无意义的纪录（比如飞上太阳的飞机、马拉松赛、奥林匹克竞赛……）。想当年在她年轻时的俄国，一个男人不干别的，光下棋，那似乎是不可思议的事。即便在当今时代，这样的男人也是相当奇怪的。她不由得心生疑窦，也许下棋只是个掩人耳目的幌子，卢仁真正干的完全是另一码子事。她想到了那种暗中犯罪的活动——也许他是共济会的，吓得她发晕。原来他是这种奸诈歹徒，摆出一副痴迷于一种单纯的业余爱好的样子，背后隐藏着犯罪活动。不过这样的怀疑一点一点地消失了。你怎能指望这么一个大傻瓜干得出奸诈阴损的勾当呢？再说，他有名，那也是不掺假的。一个许多人都熟悉的名字，她却根本不知道，这叫她有点吃惊，也多少有点恼火。倒是从前偶然听到过这个名字，一位远房亲戚认识一个叫卢仁的圣彼得堡的庄园主。卢仁这个名字中带有外国人很难发准的"噜噜"音，但住在这家度假旅馆里的德国人都能克服发音上的困难，念起他的名字来充满敬意。她女儿给她看了一家柏林画刊的最近一期，在专登棋局测验和纵横词谜的栏目中，出于某种原因刊登了卢仁最近获胜的一场棋赛的精彩棋局。"可是一个大男人真的能全身心地搞这种雕虫小技？"她心烦意乱地望着女儿叫道，"为这样的雕虫小技浪费一辈子的光阴？……你看看，你以前有个舅舅，他各种游戏都玩得好——象棋、扑克、台球——可他无论如何有一份工作，有一份职业，生活中啥都不缺。""他也有职业，"女儿答道，"再说他真的非常有名。你对象棋没兴趣，不能怪别人。""装神弄鬼的巫师也可能很有名，"她生气地说。不过思忖一番后，她得出了这样一个结论：卢仁的名气也部分地说明了他这种人自有他存在的道理。可是他的存在叫别人觉得压抑。尤其惹她生气的是，和他坐在一起时，他总是设法背对着她。"他甚至用脊背说话，"她向女儿抱怨说，"总是背对着人。不像正常人那样与人交谈。我告诉你，这里头肯定有极不正常的事。"卢仁没有向她提过哪怕是一个问题，眼看着无话可谈了，他也不想丁点儿办法补救。忘不了在阳光斑驳的小路上一次次的散步，沿途在这里那里的宜人树荫下，不知哪位思虑周全的天才安放了那么多长凳。之所以说是难忘的散步，是因为一路上卢仁的每一步在她看来都是对她的侮辱。尽管卢仁又矮又胖，喘气吃力，可他还是动辄突然加快速度，步子快得惊人，把他的两位同伴远远落在后面。这位母亲咬紧嘴唇，看看女儿，咬牙切齿地暗暗发誓，要是这种破纪录的奔跑还再继续下去的话，她就立即——立即，你明白吧——扭头回家。"卢仁，"女儿总会喊他，"卢仁？慢点走，这么快会累的。"（女儿用卢仁这个姓来喊他也使她不快，她说到这一点时，女儿却笑起来，答道："屠格涅夫笔下的女主人公们都是这样喊的。她们喊得，我就喊不得吗？"）卢仁走着走着会突然转过身来，苦笑一下，扑通一声坐在一条长凳上。长凳旁边立着个铁丝篮，他总是一门心思地翻腾衣服口袋，掏出一片又一片纸，整整齐齐地撕成碎块，扔进铁丝篮里，然后嘿嘿傻笑。这就是他开小玩笑的最佳范例。

尽管他们三个经常一起散步，但卢仁和她女儿还是找时间单独幽会。每一次幽会过后，这位愤怒的夫人都要问："好啊，你们俩接吻了吧？接吻了吧？我敢肯定一定接吻了。"女儿只是叹口气,假装不耐烦,说:"唉,妈妈,你怎么能说这种事情呢……""是长时间的热吻吧,"她断言道,于是给她丈夫写信,说她现在很不痛快,特别担心,原因是他们的女儿正在谈一场不可能有结果的恋爱——和一个阴郁而又危险的家伙。她丈夫劝她回柏林或去另外一个度假胜地。"他不懂事啊,"她暗自思忖,"唉,算了,没关系。这一切会很快结束的。我们的这位朋友会自动离开的。"

突然,就在卢仁去柏林的前三天,发生了一件小事情。这件小事虽然没有使她彻底改变对卢仁的态度,但让她有所感动。他们三个出去散步。那是一个宁静的八月黄昏,落日壮观,像一只挤出了最后一滴汁的榨汁橙子。"我觉得有点儿凉,"她说,"给我拿点能穿的东西去。"女儿点点头,从衔着一截草茎的嘴里"嗯"地答应一声,快步离开了。回到旅馆门口时,还朝这边轻轻地挥手。

"我有一个漂亮的女儿,是吧?那双小腿多美。"

卢仁欠身赞同。

"这么说你星期一就走?比赛完后返回巴黎?"

卢仁又欠欠身。

"不过你不会在巴黎住很久,对吧?又会有人邀请你到别的地方比赛?"

就在这时候，那件小事发生了。卢仁往四周望望，伸出他的手杖。

"这条小路，"他说，"看看这条小路。那一天我正沿着它向前走。想象一下我遇到了什么人。我遇到了谁？是一位神话中的人物。丘比特。不过没有带弓箭——带了一块小卵石。我被击中了。"

"你这话是什么意思？"她惊奇地问。

"别走，请听我讲，"卢仁叫道，伸出一根手指，"我非得找个人说说。"

他走近她，很奇怪地半张着嘴，这使得他的脸上出现了一种烈士殉道那样不同寻常的表情。

"你是一位善良而敏感的女性，"卢仁缓缓地说，"我很荣幸，很荣幸，求你把她嫁给我。"

他转过身，好像在台上做完了讲演一般，然后开始用手杖在沙地上挖，挖出一个小图案来。

"给你披肩，"后面传来她女儿喘息的声音，一条披肩搭在了她的肩头。

"哦，不要了，我这会儿热，不需要了。我要披肩干什么……"

那天晚上他们散步时话特别少。她头脑里全想着她非要跟卢仁讲一讲的话——要暗示他说说钱财方面的事。他有可能并不富有,他在旅馆里住的是最便宜的房间。她还要和女儿认真谈一谈。一桩不可思议的婚姻,一场白痴般的冒险。尽管想了这么多,见卢仁如此真诚地用传统方式将婚姻大事先向她禀告,她还是有受宠若惊之感。

"该发生的已经发生了,恭喜恭喜,"那天晚上她对女儿说,"别摆出这种啥都不知道的样子,你心里全明白。我们的朋友想要娶你。"

"很遗憾他告诉你了,"女儿答道,"这只是他和我之间的事。"

"你初恋就遇着一个骗子,也就答应他了……"这位窝火的夫人开始数落。

"你说话注意点,"她女儿平静地说,"这事与你无关。"

本来像是不可思议的一段冒险婚姻开始以令人惊奇的速度进展起来。卢仁在离开的前夜穿着长睡衣站在他房间的小阳台上,望着从黑沉沉的树叶之间抖抖索索露出来的月亮。这时他正在想如何应对图拉提的攻势,局面有了意外的转机,于是一边想着棋,一边听着仍然回响在他耳中的声音。这声音把他分割成了长长的线条,占据了各处要害。这声音是他和她刚才谈话的回声。她又坐在他的大腿上,答应——答应过两三天就返回柏林，即使她母亲不走，她也要自个儿回去。把她抱在自己的大腿上，也觉得不踏实，不能和她要跟着他、永不消失的承诺相比。他怕她像梦一般突然消失——闹钟的闪亮拱顶哗哗地在梦中震响，美梦立马破灭，烟消云散。她一只肩膀抵在他的胸前，小心翼翼地用一根手指把他的眼睑向上微微拨开。眼球受到这么一点轻微的压力，他觉得一道奇怪的黑光在眼前跳动。像是与图拉提交手时他跳出的那匹黑马，如果图拉提在第七步走兵，他的马就会不假思索地吃掉它，和他们上次交手时一样。当然黑方也会失去这匹吃了兵的马，但弃子得势，反守为攻，黑方占尽先机。后这一翼有虚弱之处，这不假，或者说不是虚弱之处，而是有点小小疑虑，怕一切都是幻觉，都是焰火，一放即完，不能持久。心也不能持久，也许响在他耳朵里的声音在欺骗他，不会常留耳畔。不过月亮从尖尖的黑色末梢后面浮现出来，一轮圆圆的满月——一种稳操胜券的生动写照。卢仁最终离开阳台，走进自己的房间时，屋里的地板上落下方方正正一大块月光，他自己的影子又落在这一大块月光之中。

八

　　他的未婚妻听到这个消息竟然无动于衷，这让卢仁产生了别人无法想见的感想。他在打败了一个十分顽强的匈牙利棋手，得到第一分后，便立即赶往那家有名的公寓，公寓里连空气似乎都带着装模作样的民间文化色彩。当时比赛进行到第四十步棋后封盘，这不假，但再战下去的形势卢仁已完全明了。他朝看不清脸面的出租车司机大声念了写在明信片上的地址（明信片的内容是："我们到了。Zhdyom vas vecherom[1]——盼今晚见到你。"），然后不知不觉地越过了一段昏暗而又起伏不平的距离，他小心翼翼地拉响了衔在狮子嘴里的门铃。铃声立即引来了行动：门呼的一声打开了。"什么，没穿外衣？我不让你进来……"但他已经迈过了门槛，正在挥胳膊，晃脑袋，要渡过喘不上气来的难关。"噗，噗，"他大口地喘着气，同时做好准备要来一个热烈的拥抱。突然他注意到，他已经伸向一边的左手握着一根多余的手杖，右手握着钱夹，这东西显然从他付过出租车车费后就一直这么握在手里。"又戴着那顶黑怪物般的帽子……好啦，干吗还站在那儿？这边走。"他的手杖稳稳地插进了一个花瓶模样的容器里，钱夹塞了两次后，找到了装它的上衣口袋，帽子也挂在了一个衣帽钩上。"我来了，"卢仁说，"噗，噗"地喘气。这时她已经走开去，远远站在门厅的最里头。她推开一扇边门，裸露的胳膊沿着门侧的墙壁伸开，歪着头欢快地望着卢仁。门上方，就在门楣正上方，挂着一幅画面生动的宽幅油画，引人注目。卢仁通常不注意这类东西，但今天却打量起它来，因为它在电灯的照射下显得油光发亮，色彩让他发晕，像中暑一般。画上面是一个乡村姑娘，一条红头巾一直裹到眉毛处，正在吃苹果，映在篱笆上的影子正在吃一个稍微大点的苹果。"是个俄国 baba[2]，"卢仁津津有味地说，然后大笑起来。"好啦，进来，进来。别碰翻桌子。"他走进客厅，笑得全身发软，笑得肚子在那件出于某种原因每逢比赛总会穿上的丝绒背心底下晃晃悠悠地抖。他头顶上那盏带有淡白色半透明垂饰的枝形吊灯应着他的笑声，发出一种奇怪而又熟悉的震动。扶手椅都是法兰西第一帝国时代流行的款式，椅子腿映在黄色的雕花地板上。钢琴前的地板上铺着一张白色的熊皮，熊掌摊开，好像在地板闪亮的深渊里飞翔。数不清的小桌子上，书架上，落地支座上，都摆着各种

1　用拉丁字母转写的俄语。

2　用拉丁字母转写的俄语，女孩。

各样的节日小摆设，一个橱柜里摆着一些颇像卢布那样的东西，又大又沉，银光闪闪。一面穿衣镜的镜框后面插着一根孔雀翎。四面墙上挂着许多画——更多的包着花头巾的乡村姑娘，一个骑着白色役马的 bogatyr[1]，一间小木屋，屋顶上盖着蓝色羽绒般的雪……所有这一切对卢仁来说，都汇成了动人的色彩之光，从中会突然冒出一个别的东西来——比如一只瓷驼鹿，或者一幅黑眼睛的肖像——然后又是他眼睛中的欢快波光和那块北极熊熊皮。他在上面绊了一下，把熊皮的一边翻了过来，原来底下是一层圆齿边的红色衬里。他已经有十几年没有在俄式家里住了，现在突然进了一个尽展俄国之豪华的人家，他不由得产生了一种小孩子那样的兴奋，乐得想拍巴掌——他有生以来还从没有像现在这样舒适自在过。"复活节剩下的吧，"他很有把握地用小指指着一枚绘有金色图案的大木头蛋说（这个木头蛋是在一个慈善募捐舞会上玩"翻筋斗"赌戏得的奖品）。这时，一个双扇的白色房门突然打开，一位身板笔挺、留着平头、带着夹鼻眼镜的绅士快步走进屋来，一只手老远已经伸了出来。"欢迎，"他说，"见到你很高兴。"说着，就像变魔术一般，他打开了一个手工制作的香烟盒，盒盖上印着亚历山大一世的鹰徽标志。"带烟嘴的，"卢仁斜眼瞅瞅

---

1 用拉丁字母转写的俄语，俄国中世纪英雄。

香烟说，"我不吸这种烟。不过你看看……"他开始翻腾他的上衣口袋，掏出了一些粗烟卷，是从一个纸制的烟盒里掉出来的。有几支掉在了地上，那位绅士敏捷地捡了起来。"宝贝儿，"他说，"给我们拿个烟灰缸来。请坐。对不起……呃……不知尊姓大名。"一个水晶烟灰缸放在了他俩中间，两个人同时伸手弹烟灰，两个烟头碰了一下。"J'adoube[1]，"棋手和气地说，把他弹弯了的烟卷弄直了。"没关系，没关系，"另一位连忙说，两只鼻孔突然一收，从中喷出两股细细的烟来。"好啦，你到了我们的好地方老柏林。我女儿告诉我你是来参加比赛的。"他解开一只浆过的袖口，一只手放在屁股上继续说，"顺便问一下，我总是觉得奇怪，象棋里有没有保你常胜不败的着法呢？不知你明白不明白我的意思。不过我的意思是……对不起……你的尊姓大名？""我明白你的意思，"卢仁说，然后认真思考了一会儿，"你看，我们有静着和强着之分。强着嘛……""啊，对，对，正是它。"绅士点点头。"强着就是这样一种着法——"卢仁兴致勃勃地大声往下说，"一步之后立即稳占优势。比如说双将，或吃掉一个大子，或兵升变为后，等等，等等。而静着……""我懂了，我懂了，"绅士说，"这

1 法语，我摆正棋子。国际象棋术语，在摸棋子之前说"我摆正棋子"，以防对手利用摸哪个子就必须走哪个子的规则强迫他走那个触摸了的棋子。

次比赛大约持续多久？""静着暗藏玄机和杀机，错综复杂，"卢仁说，既想让主人高兴，又想切中事情的要害，"我们不妨布局为例。白方……"他盯着烟灰缸沉思起来。"说来不巧，"主人不安地说，"我对象棋一窍不通。刚才只是问问你……不过没关系，一点没关系。一会儿我们就去餐厅。告诉我，宝贝儿，茶好了吗？""对了！"卢仁大叫一声，"我们可以用比赛中的残局为例，从今天封盘时的局面开始。白方：王在c3，车在a1，象在d5，兵在b3和c4。黑方……""象棋，一种复杂的事物，"绅士插话道，说着一跃而起，想阻住这些一说黑方便必然要洪水般涌来的字母和数字。"现在我们设想，"卢仁沉重地说，"黑方走出了在这种形势下的最佳着法，从e6到g5，对这一步我的应着就是一步静着……"卢仁眯起眼睛，声音近乎耳语，噘起嘴唇，像要小心地亲吻一般，没有说出话来，也没有说出具体着法来，而是发出了一点极其亲切、极其柔弱的声音。第二天他把这步棋落在棋盘上的时候，脸上也是这样的温柔神情——一个人从婴儿脸上轻轻吹掉一根小羽毛时的神情。那位匈牙利棋手，因一夜未眠而脸色灰黄，对着棋盘陷入了苦苦沉思。在这未眠的一夜里，他已经将所有的变招拆解一番，无论如何都是和棋，不料单单没注意暗藏玄机的这一步。卢仁煞有介事地轻咳一声，深情地在一张纸上记下了自己的这步棋。匈牙利棋手很快倒子认负，卢仁又坐下来和一位俄国棋手对弈。一开局很有意思，不一会儿观棋的人就在他们的棋桌周围密密实实地围了一圈。人群中有好奇的情绪，有挤来挤去的压迫感，有活动关节的嘎吧声，有参差不齐的呼吸声。所有的声音中更多的是低语声——低语声中又不时响起比较响、更烦人的"嘘嘘"声——周围的一切都在频繁地折磨着卢仁。只要他没有深深地沉入棋局的无底洞之中，这些关节的嘎吧声、人群涌动的索索声，还有热烘烘的人体气味，总是严重地影响着他。他从眼角往外一瞟，这时看见观棋人的一双双小腿。让他特别生气的是，在清一色的深颜色的裤子丛中，竟然发现了一双女人的脚，穿着亮闪闪的灰色长统袜和浅蓝色的鞋。这样的一双脚显然对象棋一窍不通，不知为何要上这儿来……这双有横带之类东西的尖头鞋最好踢踏踢踏地响在人行道上……离这儿越远越好。每当他打停赛钟，草草记下一步棋，或者把吃掉的棋子放在一边时，他就斜眼瞟一下那双一动不动的女人的脚。一个半钟头后，他赢了这盘棋，站起身来，向下拉了拉背心，这时他才看清那双女人的脚原来是他未婚妻的。原来她一直在看着他赢得胜利，他不禁产生了一阵强烈的幸福感。他迫不及待地等着棋盘消失，闹哄哄的人群散去，他好尽快地过去拥抱她。可是棋盘没有立即消失，甚至当明亮的餐厅和明亮的俄式大茶壶出现时还没有消失。白桌布上还隐约闪现出规则的方块，还有类似的方块——巧克力色和奶油色相间的方块，不容置疑地出现在挂着糖霜的蛋糕上。未婚妻的母亲见他时摆着长辈溺爱晚辈的架子，骄傲又略带点嘲讽。她前一天晚上见他时就是这样的神情，正是她的出现结束了那场关于象棋的谈话。和他谈话的那个人显然是她的丈夫，现在这个人开始给他讲他在俄国曾经拥有一所堪称典范的乡村别墅。"我们到你的房间去，"卢仁低声对未婚妻说，声音沙哑。她咬住嘴唇，一副吃惊的样子。"我们走，"他又说了一遍。但她机灵地往他端着的玻璃盘子上放了一点好看的木莓果酱，这种红得耀眼的、带黏性的甜东西像粒状的火苗漫过舌头，带着甜香粘住了牙齿，产生了立竿见影的效果。"Merci, merci[1]，"他盘子里又添了些果酱时他欠身致谢，接着在死一般的沉默中又开始咂嘴，还不停地舔刚从烫茶水里取出来的小勺子，生怕这迷人的糖浆漏掉一滴。最后他总算如愿以偿，和她单独待在了一起，却不是他想的那样在她的房间，而是在华丽的客厅里。他把她拉到跟前，自己重重地坐下，握住她的手腕，但她默默地挣脱开了，转了一圈，然后坐在一个草垫上。"我还没有最后决定嫁不嫁给你，"她说，"这一点你要记牢了。""一

---

1 法语，谢谢，谢谢。

切都定了，"卢仁说，"他们要是不同意，我们就强迫他们签字。""签什么字？"她吃惊地问。"我不知道……不过我们似乎需要一种签字之类的东西。""愚蠢，愚蠢，"她一连说了好几遍，"愚蠢到不可理喻、不可救药的地步。我跟你有什么关系？我会跟着你采取什么行动？……你看你多累啊！比赛太多了，肯定对你的健康不利。""Ach wo[1]，"卢仁说，"一两场小赛罢了。""你整夜都在思考。你不能这样下去了。你看现在已经很晚了。回家去。你需要睡觉，睡觉是你现在唯一的需要。"但他仍然坐在带条纹的沙发上不动。她回想他们之间进行过的谈话，不由得心灰意冷——总是这里摸一下，那里拍一下，说些前言不搭后语的话。时至今日，他也不曾像模像样地吻过她，一切都是古怪的，扭曲的。搂搂抱抱时的举动也没有一次和正常人一样的。可是他眼中那种孤苦伶仃的执着，当他聚精会神地盯着棋盘时焕发出的那种神秘光彩……第二天她又身不由己地要去那些沉默的赛场看看，地点在一条狭窄吵闹的街道上，安排在一家大咖啡馆的二楼。这一次卢仁马上就注意到了她，他正低声和一个肩膀宽阔的男人说话。此人脸刮得很干净，剪得很短的头发好像紧贴在头上，朝前梳下来，在前额处留了个小尖。两片厚厚的嘴唇包着一支已经熄灭了的香烟，

1　德语，一点也不。

不停地舔。一名报社派来的画家坐在他旁边，正在飞快地画他叼香烟的侧面像，脸一抬一低地动，像一个脑袋可以活动的小铜人。她从旁边走过时扫了一眼他的画簿，看见在这幅刚开笔画出了轮廓的图拉提像一旁是一幅已经完成了的卢仁像——手法夸张，阴沉的鼻子，打上暗影的双下巴，还有鬓角处那缕熟悉的头发，她称之为卷毛。图拉提坐下来同一位德国特级大师比赛。卢仁朝她走过来，神情忧郁，带着一丝歉疚的笑容，又长又笨地说了一通。她吃惊地意识到他说这番话是想让她离开。"我很高兴，post factum[1] 非常高兴，"卢仁央求着说，"可是眼下……眼下不知为何老是干扰我。"她顺从地从两排象棋桌中间撤离，他目送她走了后，用力点点头，朝已经坐好了新对手的棋桌走去。这位新对手是个灰白头发的英国人，下棋一贯沉着冷静，却总是输棋。这一次他照样不走运，卢仁又赢了一分。第二天卢仁下了盘和棋，接下来又赢了一盘——到这时候他不再清楚地感觉到棋和他未婚妻家的界限，好像运动加速了，最初好像是线条交替的东西现在成了模糊闪动的一片。

他和图拉提同步前进。图拉提得一分，他得一分。图拉提得半分，他也得半分。就这样他们在各自的比赛中同时领

[1] 拉丁文，最后。

先，仿佛在爬等腰三角形的两个边，到最后关头势必在顶点相遇。

每个夜晚不知为何变得曲曲折折。他强迫自己不想棋，可就是办不到。尽管他觉得很困，睡眠却找不到进入他头脑的通道。睡眠在寻找大脑中的漏洞，好乘虚而入，可是每一个入口都有一个象棋哨兵把守。他痛苦地感到睡眠就在那里，离他很近，却在头脑外面，就是进不来。在房间里疲倦地转悠着的卢仁在沉睡，但眼前晃动着棋盘的卢仁却醒着，他无法让这两个卢仁美满地合二为一。更糟糕的是——每次大赛之后，他都发现要爬出象棋概念的世界比以往更加困难，甚至在白天也开始出现令人难受的分裂感觉。一盘棋三个小时，下完后他莫名其妙地头痛。不是整个头都疼，只是部分地疼，像是棋盘上的黑格疼，白格不疼。有一阵子他找不见门，门被一个黑点遮住了。他甚至记不起那座可爱房子的地址。幸好上衣口袋里还放着那张旧明信片，对折起来，顺着折缝已经开了点口子。卡上写的字"…… vas vecherom——"和"盼今晚见到你"正好让折缝口分开了。当他走进那座满是俄国玩具的房子里时，他仍然感到快乐，然而这种快乐现在也打了折扣。有一天没有比赛，他来得比平时早一些，家里只有那位母亲一个人。她决定把那天黄昏时分在山毛榉树林里进行过的谈话继续谈下去。她善于表达自己的思想，这种能力受到盛赞（这一点来他们家拜访的年轻人都知道，认为她聪明绝顶，非常怕她），于是她高估了自己，拿卢仁开涮，先就在花瓶里，甚至在四肢展开摊在地板上的白熊下巴里发现的烟头教训他一通，然后建议他就在这个星期六晚上，等她丈夫做完他每周一次的沐浴后，在他们家洗个澡。"你恐怕不经常洗澡，"她直言不讳地说，"洗得不太勤吧？承认了吧。"卢仁阴沉沉地耸了耸肩，眼睛盯着地板，地板上正在发生着轻微的变化，一种阴影的可恶的变化，只有他一个人看得出来。"总而言之一句话，"她接着往下说，"你必须振作精神，焕然一新。"看来这句话把她的听话人调整到了正确的心态，她便言归正传，"告诉我，我看你已经把我家小姑娘彻底带坏了吧？像你这样的人都是大色狼。可我的女儿是正派人，不像如今的姑娘。告诉我，你是个好色之徒，对不对？""不是，夫人，"卢仁叹口气答道，然后皱起眉头，迅速地将一只鞋底拖过地板，抹掉了一组已经相当清晰的着法演变。"说来也是，我根本不了解你，"洪亮的声音快速地继续着，"所以我必须问问你的情况——对，对，问问情况——看看那些特殊的疾病中你染上了哪一种。""气短，"卢仁说，"还有点风湿病。""我说的不是那回事，"她恼火地打断他，"这是个严肃的问题。你显然自认为已经订婚了，所以你就常来这里，和她单独在一起。可我认为眼下一段时间内还不可能谈及结婚的事。""去年，我还犯过痔疮。"卢仁没精打采地说。"听着，我在跟你谈极其重要的事情。你可能想今天就结婚，马上结。我知道你心里怎么想。结婚后她就会挺着大肚子走来走去，你马上就会粗暴地对待她。"卢仁在一个地方用脚踩出一块阴影，又绝望地发现远处又有一组着法正在地板上形成，离他坐着的地方很远。"如果你对我的意见还有一点点兴趣的话，那么我必须告诉你我认为你们两个配成一对着实荒唐。你也许以为我丈夫会支持你。承认吧，你的确是这么想的，对吧？""我现在处境很困难，"卢仁说，"我不需要什么。一家杂志请我主编象棋专栏……"说到这里，地板上那些烦人的影子变得像黄铜一般刺眼，卢仁不由自主地伸出一只手把阴影一方的王挪走，以摆脱光亮一方兵的威胁。从那天起，他就避免坐在客厅。客厅里刨光木制小摆设太多，你盯着看久了，它们就会变成非常明确的棋子形状。他的未婚妻注意到，比赛每过一天，他的状况就糟糕一分。他的眼睛周围出现了一圈暗紫色，厚厚的眼皮也又红又肿。他脸色过于苍白，所以看上去总像是胡子没有刮干净一般，其实在未婚妻的督促下，他每天早晨都刮脸。她极其不耐烦地等着比赛彻底结束，一想到每次他必须付出对身体极其有害的巨大努力才能获得一分，她就非常痛心。可怜的卢仁，神秘的卢仁……在整个秋季里，她每天上午和一个德国女友打网球，或是听一些她早已不感兴趣的艺术讲座，或是在她的房间里翻阅各种破旧书籍——有安德烈耶夫的《海洋》，克拉斯诺夫的一本小说和一本书名叫《怎样练瑜伽》的小册子。每当这个时候，她就清楚地意识到此时卢仁正沉浸在他的象棋着法拆解之中，正在苦苦挣扎，正在受罪——她却无法分担他遭受的这种艺术折磨，心里好不难受。她无条件地相信他的天才，她也相信只是下棋，决不会耗尽他的天分，无论下棋多么令人入迷。棋赛期间的狂热一旦过去，卢仁就会冷静下来。他会休息，他体内某种尚未得知的力量会开始发挥作用，他会面目一新，把他的才华显示在生活的其他方面。她父亲把卢仁称为狭隘的狂想迷，但又说他无疑是个非常天真、非常值得尊敬的人。她母亲意见正好相反，她坚持认为卢仁正在丧失理智，不是一天一天地丧失，而是一小时一小时地丧失，这样的疯子法律上是禁止结婚的。她不让所有的朋友知道她有这么一位不可思议的未来女婿。刚开始瞒着他们还不难——他们以为她和女儿度假未归——可是后来，常来他们家拜访的那些人很快又来了。其中有一位很有魅力的老将军，他总是认为我们这些流亡人士所遗憾的不是离开了俄国，而是失去了青春，青春。有一对俄裔德国人，有奥勒格·谢尔盖耶维奇·斯米尔诺夫斯基————一位神智学家，也是个酒厂老板。有几名前白军军官，几位年轻女士，歌唱家渥兹维申斯基夫人，阿尔费奥洛夫夫妇。还有上了年纪的渥玛诺夫公主，大家称她为黑桃皇后（模仿一出著名的歌剧）。正是她第一个见到了卢仁，听了这家女主人仓促难懂的解释后她推断出卢仁同文学有某种关系，同杂志有某种关系————一句话，他是个作家。"那种事情，你知道吗？"她问道，礼貌地提起了一个文学话题，"从奥普柯金————新派诗人中的一位……有点颓废……关于黄色和红色的矢车菊……"斯米尔诺夫斯基不失时机地要和他下一盘棋，但不巧这个家里没能找出一副棋来。这些朋友中的年轻人都说他是傻瓜，只有老将军待他最为真诚热情，最终还劝得他去动物园看了刚刚出生的长颈鹿。家里自从有这些客人来拜访后，就每晚都有人来，以不同的组合出现。这么一来，卢仁就不能和未婚妻单独待上哪怕片刻工夫。他同他们做斗争，要努力穿透这厚厚的人群去接近她，这种斗争立即带上了象棋的色彩。但斗争后证明不可能战胜他们，他们人总是越来越多。他不由得胡思乱想，正是这些不计其数的、不识尊容的客人在他比赛时密密实实、热烘烘地围在他的周围。

所有这一切在一天上午即将得到一个解释。当时他坐在他的旅馆房间正中间的一把椅子上，试图集中心思只想一件事：昨天他已积至十分，今天他必须击败莫泽。突然他的未婚妻走了进来。"倒真像个小偶像，"她笑着说，"坐在屋子中央，等着礼品供奉上来。"她掏出一盒巧克力递给他，突然间笑容从她的脸上消失了。"卢仁，"她喊道，"卢仁，醒醒！你怎么了？""真的是你吗？"卢仁不相信地轻声问道。"当然是我。你这是要干什么？把椅子放在屋子中央，一动不动地坐着。你要是不马上醒过来，我就走了。"卢仁顺从地振作起来，动了动肩膀和脑袋，然后转移了地方，又在沙发上坐了下来。一种不太自信、不太稳定的幸福感在他的眼睛里闪烁、游动。"告诉我，比赛什么时候结束？"她问道，"还要赛几场？""三场，"卢仁答道。"我看今天的报纸上说你一定会在这次大赛中夺冠，说你这一次表现异常出色。""可是还有图拉提，"卢仁说，抬起一根手指。"我觉得胃里难受，"他伤心地说。"那就不给你吃糖了，"她连忙说道，把装糖的小方盒塞到胳膊底下，"卢仁，我去叫医生来。再这样下去，你就没命了。""不，不，"他昏昏沉沉地说，"已经过去了，没必要叫医生。""吓死我了。这意味着一直要到星期五，到星期六……遭这份罪。家里的情况很不好。每个人都同意妈妈的观点，说我不能嫁给你。你为什么觉得胃不舒服？是吃了什么东西还是另有原因？""已经过去了，全过去了，"卢仁喃喃低语，头一低靠在她的肩膀上。"你就是太累了，可怜的孩子。你今天真的还要去比赛吗？""三点钟。对手是莫泽。总的说来，我表现得……他们怎么说来着？""异常出色，"她笑了。靠在她肩膀上的脑袋又大又沉——一套宝贵的装置，构造复杂神秘。一分钟后，她注意到他已经睡着了，便开始考虑现在如何把他的头移到某一个沙发垫上。她极其小心地一点一点移动，总算移过去了。他现在半躺在沙发上，很不舒适地蜷着身子，枕在枕头上的脑袋蜡黄蜡黄的。霎时间一阵恐惧袭来，他会不会突然死去？她甚至摸了摸他的手腕，手腕倒是柔软温暖。她直起身来，肩膀上感到一阵疼痛。"好沉的头，"她望着熟睡的人低声说，然后悄悄地离开了房间，带走了她没有送成功的礼物。她在走廊里遇到一个女服务员，便吩咐她过一个小时后叫醒卢仁，然后悄无声息地走下楼梯，走过洒满阳光的街道，朝网球俱乐部走去——一路上竟然还那么小心翼翼，尽量不弄出响声或做剧烈的动作。女服务员没有必要去叫醒卢仁——他自己醒过来了。醒来后马上做出艰苦的努力，回忆他睡着时做过的美梦。他根据经验知道，梦醒后如果不马上回忆，稍后点就再也记不起来了。他梦见他奇怪地坐在屋子中央，突然——是梦中常见的那种突然，荒诞却又幸福——他的未婚妻走了进来，拿出一个系着红带子的小盒子。她的穿戴也是梦中风格——白色的衣服，走路没有声响的白鞋。他想拥抱她，但突然觉得不舒服，头晕目眩。与此同时，她说起了报纸把他写得天花乱坠，但她母亲仍然不让他们结婚。也许还有更多的这样或那样的事情，可是他的记忆赶不上正在从记忆中消退的东西。他想无论如何不要让他好不容易从梦中截下来的回忆消散掉，便小心地动了动，往下捋了捋头发，摇铃叫服务员送饭，饭后还要比赛。这一天象棋展示了可怕的力量。他一口气下了四个小时，取得了胜利。可是他坐上出租车，车开了之后，他忘了这是要到哪里去，也忘了给司机看的是哪一张明信片，于是他索性等着看车会在哪里停下。

不过他还是认出了那所房子，房子里又是客人，客人——但在这里卢仁觉得只是回到了刚做的那场梦中，因为他的未婚妻悄声问他："你怎么样了？病好些了吗？"——现实生活中的她怎么知道他梦中的情形？"我们生活在一场美梦中，"他对她轻轻说道，"现在，我一切都明白了。"他四处望望，看见了桌子，看见了坐在桌子旁的客人面孔，还看见了这些面孔在大茶壶上的投影——在大茶壶上映出很特别的样子。他长长地舒了一口气，说："这么说这里的一切也是梦？这些人也是梦？这……这……""轻点，轻点，你胡说什么呀？"她着急地低声说。卢仁却认为她说得对，不应该这么乱说把梦吓跑，让他们坐在那儿吧，让这些人暂且坐在那儿。可是这个梦最不寻常之处是周围显然都是俄国的东西，做梦的人离开那里已经很多年了。梦中的人物都在高高兴兴地喝茶，操着俄语交谈，那只糖碗也和他许多年前用过的糖碗一模一样，那是一个血色夏日的黄昏，他在阳台上用小勺从碗里往外舀砂糖。卢仁饶有兴趣而且有点喜悦地注意到他重返俄国了。尤其让他高兴的是，这种重返故国的感觉就像某一套象棋着法饶有兴味地重演一遍一样——这种情况一般是这样发生的：比如一套仅限于棋局测验的着法，理论上创立很久之后，突然在实战棋局中以惊人的相似面目又出现了一次。

然而，这场梦中自始至终都闪现着他真实的象棋生活，有时模糊，有时清晰。最后梦过去了，现实中只是旅馆里的夜晚，为象棋思考，为象棋无眠。他已经发明了一套应对图拉提开局的防守之策，着法凶悍，还在深思熟虑。他毫无睡意，思路清晰，心中排除了一切杂念，知道除了象棋，万事不过是美梦一场而已。梦中一位美丽的少女，眼睛清澈，露着双臂，她的形象渐渐模糊，化为乌有，就像月亮散去金色的光晕一般。当与周围他不能完全理解的世界接触时，他的理智之光常常会散去，由此失去了一半的力量。既然周围的世界已经变成了虚幻的梦境，再不用为它担惊受怕，他的理智之光便聚集起来，越来越强。真正的生活，象棋生活，有条不紊，层次分明，富有冒险色彩。卢仁颇为自豪地注意到，在象棋生活中，他轻车熟路，驾驭起来多么轻松，凡事都服从他的意志，听从他的安排。他在这次柏林大赛上弈出的一些棋局被行家们誉为不朽之作。有一局是在接连弃后、弃车、弃马之后取胜的。另有一局，他把一个兵放在一个要害部位，使它获得了绝对怪异的强大力量，还不停地发展壮大，就好像在棋盘上最细嫩的地方长了个疖子一般，害得对手吃尽了苦头。最后还有一局，他走出了貌似荒谬的一步，在周围观棋人中引起了一阵窃窃低语。哪知这是他给对手精心设计的圈套，待到对手察觉为时已晚。在这几盘对局中，在这次令人难忘的大赛上他弈出的其余对局中，他展示了惊人的清晰思路和冷酷无情的逻辑推理。不过图拉提也表现出色，也是一分接一分地取胜。他大胆的想象让对手有点像被催眠了一样迷迷糊糊。他屡屡凭棋运获胜，可以说他的棋运自出道至今从来没有离开过他。他与卢仁一战将决定谁能夺冠。有些人认为卢仁的思路清晰机敏，会打破那位意大利人不可一世的幻想。也有些人预言攻杀凌厉、有饿虎扑食之势的图拉提会击败谋略深远的俄国棋手。他们相遇的日子终于到来了。

卢仁醒来时发现自己穿戴齐全，甚至连大衣也穿好了。他看了看表，连忙起身，拾起掉在屋子中央的帽子戴上。这时他心神一定，环视一下屋里，想搞清楚他到底是躺在什么地方睡的觉。床上不皱不乱，长沙发上的丝绒也十分平整。他能确定的只有一件事，那就是从无法回忆的时刻起他一直在下棋——在他昏暗的记忆深处有一个聚光点，如同两面镜子反射着一根蜡烛，光点中卢仁坐在棋盘旁，接着又一个卢仁坐在棋盘旁，只是这一个小了一些，然后再一个，更小一点，就这么一个接一个，无穷地小下去。可是现在他晚了，他要迟到了，他得赶快动身。他迅速打开房门，又疑惑地停下了脚步。根据他对东西摆放的已有概念，棋赛大厅、他的棋桌和等候比赛的图拉提就应该在这里的。他没有看见这些东西，只看见一条空走廊和走廊尽头的楼梯。突然，楼梯那边出现了一个匆匆跑动的小个子男人，他看见了卢仁，伸出双手喊道："大师，这是怎么回事？他们在等你，他们在等你，大师……我给你打了三次电话，他们说敲了门，你没有反应。图拉提先生已经入座好久了。""他们把棋桌挪走了，"卢仁恼怒地说，抬起手杖指指空空如也的走廊，"我怎么不知道所有的东西要挪走？""你要是不舒服的话……"小个子男人开始说，伤心地望着卢仁泛着白光的脸。"好，带我去那儿！"卢仁尖声叫道，手杖砰的一声捣在地板上。"好的，好的，"那人心烦意乱地低声说。卢仁紧盯着跑在他前面的那件竖起领子的小外套，开始征服这个搞不清楚的空间。"我们步行过去，"他的向导说，"一分钟就到。"卢仁认出了咖啡馆的旋转门，感到松了一口气，然后上楼梯，最后终于看到了他在旅馆走廊里一直在寻找的那些东西。一进门，他马上感到生命、镇定、清晰、信心等全都有了。"要大获全胜了，"他大声说道，黑压压的人群往两旁分开，让他过去。图拉提用法语低低念叨："Tard, tard, très tard." [1] 这时卢仁才突然看清他的模样，还看见他一个劲地摇头。"Avanti，" [2] 卢仁也用法语笑着说道。一张桌子出现在他二人中间，桌面上放着一张棋盘，棋子已经摆好，只等开战。卢仁从背心口袋里掏出一支香烟，心不在焉地点燃。

就在这时，一桩奇怪的事情发生了。图拉提尽管执白先行，却没有摆出他著名的攻杀开局，卢仁想好的防御之策也就根本派不上用场了。不管是因为图拉提事先料到卢仁会有防御之策，还是因为他知道卢仁在这次大赛中表现了从容镇静的实力后决定谨慎行事，反正他今天用了最平常的开局着法。卢仁见自己的功夫白下了，一时间颇觉遗憾，不过他无论如何还是高兴的：这样开局给了他更多的应对自由。更让他高兴

1　法语，来迟了，来迟了，太迟了。
2　法语，幸会。

的是，图拉提显然怕他。另一方面，图拉提选择简单幼稚的开局着法，其中毫无疑问暗藏玄机，卢仁也决定特别小心地应对。起初局面进展得非常轻柔，非常轻柔，像装了弱音器演奏的小提琴。两位棋手谨慎地运子谋势，向前走走这个，再走走那个，彬彬有礼，没有一点威胁对方的迹象。即使有点威胁意向，那也完全是例行着法——更像是给对手发出暗示，让他最好在那里做好防御。对手则会微微一笑，仿佛每过一招都是无足轻重的玩笑，然后他加强一下那个地方的阵形，再徐图进展。突然在毫无朕兆的情况下，一根琴弦轻轻拉响。这是图拉提的一个子控制了一条斜线。不过卢仁一方立即也自动响起一丝轻柔的旋律。有一阵子，神秘的变招可能性在微微抖动，然后局面又归于平静：图拉提退了回去，深藏不露。又有一阵，双方好像无心进取，各自只顾清理自己的地盘——仿佛在家里喂喂孩子、搬搬东西，整理整理一般——突然间局面又一次紧张起来，声音急速地组合：两股小部队遭遇，双方马上同归于尽。随着手指熟练而短暂地一动，卢仁从棋盘上取下了已不再是无形的力量而只是一个沉甸甸的黄颜色棋子的小兵，放在棋桌上靠他这一边。图拉提的手指在空中一闪，一个不起作用的黑色小兵头顶闪闪一亮，也落下来放在了棋桌上。取掉了这两个突然变成两块木头的棋子之后，两位棋手似乎恢复了平静，忘记了刚才短暂的火力交锋。然而刚才吃子时引起的棋盘本身的颤动尚未完全平息，眼看着棋局又风起云涌……不过刚才的响声没有成功地奠定理想的局面，另有一个深沉、昏暗的音符在别的地方响起，两位棋手放弃了仍在颤动的区域，对棋盘上的另一部分发生了兴趣。不过在这一块，几经较量仍未见分晓。棋盘上最有分量的几个子相继冲锋三四次，发出号角般的响声，然后又出现了一次子力交换，又有两枚棋子变成了涂着清漆、闪闪发亮的雕刻木偶。接下来是一次长考，持续了好长时间，这期间卢仁从棋盘上的一个点算起，算了十来套变着，等于头脑里下了十来盘棋，结果盘盘皆输。然后他的手指摸索起来，终于找到了一套迷人的、稍纵即逝的、水晶般透明的着法。图拉提刚应了一步，他这一整套着法便轻响一声，顷刻土崩瓦解了。不过图拉提走完这一步后也难有作为，双方便为抢时（时间在象棋世界里是残酷无情的）而重复走了两步相同的着法——一攻一守，又一攻一守——不过与此同时，双方一直在思考与这几步机械走法完全不同的最为狡猾的变着。图拉提终于决定冒险一搏——棋盘上顿时掀起了音乐的风暴。风暴中卢仁坚持不懈地寻找他需要的那个细微而又清晰的音符，好在他出招时将它放大、增强、化为雷霆之声。现在棋盘上的一切都显得生机勃勃，一切都集中在一个想法上，局面越来越紧张。两个棋子从棋盘上消失，局势暂时缓解了，然后又动荡起来。卢仁的思想在神奇而又可怕的迷宫里游荡，时不时与图拉提焦虑的思想相遇，他和卢仁在寻找同样的东西。两人同时意识到白方注定不能按自己的计划进展下去了，他眼看要奏响败局之音。图拉提连忙兑子求和，棋盘上的子力数目又一次减少。新的变着可能性出现了，但仍然没人敢说哪一方占优。卢仁准备发动攻势，为此他首先需要在变着的迷宫里探索一番，每探一步都会引起惊险的回声。于是他开始长考：看起来他好像有必要作最后一搏，他将会找到通向胜利的神秘着法。突然，在他体外发生了什么事，一阵烧灼疼痛——他大叫一声，甩一甩被一根火柴的火焰烫了一下的手。原来他刚才点燃了一根火柴，却忘了用它去点烟。疼痛很快就过去了，但是在这冒火的瞬间他看到了无法忍受的可怕事情，看到了象棋这个无底洞深处的恐怖景象。他扫了一眼棋盘，感到前所未有的疲倦，困得脑子都萎缩了。但是盘上的棋子没有怜悯之心，仍抓住他不放。这里面有恐惧，但也有唯一的和谐乐声。世上除了象棋还有什么呢？只有雾，不可知的、无形的雾……他注意到图拉提不再坐着，他站着伸懒腰。"封盘了，大师，"身后传来的一个声音说，"记下你的下一步棋。""不，不，现在还不能封盘，"卢仁央求道，眼睛在找说话的人。"今天就到这里，"那个声音继续说，还是从身后传来，是一种旋转的声音。卢仁想站起来，但站不起来。他看到自己已经连同椅子一起退到了后面，观棋的人群迫不及待地扑向棋盘，那里是他倾注了全部生命的地方。他们又是争吵，又是喊叫，还快速地把棋子往这里挪挪，往那里摆摆。他又一次使劲站起来，可还是站不起来。"怎么了，这是怎么了？"他伤心地说。人群黑沉沉的后背错落出一些窄缝，他想透过这些窄缝看清棋盘。那些后背越缩越小，最后消失了。棋盘上的棋子现在都混在了一起，胡乱挤在各处。一个鬼影走了过去，停下来，迅速地将棋子装进一个微型棺材里。"彻底结束了，"卢仁说，说着扭着身子使劲从椅子上站起来，挣得他连连呻吟。几个鬼影仍然站在附近，讨论着什么。天很冷，也相当黑。几个鬼影正在往外搬棋盘和椅子。变了形的、透明的棋子形象在空中游荡，你往哪里看都能看见它们。卢仁意识到自己卡住了，迷失在他最近冥思苦想的一个着法中。他苦苦挣扎着想解脱出来，找一个地方求得解脱——哪怕失去自身的存在。"我们走，我们走，"有人喊叫着，在砰的一声门响后消失了。就他一个人还没有走。他的视线越来越模糊，大厅里的每一样东西都模糊不清，每一样东西都在将他的军。他必须躲开将军，便移动一下，结果整个肥胖的身体颤抖起来。他根本想象不出该怎么做才能离开一个房间——应该有一个简单的办法才对。突然，一个白胸脯的黑影开始在他身旁移动，递给他外套和帽子。"为什么要穿衣戴帽？"他喃喃低语着，把胳膊伸进衣袖里，又同那个照顾他的鬼影一起从旋转门里转出去。"这边走，"鬼影轻快地说，卢仁便向前迈步，走出了那个可怕的大厅。一看见楼梯，他就开始往上走，但接着又改变主意往下走，因为下楼要比上楼轻松。他不知不觉来到了一个乌烟瘴气的屋子，里面坐着吵吵闹闹的鬼影。屋子里到处都在展开攻杀——他推开桌子，推开一只桶，桶里冒出一个镀金脖子的玻璃小兵，还推开一面鼓，一个弓背浓鬃的马形棋子敲得鼓咚咚响。他开出一条路来，通向一个缓缓旋转、闪闪发亮的玻璃门。他停下了脚步，不知下一步该往哪儿走。屋里的人拥了过来，想帮他一把。"走出去，走出去，"一个沙哑的声音反复说。"可是去哪儿呀？"卢仁说，哭泣起来。"回家，"另一个声音讨好一般地低声说，同时有什么东西抵在他的肩头。"你说什么？"他又问道，突然不哭了。"家，家，"那声音重复道。闪闪发亮的玻璃门接纳了卢仁，一转把他甩进了阴冷的黄昏中。卢仁笑了。"家，"他轻柔地说，"这就是拆解难题的关键着法。"

必须赶快回家。每耽搁一分钟，这些进展神速的棋步会重新将他包围。他现在被围在黄昏昏暗、厚重、棉絮一般的空气之中。他问身边闪过的一个鬼影，去他家乡下的庄园怎么走。鬼影听不懂他的话，走了过去。"等一下，"卢仁说，但已经太晚了。于是他摆动两条短胳膊，加快了步伐。一束淡淡的光束飘过，刷地哀叹一声化成了碎片。在这种捉摸不定的雾气中，很难、很难找到回家的路。卢仁觉得应该一直朝左边走，然后会有一大片树林，一旦进了这片树林，他就会很容易地找到回家的路。又一个鬼影闪过。"树林在哪儿？那片树林呢？"卢仁迫切地问。他看这个词没有引起任何反应，就换个同义词试试："森林？林地？"他喃喃说道。"公园？"他不甘心地又问了一句。这时鬼影指指左边，就从他的视线里消失了。卢仁暗暗怪自己走得太慢，时刻觉得有人在追赶他，于是迈开大步朝鬼影指的那个方向走去。果然是树林——他突然被围在树木中间，羊齿草在脚下发出被踩裂了的响声，四周安静、潮湿。他沉重地瘫在地上，坐着起不来，已经累得上气不接下气，泪流满面。过了一会儿，他站起身来，从膝头拿掉一片湿树叶，绕着几棵树干转了一阵儿后，找到了那条熟悉的小径。在走过那片泥泞地面时，卢仁不停地念叨"Marsch, marsch"[1]为自己加油。他已经走了一半路了。很快就会是小河和锯木厂，然后庄园的房子就会从光秃秃的灌木丛后面显露出来。他要藏在那

---

1 德语，前进，前进。

儿，靠吃大大小小的玻璃罐里面的东西生活。神秘的追赶已经远远甩在了后面，你现在抓不着他了。是抓不着了。但愿喘气容易点，那该多好。要是两边太阳穴不这么疼了该多好，这钻心的疼痛……小径弯弯曲曲地出了树林，上了一条横向的公路，再远处是一条河，在黑暗中闪现。他还看见了一座桥和桥那边一堆黑沉沉的建筑物。起初的一会儿，他还以为那边映衬在黑暗天空下的建筑就是他所熟悉的庄园三角形屋顶，上面装有黑色避雷针。但他马上意识到这是象棋众神布下的妙局，因为原来桥上的栏杆组成了几个巨大的女人形状，在雨中闪闪抖动，河面上有一个奇怪的倒影在跳舞。他沿着河岸走去，想找到另一座桥。那座桥上铺着厚厚的锯末，你踩上去双脚就会陷进去。他找了很久，终于在一个很偏僻的地方找到了一座狭窄、寂静的小桥，心想从这里无论如何可以平稳地过去。不过河对岸一切都很陌生，灯光闪来闪去，黑影到处滑动。他知道庄园就在这一带的什么地方，就在附近，只是他正在从一个不熟悉的角度向那里走去，一路上找得多艰难啊……他的两条腿，从屁股一直到脚后跟，都密密实实地灌满了铅，如同象棋棋子底部灌上铅，掂起来沉甸甸的。灯光渐渐消失了，鬼影也稀少起来，一阵黑暗如巨浪铺天盖地而来，将他吞没。借助最后一点反射出来的光线，他认出了一个前门的花园和两簇圆形的灌木丛，他觉得也认出了磨坊主的房子。他朝着篱笆伸出了一只手，但就在这时，不可一世的疼痛从天而降，直压他的头顶，将他彻底击垮。他恍惚觉得自己越变越扁，瘫倒在地，然后无声无息地耗散殆尽。

九

　　人行道打滑，突然高起形成一个直角，又突降下去。冈瑟直起身，沉重地喘着气。他的同事扶着他，也摇摇晃晃的，不停地说："冈瑟，冈瑟，尽量往前走。"这时冈瑟站得很直了，经过这次短暂的停顿（这样的停顿不止一次了），两人沿着这条夜里空无一人的街道继续往前走。街道交替地先是缓缓向着星星的方向上坡，然后又下坡。冈瑟是个结实健壮的大块头，酒喝得比他的同事多。他的同事名叫库尔特，全力扶着冈瑟，尽管啤酒正在他脑袋里打雷一般地闹腾。"在哪儿……在哪儿……"冈瑟使劲问道，"其他人都在哪儿？"一会儿前，他们围坐在一张橡木桌旁，有三十来个人，都是头脑清醒、工作努力的快乐小伙子，唱着歌儿，叮叮当当地碰着酒杯，庆祝他们中学毕业五周年。然而现在，他们开始四散回家，马上发现他们被反胃、昏暗和这条人行道令人绝望的坎坷不平所包围。"其他人在那边，"库尔特答道，胳膊伸展开来比划了一下。这个讨厌的动作竟然让最近的那面墙有了生命。只觉得那墙先往前倾斜，又缓缓直立起来。"他们走了，都走了，"库尔特伤心地解释着。"不过卡尔在我们前面，"冈瑟说，说得又慢又清楚。一阵有劲的风带着啤酒气味吹来，吹得两个人同时拐到一边。他俩站住脚，倒退了一步，又继续往前走。"我在给你讲，卡尔在那边，"冈瑟不高兴地又说了一遍。果然人行道边坐着一个人，头低垂着。他俩没有估计准自己走动的冲力，一下子走过了头。好不容易走近那人，那人咂咂嘴巴，缓缓朝他二人转过身来。对，是卡尔。不过这是个怎么样的卡尔啊——一脸茫然，目光呆滞！"我只是歇会儿，"他说道，声音呆板。"一会儿接着走。"这时一辆打着空车旗形标识的出租车突然从空无一人的柏油路上缓缓开了过来。"拦住它，"卡尔说，"我要它拉我。"车开到了跟前。冈瑟想扶卡尔站起来，但老被卡尔绊倒，库尔特则使劲地拽一只套着灰色鞋罩的脚。出租车司机从驾驶座那一头好心地鼓励他们加油，然后又爬出来施以援手。那个胡乱扭动的瘫软身体总算从打开的车门中塞了进去，车立即开走了。"我们差点儿也上车走了，"库尔特说。站在他旁边的人叹了口气，库尔特扭头一看，竟是卡尔——这就是说刚才出租车拉走的不是卡尔，而是冈瑟。"我来帮你一把，"库尔特歉疚地说，"我们走。"卡尔斜靠着库尔特，孩子般的眼睛呆呆地望着前方。两人同时挪动脚步，开始穿过起伏不平的柏油路，到对面去。"这里又有一个，"库尔特说。一个没戴帽子的胖男人蜷缩成一团躺在人行道上，就在一个花园的篱笆旁。"可能是普尔沃玛彻，"库尔特喃喃说，"你知道这几年他彻底变了个人似的。""他不是普尔沃玛彻，"卡尔答道，挨着那人在人行道上坐下来，"普尔沃玛彻是秃顶。""不是他没关系，"库尔特说，"这个人也得送回家去。"于是他们抓住那人的肩膀想把他拉起来，结果他俩差点摔倒。"别碰坏了篱笆，"卡尔提醒说。"得送他回去，"库尔特又说了一遍。"他也许是普尔沃玛彻的兄弟，也住在那边。"

这个人显然睡得香极了。他穿着一件黑色外套，翻领上有丝绒饰带。肥胖的脸面，沉重的下巴，肿胀的眼皮在街灯的灯光下显得又光又亮。"我们等出租车吧，"库尔特说，学着卡尔刚才的样子盘腿坐在路边的石头上。"这一晚总会过去的，"他非常自信地说，然后望着天空又说，"它们是怎么转动的？""你是说星星？"卡尔说。两人一动不动地坐着，仰望着奇妙的、淡淡的、星云浩渺的夜空，星星汇成拱形的河。"普尔沃玛彻也在看，"一阵沉默后库尔特说。"不，他在睡觉，"卡尔反对道，瞥了一眼那张一动不动的胖脸。"是在睡觉，"库尔特也同意。

一束光掠过柏油马路，还是那辆好心地把冈瑟送到某个地方的出租车，这时轻轻地驶过来，停在人行道旁。"又一个？"

司机笑道，"他们刚才可以一起走的。""可是去哪儿呀？"卡尔问库尔特，要睡着了一般。"肯定有地址之类的东西——在他的衣服口袋里找找……"库尔特含含糊糊地回答道。两人摇摆着身子，还不由自主地点着头，朝那个一动不动的男人俯下身去。那人的外套没有系扣子，这倒给他们提供了方便，好进一步搜索搜索。"丝绒背心，"库尔特说，"可怜的家伙，可怜的家伙……"就在第一个口袋里，他们发现了一张对折起来的明信片，拿到他们手里，就裂成两半了。其中写着收信人地址的一半掉了下去，消失得无踪无影。不过在剩下的那一半上，他们找到了另外一个地址。这个地址从明信片的一头写到另一头，下面还画了一道粗粗的加重线。明信片的另一面只有一条直线，靠左的一头断了。不过，即使把掉下去找不着了的那半面找了回来，和现在这半面拼在一起，那条直线的意思照样是搞不明白的。库尔特把上面的俄语当成拉丁文念了念，这倒情有可原。他们将明信片上的地址告诉给出租车司机，然后又得把那个一动不动的沉重躯体抬进车里，司机这一回又施以援手。出租车的车门上印着很大的棋盘方格——这是柏林出租车的装饰图案——在街灯的照耀下很显眼。最后，塞得满满当当的出租车终于开走了。

卡尔在路上都睡着了。他的身体，那个不认识的人的身体，还有坐在座位下边的库尔特的身体，每逢拐弯时，都轻轻地、不由自主相互碰撞。后来库尔特挤到了座位上，卡尔和不认识的那个人的大半个身子掉在了座位下边。车停了，司机打开门，猛一下还数不清车里到底坐了几个人。卡尔马上醒了过来，但那个没戴帽子的男人还和刚才一样一动不动。"我很好奇你们现在要拿你这位朋友怎么办，"司机说。"他家的人说不定正等着他呢，"库尔特说。司机觉得自己的工作已经完成，而且今晚拉了足够多的重量，于是竖起棋形标识报车费。"我来付，"卡尔说。"不，我来付，"库尔特说，"我先看到他的。"这条理由说服了卡尔。费了很大的气力出租车总算空了下来，开走了。三个人还在人行道上，其中一个人躺着，头靠在一级石头台阶上。

库尔特和卡尔叹着气，摇摇晃晃地走到街中央，然后对准房子里唯一一个亮着灯的窗户扯开嗓子喊起来。没想到马上有了反应，洒满灯光的百叶窗微微抖动，拉了起来。一个年轻的女人向窗外张望。库尔特不知该怎么说起来由，只是嘻嘻地笑。然后他回过神来，鲁莽地大声喊道："小姐，我们带回了普尔沃玛彻。"女人没有回答，百叶窗哗啦一下放了下来。不过可以确定她还在窗子旁边。卡尔拿不准她还在不在窗子旁，便朝着窗子说："我们在街上发现了他。"窗帘又拉了起来。

"穿一件丝绒背心，"库尔特觉得有必要作此说明。窗户旁没有人了，不过一会儿后房子前门后面的黑暗消失了，透过门玻璃出现了灯光照亮了的楼梯，从底部到第一个楼梯平台都是白色大理石砌成的。不等这段新出现的楼梯在灯光中完全定型，就有两条飞速跑动的女人小腿出现在楼梯上。钥匙在门锁里焦急地转动，门打开了。人行道上躺着一个穿黑色衣服的矮胖男人，脊背靠在台阶上。

与此同时，楼梯上还在不停地产生出人来……一位绅士穿着卧室里穿的拖鞋，黑裤子，浆过的无领衬衣。他后面是一个脸色苍白的矮胖女仆，光脚穿着拖鞋。每一个人都俯下身子去看卢仁，两个完全喝醉的陌生人一个劲地解释着什么，边说边不好意思地咧嘴笑。其中一个一再出示那半张明信片，像出示请柬似的。五个人抬着卢仁上楼梯，他的未婚妻托着那颗沉重、宝贵的头颅。突然楼梯上方的灯灭了，未婚妻叫了一声。黑暗中一切都在摇晃。有撞击声，有拖脚走动声，有喘气声。有人往后退了一步，用德语念了一声上帝。灯又亮了时，两个陌生人中的一个正坐在一级楼梯上，另一个则压在卢仁的身子下面。楼梯稍高处，就在转弯的平台上，站着那位母亲，穿着华丽的刺绣睡袍，瞪着一双突出来的明亮眼睛打量着那个一动不动的身躯。她的丈夫正在托着这个身躯，一边呻吟，一边咕哝，那颗可怕的大头颅压在她女儿的肩膀上。他们把卢仁抬进了客厅。两位年轻的陌生人双脚一碰，并拢起来立正好想做自我介绍，同时躲开摆满瓷器的小桌子。很快所有的房间他们都去过了。他们无疑是想离开，却又没找到去前厅的路。所有的沙发他们都坐过了，浴室也去过了，过道里的衣箱上也坐过了，还是没有办法摆脱他们。他们到底是几个人现在不清楚了——数字在变动，模模糊糊。不过一阵儿后他们消失了，女仆说她领出去了两个，其余的肯定还散落在附近。她还说酗酒能把男人毁掉，她姐姐的未婚夫也喝酒。

　　"恭喜恭喜，他喝醉了，"女主人望着卢仁说。卢仁像个死尸一样躺在客厅的沙发上，衣服脱掉了一半，盖了一条膝毯。"恭喜恭喜。"奇怪的是，卢仁喝醉了她反而高兴，让她对卢仁产生了一种热情。在这样的纵酒狂欢中，她探出了正常的人性，甚至是一种勇敢，一种气魄。这是一种境界，她认识的人，好样的人，快乐的人，会在这种境界中找到自我。（为什么不放纵呢？她推论起来：在这混乱的时代，人遭受磨难失去了平衡，所以我们的俄国小伙子时不时喝些酒，在绿色飞龙[1]中寻得安慰，醉生梦死，又有何奇怪。）可是最后发现卢仁身

---

[1] green dragon，一种在烈性酒（一般是伏特加）中加入从大麻叶中滤取的某种物质混合而成的饮料。

上根本没有散发出伏特加或葡萄酒的气味，他睡得也很怪，一点不像个醉汉，她颇为失望，也责怪自己竟然指望卢仁身上会出现什么正常的人性迹象。医生天亮时来了，给他做检查，这时他脸上发生了一点变化。他的眼皮抬了抬，昏暗的眼睛从眼皮底下朝外张望。直到这时候，他的未婚妻才从失魂落魄的状态中解脱出来。从看见卢仁躺在门前台阶旁时，她就一直是这个样子。其实她早就预料到要出事，但事态如此可怕，远远超出了她的想象。昨晚卢仁没有像平常一样来拜访他们，她给那家象棋咖啡馆打了电话，对方回答说比赛已结束很长时间了。她又往旅馆打电话，答复说卢仁还没有回来。她出门到街上去，心想卢仁也许正等在上着锁的门口。然后又往旅馆打电话，还问她父亲是否应该通知警察。"胡说，"她父亲果断地说，"他身边肯定有很多朋友。他参加聚会去了。"但她分明知道卢仁根本没有朋友，到处不见他肯定出了想不到的事。

此刻她望着卢仁宽阔苍白的脸，心里充满了怜悯，又痛苦，又担心，好像她心里要是没有这样的怜悯之情，她的生命也就不复存在了。这个与世无争的人四肢伸开躺在大街上，软绵绵的身体被一帮醉鬼搬来搬去，这真是不能想象的事情。他神秘地晕倒在地，人人却都以为是寻欢作乐之人烂醉如泥、当街而卧，还盼着从他无可奈何的静睡中传来旁若无人的鼾声。

一想到这些，她就无法忍受。如此可怜，如此痛苦。他身上这件过时的、奇怪的背心，谁看了都要掉泪。还有那可怜的卷发，那白净的脖子，像个孩子的脖子一样全是褶皱……这一切都怪她……她没有照顾好他，没有照顾好他。她应该寸步不离地陪伴在他身边，不让他下那么多的棋……幸亏没有汽车从他身上碾过去，多悬啊。这么下棋会把他累垮、累瘫的，她怎么就想不到呢？……"卢仁，"她微笑着说，好像他能看到她笑似的，"卢仁，一切都好了。卢仁，你听见我的话了吗？"

卢仁被送到疗养院后，她马上去旅馆取他的东西。起初他们不让她进他的房间，这就引起了一长串的解释，一个无礼的旅馆雇员还往疗养院打了电话。然后她还得付卢仁上个星期的旅馆费，身上的钱不够，又要费一番口舌。她觉得人们对卢仁的嘲笑和愚弄似乎还在继续，想到这里要忍住眼泪太困难了。房间部的女服务员过来帮忙，她嫌她手脚太笨，打发走了。她开始自己动手整理卢仁的东西，怜悯的心情达到了极点。他的东西中有一些肯定是他随身带了多年的东西，平时不予理睬，却又舍不得扔掉——都是些用不着、想不到的东西：一条帆布腰带，装有一个S形的金属扣，侧面有一个皮制口袋；一把表链上用的微型小刀，上面镶有珍珠母；一套意大利明信片——上面都是蓝天、圣母像、维苏威火山上方笼罩着淡紫色的薄雾。还有一些毫无疑问是圣彼得堡的东西：一个装有红白算珠的小算盘；一本翻页台历，翻到一九一八年，这一年开始完全不用旧历了。所有这些东西都随意放在一个抽屉里，和一些很干净但压皱了的衬衣放在一起。衬衣带有彩色条纹，袖口都是浆过的，让人想起久远的岁月。在这些东西中，她又找到了一顶在伦敦买的可折叠歌剧帽，里面放着一个叫瓦伦提诺夫的人的名片……卫生用品实在太差了，她决定扔在那儿不要了——还决定买一块新的橡胶洗澡海绵代替那块让人无法相信的丝瓜络。还有一副象棋，一个装着象棋记录和图表的硬纸盒，一堆象棋杂志。这些东西她单独打了一个包：他现在不需要这些了。旅行袋和小箱子装满了，也锁好了，她再一次检查了各个角落，从床下取出一双没有鞋带的棕色鞋，破旧得令人吃惊。卢仁就是用它当卧室拖鞋用，她小心地给推回到床底下去了。

离开旅馆后她又去了象棋咖啡馆，因为她记起一直没看见卢仁的手杖和帽子，也许是他忘在了象棋咖啡馆里。比赛大厅里有许多人，图拉提正站在衣架旁得意洋洋地脱外套。她意识到现在正是比赛即将重开之时，这里还没人知道卢仁病了的消息。没关系，她怀着幸灾乐祸的心情想。让他们等着去吧。她找到了手杖，但到处找不见帽子。她怀着仇恨的心情瞥了一眼已经摆好棋子的小桌子，又看了看肩膀宽阔的图拉提。他正搓着双手，像男低音歌手一样深呼吸清理嗓子。她飞快地离开了咖啡馆，重新钻进出租车。车顶上架着卢仁的棋盘花格小箱子，箱子的绿颜色引人注目。然后她返回了疗养院。

昨晚的年轻人又出现在她家时她不在。他们是为了昨晚深夜贸然打扰来道歉的。这次他们穿戴整齐，行了后退一步再躬身的大礼，然后询问了他们昨晚送回来的那位先生的情况。他们受到了感谢，感谢他们送他回来。出于礼节，又告诉他们他昨晚和朋友们聚会狂欢，今天睡过了头，不知为何还没醒。昨天是他的订婚大喜，他的同事们聚会为他庆贺。两位年轻人坐了十分钟后，满意地起身告辞。大约就在同时，一个和棋赛组委会有某种关系的小个头男人来到了疗养院，他心烦意乱。他没有得到允许见着卢仁。接待他的是一位沉着镇静的年轻女士，冷冷地通知他说卢仁疲劳过度，不知何时才能重回棋桌边。"太可怕了，难以置信，"小个子男人悲伤地说了三四遍。"一盘没下完的棋！如此精彩的棋局！向大师转达……向大师转达我焦急的问候，最诚挚的祝愿……"他无可奈何地挥挥手，摇着头，拖着沉重的脚步走了。

报纸上登了一则通告，称卢仁此次大赛的关键一局没有下完便精神崩溃病倒了。据图拉提所讲，此局黑方必输，因为 f4

位上的兵是全局弱点。各家象棋俱乐部的专家们花了很长时间研究双方形势，对每个子可能的后续走法一一探寻，注意到白方的弱点在 d3 位上，不过没有人能够找出毫无争议的取胜途径。

一〇

　　不久之后的一个晚上，一场酝酿已久的风暴终于来临了。
长久以来的怨言终于爆发了出来。这是一场不可避免的争吵，
不顾体面地高声吵，也吵不出个结果。当时她刚刚从疗养院回
来，正在饥肠辘辘地吃热荞麦麦片粥，边吃边说卢仁已有好
转。她父母交换了一下眼神，风暴就此开始了。

　　"我希望，"她母亲接着她的话音说道，"你已经放弃了你
疯狂的想法。""再来一盘，"她说，将盘子伸向前来。"摆脱
让你踌躇不决的感情，"她母亲继续说，这时她父亲迅速接过
火把。"对，"他说，"摆脱踌躇不决的困境吧。这些天来你
母亲闭口没提这事，如今你朋友的状况稳定下来了，你必须
听听我们的意见。你自己明白，我们的主要愿望，担心，目
的，总而言之……都是为你好，希望你幸福，等等。可眼下这
事……""这事放在当年我身上，我父母一句话就禁止了，"母
亲插话道，"就这么简单。""不，不，这种事情哪能简单地一
禁了之？你听我说，宝贝儿。你现在不是十八岁，而是二十五
岁了。再说我看不出所发生的这一切有什么迷人之处或有什么

诗意。""她就是故意气我们，"她母亲又一次打断她父亲的话，"这就是一场没完没了的噩梦……""你们到底在说什么？"女儿终于开口了，从低垂的眉头下冲他们微笑。她把两只胳膊肘轻轻地支在桌子上，先看看父亲，然后又看看母亲。"我们在实话实说，现在是你停止犯傻的时候了，"她母亲叫了起来，"实话实说，嫁给一个身无分文的怪人是胡闹。""唉，"女儿感叹一声，伸开胳膊放在桌子上，把头靠在胳膊上。"我倒有个主意，"她父亲又说开了，"你不如去意大利湖区，和妈妈一起去。那里有天堂般的美景，你都想象不出有多美。我还记得我第一次见到伊索拉·贝拉……"她乐得肩膀乱晃，使劲控制着没笑出声来。然后她抬起头，还在轻轻地笑着，眼睛也没睁开。"你到底想怎么着？"她母亲问道，砰地一拍桌子。"首先，"她答道，"你别嚷嚷。其次，等卢仁彻底恢复健康。""伊索拉·贝拉的意思是美丽的岛，"她父亲连忙说，同时意味深长地向妻子做了一个鬼脸，暗示这事由他一人来处理，"你想想……蔚蓝色的天空、暖洋洋的天气、木兰花、斯特雷萨的高档宾馆——当然还有网球、舞会……我特别记得——你怎么叫它们来着——那种能发光的小虫……""行啦，接下来怎么办？"母亲欲知下文，强行插话问道。"接下来嘛，就是你们那位朋友——如果他不死的话……""死不死是他的事，"女儿说，尽量说得平静，"我不能抛弃他。我也不愿意抛弃他。句号。""那你就和他一起进疯人院——疯人院就是你的归宿，我的孩子！""疯还是没疯……"女儿带着颤抖的微笑开始说。"难道意大利吸引不了你吗？"父亲叫道。"这孩子疯了。你不能嫁给这个棋呆子！""你自己才是呆子。只要我愿意，我就嫁给他。你是个心胸狭窄的坏女人……""好啦，好啦，好啦，再别吵了，再别吵了，"她父亲咕哝着说。"我不许他再迈进这个家门，"母亲喘着粗气说，"就这么定了。"女儿开始不出声地哭，离开餐厅，走过餐具柜时在一个柜角上碰了一下，气得骂了一句："该死！"餐具柜被她这么一碰，发出了一阵经久不息的震荡。

"这也有点太严厉了，"她父亲低声说道，"当然我不是护着她。不过你知道，什么事都可能发生。那个男人太累了，所以崩溃了。也许经此打击之后他倒真的变好了。你注意点，我想我该去看看她在做什么。"

第二天，他同一个著名的精神病专家进行了一次长谈，卢仁现在就住在他的疗养院里。这位专家蓄着一大把亚述人的黑胡子，在听他的谈话对象讲话时，湿润、亲切的眼睛总是不可思议地一闪一闪。他说卢仁不是癫痫病，也不是越来越严重的瘫痪病，他现在的情形是长期高度紧张所致。一旦有可能和卢仁进行理智的交谈，就应该马上让他铭记盲目地热爱象棋对他来说是致命的，他必须在很长一段时间里放弃他的职业棋手生涯，过一种绝对正常的生活。"这样的人能结婚吗？""为什么不能呢——只要他不是阳痿，"教授亲切地笑道，"再说了，结婚对他有好处。我们的病人需要关怀，需要照料，需要分散注意力。目前只是理智暂时被遮蔽，现在正逐渐好转。就我们推断所及，他彻底康复指日可待。"

精神病专家的话在家里引发了一场小小的轰动。"这就是说象棋玩完了？"母亲满意地说，"那么他还剩下什么呢——纯粹精神病？""不，不，"父亲说，"没有精神病的问题。他会恢复健康。魔鬼不像画家画的那么黑。我说'画家'——你听见吗，宝贝儿？"然而女儿没有笑，只是叹了口气。说实话，她觉得累极了。每天大部分时间都花在了疗养院里，那里的环境难以置信地累人。她周围的每一样东西都是夸张的白色，身着白色的护士们悄无声息地走动。卢仁一动不动地躺着，脸色仍然十分苍白，下巴上的胡须越长越长，身上穿着一件干净的衬衣。有时候他会在被单下面抬抬膝盖或轻轻动一下胳膊，脸上掠过一丝表情变化，还有时候眼睛里会露出几近于理智的光辉。这些现象都不假——但是，眼下不论说什么，有一条不容置疑，那就是他只能一动不动地躺着——一种令人烦恼的静止不动，盯着它，要从中找出一丝生命迹象，真是太累了。要把目光从他身上移开也是不可能的——这么一个淡黄的额头，时不时随着神秘的内部运动而皱动一下，目光太想穿透它，刺破那团费力抖动的迷雾。这团迷雾之所以那么抖动，也许是为了释放自己，好凝聚成独立的个人思想。对，有动静，有动静的。没有形状的雾渴望形成轮廓，渴望具体形状。有一次黑暗中出现了点什么，一道镜子那样的闪光，卢仁在这昏暗的光线中看到了一张脸，蓄着带卷的黑胡子。这是一个熟悉的形象，一个孩提时噩梦中常见的人。昏暗的小镜子中的那张脸越来越近，突然间清晰的空间模糊起来，一片雾蒙蒙的黑暗，还有缓缓消散的恐惧。就在过完不知多少个黑暗的世纪后——一个仅有的人世间的晚上——那道光又出现了，突然间有什么东西迸发出耀眼的光亮。黑暗分开了，虽然没有消失，但只呈现出一个慢慢淡去的阴影框的形状，框的正中间有一扇闪亮的蓝色窗户。小小的黄色树叶在那片蓝色中闪动，在一棵白色的树干上投下了斑驳的阴影，树干靠下方的部分被一棵枞树深绿色的爪子遮住了。突然眼前的景象充满了生机，树叶开始抖动，斑点爬满了树干，绿色的爪子在摇摆。卢仁不能承受这一切，闭上了眼睛，然而光亮仍然在他闭起的眼睑下闪动。我曾经在这些树底下埋过什么东西，他快活地想。就在他似乎正要想起树下究竟有什么的时候，他突然听到头上方传来簌簌响声，还有两个人平静说话的声音。他开始听，想弄明白自己这是在哪里，为什么他的额头上放着柔软冰凉的东西。过了一会儿，他又睁开眼睛。一个身穿白衣的胖女人正伸开手掌放在他的额头上——窗户里闪耀着同样欢快的亮光。他不知道该说些什么，正巧看见了别在她胸前的一只小表，便舔了舔嘴唇，问现在几点了。他周围立即开始动了起来，女人们低声说话，卢仁吃惊地发现他能听懂她们的语言，甚至自己也会说这种语言。"Wie spät ist es ——现在几点了？"他先用德语说，又用英语重复了一遍。"上午九点，"其中一个女人说，"你感觉怎么样？"他往窗子外看，要是略微抬起身子，就能看见一道树篱，上面也有斑驳的阴影。"显然我这是回家了，"卢仁沉思着说，又将他觉得又轻又空的头落到枕头上。有一阵他听见低语声，还有玻璃制品轻轻的叮当声……正在发生的这一切都很荒唐，但其中有叫人高兴的事。令人惊讶的好事情就是躺着一动不动。就这样他不知不觉地睡着了，醒来时又看见了俄国秋天的蓝色光辉。不过有些情况变了，有个不熟悉的人出现在他的床边。卢仁转过头来：床右边的椅子上坐着一个身穿白衣的男人，蓄着一大把黑色胡子，笑眯眯的眼睛关切地看着他。卢仁隐隐觉得他长得像磨坊里的那个农民，不过这人一说话，二者之间的相似之处马上消失了。"Karasho？"[1]他和气地问。"你是谁？"卢仁用德语问。"一个朋友，"这位先生答道，"忠实的朋友。你病了，不过现在已经好了。听见了吗？你已经全好了。"卢仁开始思考这些话，但那人没容他想完又充满同情地说，"你必须静卧。休息。多睡觉。"

就这样，卢仁经历了一次长途旅行回来了。一路上丢失了大部分行李，现在要回想起都丢了什么太麻烦了。恢复的最初几天既平静又顺利：身穿白衣的女人们给他吃好吃的东西，那位迷人的大胡子男人来给他说好玩的事情，用玛瑙一般的目光看他，看得卢仁全身沐浴在温暖之中。不久卢仁开始注意到屋里还有别的人——一种扑扑跳动的、难以捉摸的存在。有一次他醒来的时候，那人悄无声息地匆匆走开了，又有一次他半睡半醒，那人极其轻柔、显然熟悉的低语声开始在他身边响起，接着马上又停了下来。暗示开始闪动在那个大胡子男人的谈话中，涉及什么神秘的、快乐的事情。它充满在周围的空气中，充满在窗外秋天的美景中。它在树后面的什么地方抖动——谜一般难解的、不容易捉住的快乐。卢仁渐渐意识到，他透明的思想飘浮在美妙的天空中，空荡荡的空间正在从四面八方充实起来。

1　用拉丁字母转写的俄语，你好吗？

他得到预告，说即将发生一件奇妙的事情，迫在眉睫，于是他透过床头围栏盯着白色的房门，等待着它打开，预言变成现实。可是门没有打开。突然，在他视野之外的一边，有什么东西动了一下。一个大帘子底下站着一个人，正在笑。"我来了，我来了，稍等片刻，"卢仁喃喃说道，从被单里抽出双腿，瞪着鼓鼓的眼睛在床边的椅子底下寻找可以穿在脚上的东西。"你哪里都不去，"一个声音说道，接着一件粉红色的衣服突然间填满了整个空间。

他的生命首先从这一边照亮，这个事实使他的回程变得容易了一些。在接下来比较长一点的时间里，这些严厉的大人物，他生命的众神，仍在暗处。一个亲切的视觉幻象发生了：他返回生命，不是从原来他离开生命的那个地方返回的。最初迎接他的那种奇妙的快乐承担了重新分配他的记忆的工作。建筑他生命的这块工地总算彻底整理出来了，突然，随着一堵墙的轰然倒塌声，图拉提出现了，和他同时出现的还有那次象棋大赛以及以前所有的象棋大赛。迎接他的快乐能够除去图拉提抗议的形象，也能够取代装在棋盒里急着要出来的棋子。棋子一旦恢复了生命，盒子盖就啪嗒一声赶快重新关上——棋子与盒子的斗争没有持续很久。在医生的帮助下，他宝石般的两只眼睛闪烁起动人的光。他说起他的眼睛所到之处全是充满光明和自由的世界，象棋则是一种冰冷冷的娱乐，它使人的头脑枯竭、腐败，一个痴迷的棋手和幻想发明 perpetuum mobile[1] 的狂人或在空无一人的海滩上数卵石的疯子一样荒唐可笑。"你要是开始想象棋，"他的未婚妻说，"我就不再爱你——我能看清你的每一个想法，所以你要好好表现。""恐惧、苦难、绝望，"医生平静地说，"这些就是这种耗人的棋赛带来的后果。"他向卢仁证明说卢仁本人完全明白这一点，证明卢仁想起象棋的时候总是感到痛苦。卢仁现在眼里闪着动人的光，处于快乐的放松状态中，觉得他说得有点神秘，却也新鲜，同意他的推理。在疗养院散发着芳香的大花园里，卢仁穿着软皮做的新拖鞋到处散步，对大丽花表现出赞赏。他身旁走着他的未婚妻，不知为何她想起了小时候读过的一本书，书里讲的是一个学童生活中遇到的各种困难。他带着一只他救下的小狗离家出走，一次发烧（这么安排对作者方便）使所有的困难得以解决——不是斑疹伤寒，也不是猩红热，仅仅是"发烧"而已。他的继母很年轻，他一直不爱她。她对生病的他关怀备至，致使他突然对她心怀感激，愿意叫她妈妈了。一滴热泪滚下她的脸颊，一切都美好起来。他小心地俯身闻一朵有可能会刺他一下的花，她看着他笨重的侧影（一个比拿破仑肥胖的侧影），带着微笑说：

---

1 拉丁文，永动机。

159

"卢仁好了，卢仁好了。卢仁出来散步了。卢仁好可爱。""这花没香味，"卢仁说，声音又粗又小。"大丽花本来就没有香味，"她挽起他的胳膊答道，"所以不能指望大丽花发出香味。但可以看看那边的白花——那是夜来香先生——他夜里发出很浓的香味。我小时候经常吸花冠里的汁，现在不再喜欢吸那个了。""在我们俄国的花园里……"卢仁开始说，瞥了一眼花坛，沉思起来。"这里的这些花我们当年都有，"他说，"我们的花园很有展示性。""是紫菀类植物，"她解释说，"我不喜欢这类植物。它们长得很粗俗。如今在我们的花园里……"

总的来说，大家说了很多关于童年的话。那位教授也大讲童年，问卢仁童年时的情况。"你父亲有自己的土地，对吗？"卢仁点点头。"土地，乡村——真是太棒了，"教授继续说，"你们大概有马有牛吧？"卢仁又点点头。"让我想象一下你家的房子——周围全是参天古树……房子宽敞明亮。你的父亲打猎归来……"卢仁想起了有一次他父亲在一条水沟里发现了一只刚刚长毛的小鸟，又胖又脏。"是的，"他回答得不是很有把握。"说详细点，"教授温和地引导他，"说详细点，我求你了。我对你小时候都是怎么忙活的很感兴趣，你怎么玩？我想你肯定有一些白铁做的兵人儿……"

可是在这样的谈话中卢仁很少活跃起来。不过从另一方面

160

看，经常问到他童年的情况，就刺激着他的思绪一次又一次地回到童年的天地中。现在要他把想起的往事用话语表达出来是不可能的——道理很简单，没有成人的话语能适合表达他童年稚嫩的印象。即使偶尔说到童年的什么事情，他也说得断断续续，很不情愿的样子——快快地说个大概，往往只提一个字母，一个数字，像是象棋中一步复杂的着法，蕴含着各种可能性。他上学前的情况，接触象棋之前的情况，他以前是从来不想的，偶尔想起时也是有点害怕，便赶快从脑海里驱走，免得从中发现原来不曾察觉的恐怖事情和受到的羞辱。可如今童年变成了神奇的安全地带，在那里他可以纵情畅游，有时候会让他极其快乐。那位肥胖的法语女家教的裙子一侧有三个骨质纽扣，无论何时只要她巨大的臀部落在扶手椅中，那三个纽扣都会挤到一起，这个形象过去是那么令他反感，如今却让他胸口产生一丝轻柔的压迫感，这是为什么？卢仁自己无法理解这样的激动从何而来。他想起在圣彼得堡他家里，令她喘气的肥胖症害得她常到电梯间乘坐水力发动的老式电梯，电梯管理员常常要在电梯门前用杠杆撬，电梯才能动起来。"我们走了，"电梯管理员在关上她身后的电梯门时总是这样一成不变地说。沉重的电梯冒着气，抖抖索索地顺着它又粗又光滑的电缆缓缓向上爬去。爬过一段后，从电梯的玻璃门向下望去，可以看见掉皮的墙，墙上有各种昏暗的地理图形。那是潮湿和年久失修留下的印记，就像天上的浮云一般，最常出现的是澳大利亚和黑海的轮廓形状。有时候小卢仁会同她一起乘电梯上去，但更多的时候他是待在下面，听电梯的动静，听它升起了，隐到墙后面了，挣扎着上去了——这时候他总会想，电梯会在中途卡住的。小卢仁真的这么想，这样的事情还经常发生。电梯的响声会突然停止，从墙壁之间不可知的空间里传出呼救声。于是下面的电梯管理员就要扳动杠杆，吭哧吭哧地费好大劲，电梯门这才会朝着一片黑暗打开，他抬头仰望，快快地问一声："动了吗？"最后有什么东西抖了一下，又晃了一下，过了一会儿后，电梯会下来——里头空空如也。电梯空着。天知道她出了什么事——也许她已经扶摇而上去了天上，连同她的气喘病、甘草糖和拴着黑绳子的夹鼻眼镜一起留在了那里。现在卢仁回忆时往事也是空空如也，也许这是他有生以来第一次自己问自己这样的问题——往事到底都去了哪里？他的童年变成了什么？阳台漂流到了什么地方？那些在林中沙沙作响的熟悉小径都爬向了何方？

　　信念不由自主地一动，他开始在疗养院的花园里寻找那些小径。可是花坛各有各的形状，桦树的排列也各不相同，黄褐色的树叶之间的空隙里填满了秋天的蓝色，这和他记忆中的树叶间的空隙全然不同。他记忆中的树叶间的空隙是蓝天剪成了碎块填充起来的。看样子那个遥远的世界仿佛是不可重复的。在那个世界里飘荡着他如今已完全可以接受的父母的形象，时间的迷雾使他们变得和蔼可亲。可以上发条的玩具火车带着锡皮车厢，车厢漆成了拼接木板的样子。它在扶手椅的荷叶饰边底下吱吱响着行驶，天知道这样行驶会对那个木偶司机产生多大影响。司机太大了，火车头里放不下他，就放在了给机车供煤供水的车厢里。

这就是卢仁如今很愿意在自己的思绪中去游历的童年时代。童年过后是另一个时期，一段漫长的象棋时代，医生和他的未婚妻把这段时期称为迷失的岁月，一段"精神失明"的黑暗时期，一种危险的错觉——找不回来的迷失岁月。它们不堪回首。像恶鬼一般隐藏在迷失岁月里的是瓦伦提诺夫的形象，不知为何非常恐怖。好的，我们都同意，就用这么个名称——迷失的岁月。已经远远离去了——记不起来了——从生活中注销了。既然迷失的岁月被彻底排除了，那么童年的光辉便直接同当前的光辉融合在一起，光辉流动，形成了他的未婚妻的形象。凡能从他的童年记忆中提取到的所有善和美现在都由她代表了——好像昔日零零散散洒在庄园小径上的光点现在汇聚起来，形成了一束温暖的射光。

"觉得快活吗？"她母亲看着她充满活力的脸，没好气地说，"我们很快要举办一场婚礼了吧？""很快，"她答道，把她的灰色小圆帽扔在沙发上，"再过一两天，他无论如何就出院了。""这要花掉你父亲一大笔钱——大约一千马克。""我刚刚走遍了所有的书店，"女儿叹口气说，"他绝对读过儒勒·凡尔纳和夏洛克·福尔摩斯，但看来从没读过托尔斯泰。""这很自然，他是个农民，"母亲喃喃说道，"我从来都这么说。""听着，妈妈，"她说，用手套轻轻地拍了拍捆在一起的几本书，"让我们达成一个协议，从今天起不再这样争吵了。这么吵很愚蠢，有损你的身份。最重要的是，这么吵毫无意义。""那就别嫁给他，"母亲说道，脸在抽动，"别嫁给他。我求你了。唉，只要你答应——我就给你下跪了——"说着一只胳膊肘支在扶手椅上，吃力地弯下腿去，宽大的身体发着嘎吱吱的轻响，缓缓下降。"你会把地板压出个洞来的，"女儿说道，提起那捆书，走出了房间。

卢仁用两天的时间读了福格的游记和福尔摩斯的回忆录，读完后说这两本书不是他想读的——这是缩略本。说到另外几本书时，他说喜欢《安娜·卡列尼娜》——尤其喜欢有关地方自治机构选举和渥伦斯基订下晚餐的那些章节。《死魂灵》也给他留下了一定的印象，而且在书中某一处他意外地认出了一整段文字，在他童年时曾经对这段文字做过一次漫长而又痛苦的听写。除了这些所谓的经典作品之外，他的未婚妻还给他带来各种各样的法国消遣小说。只要能转移卢仁的注意力，任何书都是好书——甚至那些有争议的故事，尽管他读时不好意思，但读得蛮有兴趣。另一方面，诗歌（比如里尔克的一本小诗集，她在书商的建议下买了回来）让他陷入一种剧烈的困惑和忧伤心境之中。教授这时也相应地禁止给卢仁读陀思妥耶夫斯基的任何书。用教授的话来说，陀思妥耶夫斯基对现代人的心理有压抑作用，像是一面可怕的镜子——

"噢，卢仁先生并不会沉浸在书中，"她高兴地说，"他理解诗歌很差，因为不懂诗韵。诗韵拖了他的后腿。"

说来够奇怪的，尽管卢仁有生以来读的书要比她有生以来读的书少得多，中学也没有上完，除了象棋对什么都不感兴趣，可她仍然从他身上感觉到一种文化气质，这一点正是她所缺乏的。有些书名和书中人物的名字，不知为何，是卢仁非常熟悉的词语，尽管这些书他从来没有读过。他的话语很笨拙，充满没有固定形态的可笑词语——不过其中有时会抖抖索索地露出一种神秘的语调，暗示着一些其他类型的词语。这些词语是存在的，含义捉摸不定，但他说不出来。尽管他无知，尽管他的词汇很贫乏，但他心中深藏着一种不易察觉的感应，那是他曾经听到过的声音蒙在他心头的阴影。

那一天以后她母亲再没有说过他的粗俗或他的其他缺点。正是那一天，她屈膝跪在地上，脸颊贴在椅子的扶手上，把一肚子的苦水全都哭了出来。"只要她真的爱他，"她后来对丈夫说，"任何事我都能理解。能理解，能原谅。可是怕就怕……""不，你的话我不完全赞同，"她丈夫打断她的话说，"起初我也认为这完全是发疯。但她对他生病的态度令我相信她绝非胡闹。当然了，这种结合是危险的，她也可以有个更好的选择……他虽说出生于古老的贵族之家，但他从事的职业接触社会太少，这在他身上留下了一定的印记。记得做了演员的艾琳娜吗？记得她做了演员后来看我们时变化多大吗？我对他也这么看，不论他有多少缺点，他总归是个好人。不信你瞧着吧，他现在会从事某种有用的职业。我不知道你怎么想，我是不能再出面去劝她了。在我看来，我们应该振作精神，接受不可避免的现实。"

他快速地说完这番话，最后挺直腰板，不停地摆弄烟盒盖。

"我只感觉到一件事，"他的妻子又说道，"她并不爱他。"

一

　　一件外套基本做成了，还少一只袖子，正在恢复中的卢仁侧身站在穿衣镜前试衣。秃顶的裁缝不是在他的肩头和后背用粉笔画下记号，便是往他身上别大头针。大头针都含在他的嘴里，好像天生就长在嘴里一般，他一根一根地取出来，手法之敏捷令人惊讶。所有的布料样品根据颜色整整齐齐地放在一个厚簿子里，卢仁已经从中选出了一种暗灰色的方格布料。他的未婚妻摸着和样品相对应的那卷布料，摸了很长时间，然后裁缝将它扔在柜台上，发出一声空洞的巨响。他闪电般地将布料卷打开，拿起料子贴在他鼓起的肚皮上，仿佛他没穿衣服，拿料子遮挡一下似的。她发现这种料子很容易起褶，于是，一大堆卷得紧紧的布料卷放满了柜台，裁缝在他的下嘴唇上蘸湿手指，一卷一卷地打开。终于选中了一卷，也是暗灰色的，不过比较柔软，有弹性，甚至有点粗糙。现在，对着穿衣镜的卢仁被分割成小块，按部分分别对待，像是指导他进行视觉表演（……一会儿是一张刮得干干净净的胖脸，一会儿又是这张脸的侧面，一会儿是他本人很少能看得到的部位——他的后脑勺，头发剪得很短，平平整整，脖子上堆起肉褶，两只耳朵略微朝外突出，光线照过后，呈粉红色……）。他看看镜子里的自己，又看看身上的布料，没认出它就是刚才那一整块未经剪裁的光滑、厚实的料子。"我认为前面需要再往窄收一点，"他的未婚妻说。裁缝退后一步，目光在卢仁身上滑动，带着一丝彬彬有礼的微笑嘀咕说这位先生有点发福，然后又忙于找出几个新款翻领，扯下这个，别上那个。与此同时，卢仁摆了个大家都觉得非常独特的姿势。他伸出一只胳膊，伸得离开身体稍远一点，否则胳膊就会在胳膊肘处打弯。然后他看看手腕，试着习惯那只袖子。裁缝伸手顺便在他的胸口用粉笔使劲点了一下，表示这里会有个小口袋。然后他毫不手软地扯下了那只看样子已经做好了的袖子，又开始迅速地取掉别在卢仁肚子上的大头针。

除了一套很好的正装外，他们还给卢仁做了一套晚礼服。在卢仁的衣箱底发现的旧式礼服也由这位裁缝改造了。他的未婚妻不敢问他以前为什么要有一套礼服和一顶可折叠的高顶礼帽，害怕一问会勾起他对象棋的记忆，所以她就永远不知道在伯明翰举办的一次盛大晚宴，就是在那里瓦伦提诺夫意外地……唉，算了，祝他好运。

对卢仁外表的改造并没有到此为止。衬衣、领带和袜子出

现了，卢仁轻松愉快地一概接受，显得颇有兴趣。他的未婚妻
在她家住的那幢公寓楼的二楼租下来一个小房间，出院后他就
搬进去了，里面贴着色调欢快的花墙纸。搬进去的时候，他的
感觉和他小时候从乡下搬回城里时的感觉一模一样。每一次从
乡下回到城里，感觉都是怪怪的。你躺在床上，一切都是那么
新鲜：夜深人静之时，木头人行道上总会恢复几秒钟的生机，
响起慢悠悠的马蹄声。窗帘比庄园的窗帘布更厚重，更豪华。
虚掩的房门里透进一丝亮光，把屋里的夜色微微冲淡了一些。
黑暗中知道屋里的家具摆设都在什么地方，它们现在还没有完
全温暖起来，经过漫长的夏季别离后还没有彻底恢复原来的亲
切。当你醒来的时候，窗外是素净的灰光，太阳滑过天空中一
团乳白色的云雾，看上去像是月亮。突然远处响起一阵军乐：
驾着橙色的声波传来，时而被急促的鼓声打断。很快一切都归
于平静，取代军号高奏声的又是不紧不慢的马蹄声，还有圣彼
得堡又一个清晨尚未放开的喧闹声。

　　"你忘了关上走廊里的灯，"他的女房东、一位德国老太太
笑着说，"你忘了晚上关你的房门。"她也经常向他的未婚妻抱
怨——说他像个老教授一样心不在焉。

　　"你感觉舒服吗，卢仁？"他的未婚妻总是这么问，"你睡
得好吗，卢仁？不好，我知道睡这里不舒服，不过很快都会好

起来的。""没必要再拖了，"卢仁喃喃说道，伸出胳膊抱住她，手指交叉起来放在她的屁股上，"坐下，坐下，没有必要再拖了。我们明天就办吧。明天。最合法的婚姻。""对，就办，就办，"她回答道，"但不可能一天就办完。还要再找一个地方，在那里把你和我的名字在墙上挂两个星期，这期间你的妻子将从巴勒莫[1]回来，看一眼墙上的名字，然后说：不可能——卢仁是我的了。"

"想不起来地方了，"当她问母亲她的出生证放在哪里的时候，她母亲这样回答道，"我把它收拾起来了，忘记了放在什么地方。现在不知道在哪里了。一点想不起来。"然而证书很快就找到了。无论如何，现在要警告、阻拦、制造障碍都已为时太晚。婚礼准备得非常顺利，不可能停下来的——就像一个人站在光滑的冰面上，没有任何东西可以抓一把。她只好屈服了，开始想有什么办法能美化美化她女儿的未婚夫，让他能拿得出手，不至于在人前丢人现眼。婚礼上她只好鼓起勇气面带微笑，还要扮演称心岳母的角色，赞美卢仁为人诚实，心地善良。她也在计算在卢仁身上已经花了多少钱，还要再花多少钱。她竭力从想象中驱走一幅可怕的画面：卢仁脱去衣服，燃烧起类人猿一般的情欲，她冰冷、冰冷的女儿一味地顺从。就

1　Palermo，意大利西西里岛首府。

在她如此想象的同时，装这幅想象之画的相框也准备停当。一套不是很贵但装饰雅致的公寓在附近租了下来——在五楼。楼层是高了点，但不要紧——有电梯，不用担心卢仁喘不上气。再说楼梯也不陡，而且每个楼梯平台处都有一把椅子，放在染色玻璃窗户的下面。宽敞的门厅里按惯例挂着几幅黑框素描肖像画，这样一进门显得生机勃勃。门厅左边的一扇门通向卧室，右边的一扇门通向书房。门厅右侧再往里去，就是通向客厅的门。客厅隔壁是餐厅，因占了点门厅显得长了一点，门厅受此影响，倒变成了一个走廊——这个变化被一个用圆环挂起来的长毛绒门帘轻轻遮掩过去了。门厅的左边是浴室，然后是用人的房间，顶头便是厨房。

这套公寓未来的女主人喜欢这房间的布局，家具倒不太合她的口味。书房里摆着几只棕色的天鹅绒扶手椅，一个书架，书架顶上是一尊宽肩瘦脸、戴着泳帽的但丁雕像。还有一张桌面空荡荡的大书桌，它的过去和未来都无人知晓。一张小沙发，旁边立着一根黑色的螺旋形支架，托着一盏摇摇晃晃的灯，灯上盖着一个橘黄色的灯罩。沙发上不知谁忘下了一只浅黄色皮毛的玩具熊和一只胖脸玩具狗，狗的脚掌很宽，粉红色，一只眼睛上方有一个黑点。沙发上方挂着一幅仿制的哥白林挂毯，上面画的是一群跳舞的乡下人。

从书房望去——只要将滑动门轻轻地推开一点——家里的整个情景就展现在眼前。客厅地上是拼花地板，过去是餐厅，餐具柜从远处看变得小了一点。客厅里一株棕榈闪着绿色的光泽，几块小地毯散放在地板上。最后看到的是餐厅，餐具柜这时恢复到了它的正常大小，柜壁上挂着盘子。餐桌上方低垂的灯上悬挂着一个孤独的、毛茸茸的小精灵玩具。餐厅里有一个凸窗，从窗边可以望见一个小公园，公园街道尽头有一个喷泉。她回到餐桌旁，从客厅看过去，往远处的书房里望，现在轮到哥白林挂毯变得小点了。然后她从餐厅出来，进了走廊，穿过门厅，进了卧室。卧室里有两张绒毛状的床，紧挨着放在一起。卧室里的灯是毛里塔尼亚风格的，窗子上挂着黄色窗帘，早上容易让人误认为是阳光。两个窗户之间的墙上挂着一幅木刻画，画的是一个天才儿童，穿着拖过脚面的睡袍，坐在一架巨大的钢琴前演奏，他的父亲穿着灰色晨衣，端着蜡烛，一动不动地站立一旁，门还半开着。

还得补充些东西，有些东西得搬走。女房东祖父的画像从客厅里取掉了，书房里一张镶嵌着珍珠母棋盘的东方式样的小桌子也被匆匆清理出去了。浴室的窗户下半截是闪亮的蓝色磨砂玻璃，上半截却是透明玻璃，还有裂缝，所以上半截还得换上一块新玻璃。厨房和用人的房间里，天花板是刚刚粉饰过的。一台留声机放在客厅棕榈树的阴影下。但是总的来说，当她仔细观察并布置这套公寓房时——她父亲开玩笑说这套房是"看了好久却草率租下的"——她无法摆脱这样的想法：房子里的一切都是暂时的。毫无疑问，有必要带着卢仁离开柏林，让他到别的国家休养。将来的一切都是未知的——不过有时候需要一种特殊的模糊，好像有另外一种力量协助命运保持它本来的沉默，将这种有弹性的模糊之雾扩散开来，让人的想法从中跳跃出来。

不过这些天来卢仁表现得多么温文尔雅啊！他穿着新衣服坐在茶几旁，系着灰褐色的领带，显得多么舒适自在啊！谁和他说话，他都礼貌地点头称是，尽管点头不总是点得恰到好处。他未来的岳母告诉她的熟人，说卢仁已经决定放弃象棋了，原因是象棋占据了他太多的时间，不过他自己不愿意说起弃棋的事——如今奥勒格·谢尔盖耶维奇·斯米尔诺夫斯基不再邀请他参加棋赛了，而是带着发光的眼神向他透露共济会的各种密谋，甚至许诺送他一本非同一般的小册子让他读。

他们去了有关机构，告诉官员说他们打算结婚，在那里卢仁的举止完全像一个正常的成年人。他亲自带着所有的证件，填表时又恭敬，又细致，又深情，把每一个字母都写得清清楚楚。他的字写得很小，呈圆形，特别工整。他带着一支新的自来水笔，花了不少时间旋下笔帽，还有点故作姿态地将笔朝一边甩了甩，然后才写起来。他尽情地欣赏了金笔尖在纸上的滑动后将笔插回到胸前的衣袋中，笔帽夹露在衣袋外面，闪闪发亮。他陪未婚妻逛商店，非常开心。她决定婚礼过后才让他看他们的新房，他便等着给他来个别有情趣的惊喜。

他们的名字挂在墙上公示两周，在这两周里，各种各样闻风而动的公司开始向他们提供服务。有时候为未来的新郎服务，有时候为未来的新娘服务：有婚丧专用车辆（有一张画，画着两匹奔马拉着一辆马车），有出租的礼服、高顶礼帽、家具、红酒，有出租的大厅，还有配制药品的设备。卢仁认真地看了一遍这些配有插图的服务项目手册，然后把它们存放在他的房间里，全然不懂他的未婚妻为何对这些有趣的服务如此不屑一顾。还有另一种服务，卢仁称之为"小聚会"，和他未来的岳父聚会，是一次愉快的谈话。在这次谈话中，他未来的岳父提出要在一家企业里给他找一份工作——当然是以后的事，不是马上就找，先让小夫妻俩平平静静地过上几个月。"生活，我的朋友，是这样安排的，"这是在谈话中说的，"一个男人一秒钟的花费，往最少处估计，要四百二十三分之一芬尼[1]，这也就是乞丐的生活而已。可你要养活一个一定程度上过惯了奢华

1　pfennig，德国旧时货币单位，一百芬尼等于一马克。

生活的妻子。""对，对，"卢仁眉开眼笑地说，竭力要从头脑中排除掉这位谈话人如此迅速而精确地计算出来的复杂数字。"如此算来，你需要的钱会更多一点，"后者继续说，卢仁则屏住呼吸等他变出新花样。"你一秒钟的花费……会更高些。我再说一遍：我一开始就做好了准备——比方说，第一年——我会对你慷慨解囊，但随着时间的推移……听好了，找个时间到我办公室找我，我会让你见识一些有趣的事。"

就这样，卢仁周围的人都尽可能以最讨人喜欢的方式美化卢仁生活的空虚。他听任别人哄骗他，惯着他，逗他好奇。他的灵魂卷成个圆球，接受着从四面八方拥抱他的让他备受宠爱的生活。在他看来，未来隐隐约约像是让幸福的阴影长久地、默默地抱在怀里。有了这样的未来，我们这个大千世界上的一切便都是过眼烟云，光辉灿烂一阵，然后消失，欢笑着、摇晃着离去。不过，在完婚之前的一些无法避免的孤独时刻，或在深夜，或在黎明，总会出现一种奇怪的空虚感，恰似桌布上彩色的七巧板图案被证实含有一些奇形怪状的空白点。有一次他梦见图拉提背朝他坐着。图拉提支着一只胳膊在沉思，但从他宽阔的背部后面无法看见他正在对着什么东西思考。卢仁不想看明白那是什么东西，也害怕看明白，但他还是小心翼翼地越过图拉提的黑色肩膀向下望去。他看见图拉提面前放着一碗汤，他并不是支着一只胳膊沉思，只是正往领子里塞餐巾。卢仁是在十一月的一天做的这个梦，第二天他就结婚了。

卢仁和他的新娘被领进一间大房子里，在一张铺着桌布的长桌子旁坐下，奥勒格·谢尔盖耶维奇·斯米尔诺夫斯基和一位波罗的海国家的男爵做证婚人。一位官员脱下他的夹克衫，换上一件已经磨损的教士服，宣读了结婚证书。这时全体起立。然后这位官员带着职业的微笑，用一只潮湿的手同新婚夫妇握手，向他们致意，仪式就全部结束了。门口站着一个胖胖的看门人，向他们鞠躬，盼得到一点小费。卢仁和蔼地向他伸出手，他接住这只手放在他的手掌上，一开始还没有明白过来，这是一只人手，而不是给他的施舍。

就在这同一天，还有一个教堂也在举行婚礼。卢仁上一次去教堂是很多年以前的事了，那是在他母亲的葬礼上。进一步向往事的深处探寻，他记起了在凯特金之夜回家的情景。他端着一支蜡烛，烛焰在他手心里晃来晃去。这支蜡烛刚从暖和的教堂端进陌生的黑暗中就发了疯，到大街拐弯处，一阵风从涅瓦河[1]上吹来，蜡烛终于心力交瘁而死。普塔姆茨卡亚街上的

----

1 Neva，俄罗斯西北部的一条河流，由拉多加湖流经圣彼得堡到芬兰湾。

一个小教堂里常有忏悔仪式，脚步落在教堂黄昏的空旷中，发出一种特别的回声。椅子伴着清嗓子的声音移动，等候忏悔的人一个坐在一个后面，时不时从那个用帘子神秘地遮起来的角落里会突然发出一声低语。他记起了复活节期间的那些夜晚：教堂执事用哽咽低沉的声音念经文，然后仍然哽咽着一挥手合上了福音书……他记起了那位消瘦的牧师用希腊语说"pascha（复活节蛋糕）"一词时，声音在空洞的肚子里响起，那么响亮，那么有穿透力，竟然在他的上腹部引起一阵收缩的声响。他还记起了拜香炉的情景：当香炉里冒出的烟晃晃悠悠地对准你而不是对准你身边别的人时，你就要抓紧时机躬身下拜，好让你这一拜准准地冲着香炉里冒出的烟，要做到这一点总是很难很难的。有香炉里发出的香味，有蜡烛掉下一滴滚烫的油，落在某个人的手关节上，还有等着人来吻的圣像，闪动着蜜黄色的昏暗光泽。无精打采的回忆，昏暗的环境，时断时续的微光，散发着香味的教堂空气，还有别裤腿的大针小针。现在在这一切中又加了一位蒙着面纱的新娘，还有一顶在他头上方悬空抖动的花冠，看样子随时都可能掉下来。他斜着眼睛小心地朝上看了看花冠，有一两次觉得有个人用一只看不见的手捧着花冠，递给了另一只同样看不见的手。"是，是，"他匆匆地回答牧师的问题，还想补充几句，说每一样东西都很美，很奇特，很动人。然而他只是激动地清了清嗓子，眼睛转了几下，眼里隐隐闪着光。

这一切完了后，大家围着一张大餐桌坐下，这时候他的感觉和晨祷后回家坐在节日的餐桌旁一样。桌子上有黄油做的金角公羊、火腿，还有用酸牛奶做的复活节干奶酪，没人动过，仍然是光滑的尖锥形状。这样的奶酪你恨不得马上享用，把火腿和彩蛋先搁置一旁。环境又热又吵，好多人坐在桌旁进餐，他们刚才肯定也去了教堂——没关系，没关系，就让他们暂且待一会儿吧……卢仁太太看看她丈夫，看看他的卷发，看看他那身剪裁得体的礼服，看看他一见菜上来时露出的似笑非笑的不自然表情。她的母亲浓妆艳抹，穿着一件领口开得很低的衣服，露出了两乳之间深深的乳沟。她过去就爱这么打扮，像十八世纪的妇女一样把双乳高高地垫起来。她今天勇敢地经受住了考验，甚至同女婿说话时用了法语里的亲切称呼"你"，以至卢仁起初没搞懂她在跟谁说话。他总共喝了两杯香槟酒，结果一股舒适的倦意开始一浪一浪地朝他袭来。他们出来到了街上。漆黑多风的夜轻击他的胸口。他的礼服马甲不抵事，护不了前胸，他的妻子便让他系上外衣的扣子。她的父亲整整一个晚上一直在微笑，以一种特殊的方式默默地举杯——举到和眼睛一般齐。这是他从一位外交官那里学来的旧时风气，那人常举杯齐眉，还要故作风雅地说声"sköl"[1]。这会儿他举起一串房门钥匙，钥匙在灯光下闪闪发亮，像是一个告别标志。他仍然在微笑，但只是眼里含笑。她母亲肩上披着一件貂皮披肩，卢仁往出租车里爬时她尽量不看他的背。客人们都有点醉意，他们向主人告辞，也相互道别，笑着小心地站在出租车周围。出租车终于开走了，这时有人大喊了一声"乌拉！"一个夜里过路的行人转身对他的女伴赞叹道："zemlyachki shumyat[2]——咱们的同胞在聚会。"

　　卢仁在出租车里很快睡着了。车外反射进来的闪闪白光呈扇形展开，照得他的脸上现出生气。他的鼻子投下的一个轻柔的阴影绕着他的脸颊缓缓移动，接着又移过嘴唇，然后暗淡下来，直到又一道光闪过。这一道光从卢仁的手上掠过，在黑暗恢复之际，好像滑进了一只隐秘的衣袋里。接着又连续过来几道明亮的闪光，每闪一道，都会使他白色领带后面的一个朦朦胧胧的蝴蝶图案显露出来。这时他的妻子小心地整理了一下他的围巾，因为十一月夜晚的寒气甚至能穿透关着门的汽车。他醒了，眯起眼睛，没有马上明白自己在哪里。不过这时出租车正好停了下来，他的妻子温柔地说："卢仁，我们到家了。"

1　瑞典语，干杯。
2　用拉丁字母转写的俄语。

他站在电梯里又是笑，又是眨眼睛，有点发晕，但一点没有醉。他看着电梯里的一排按钮，他的妻子按下了其中一个。"上得好快啊，"他说，抬头望望电梯的天花板，好像盼着看到他们这趟旅行的顶点似的。电梯停了。"哦，"卢仁说，暗自笑了起来。

新来的用人在门厅里迎接他们——一个胖乎乎的少妇，立即向他们伸出一只发红的手，手掌大得不合比例。"你为什么等我们呀？"他的妻子说。女仆快速地说了祝贺的话，恭敬地接过卢仁的高顶礼帽。卢仁带着神秘的笑容向她展示怎么把帽子一下子压扁。"真有意思！"女仆惊叹道。"你可以走了，睡觉去吧，"他的妻子不耐烦地又说了一遍，"我们会锁好门的。"

灯依次在书房、客厅、餐厅亮起。"这灯像望远镜一样可以伸缩，"卢仁瞌睡地咕哝道。他看什么都不合适——他已经困得睁不开眼了。他已经往餐厅走去了，突然发现自己正抱着一只粉色脚掌的长毛绒大狗。他把它放在桌子上，挂在灯上的那只毛茸茸的小精灵突然像个蜘蛛一样落了下来。各个房间黑了下来，像望远镜伸展开来的瞭望筒全部合了起来，这时卢仁发现自己又在亮着灯的走廊里。"去睡觉，"他的妻子又一次朝着远处的一个人喊叫，那人在那边窸窸窣窣，向他们道晚安。"那边是用人的房间，"他的妻子说，"浴室在这儿，往左边。""解手在哪儿?"卢仁低声问道。"在浴室,都在浴室,"她答道。卢仁小心地推开门,确信找对地方后,便迅速地把自己锁在了里面。他的妻子穿过门厅来到卧室,在一张扶手椅上坐下,看着铺上绒毛毯的床,真想睡了上去。"唉,我累了。"她笑了笑,盯着一只缓缓飞的大苍蝇看了许久。苍蝇绕着那盏毛里塔尼亚的灯飞,无望地嗡嗡乱叫,后来就不见了。她听到卢仁在门厅里拖着脚犹犹豫豫地走,便叫道:"这边来,这边来。""卧室,"他满意地说道,双手往后一背,各处看了一阵。她打开衣橱,他们的东西她前一天就放了进去。她踌躇一下后转身对丈夫说:"我去洗个澡,你的东西都在这里头。"

"等等,"卢仁说,突然张大嘴巴打起哈欠来。"等等,"用上腭音又说了一遍,话音之间吞咽了好几个可长可短的哈欠。不过她没有等,拿起睡衣和卧室拖鞋,迅速地走出了房间。

水从水龙头中喷涌出来,形成一道很粗的蓝色水流,开始注入白色的浴缸中,轻轻地冒出热气。随着浴缸里水面上升,水流的潺潺声调也在变化。她望着喷涌的水光,不无忧虑地想,现在已能看出,她作为女人,就要受制于女性的局限,有一个领域不是她能够左右的。她把身体沉入浴缸,看着小水泡聚集在她的皮肤上,聚集在浸了水收缩起来的海绵上。她往下沉,水淹到脖子处,她透过已经泛起一些肥皂沫的水看自己的身体，身体很瘦，几乎是透明的。这时一只膝盖恰好露出水面，这块闪闪发亮的圆形粉红色陆地不知为何好像不该长在分明是长它的肉体上。"说到底，这不是我管得了的事，"她说道，从水里抬起一只闪着水花的胳膊，把头发从前额上向后拢了拢。她又打开了热水，温暖的水浪跳跃着从她肚皮上流过，令她陶醉。她终于跨出了浴缸，引得浴缸里掀起一阵小小的风浪，然后不慌不忙地擦干身上的水。"土耳其式的美，"她说道，只穿着丝睡裤站在微微出汗的镜子前。过了一会儿，她说："整体来说体形相当好。"她一边继续看着镜子里边的自己，一边开始缓缓地穿睡衣。"屁股有点大，"她说。浴缸里的水一直在往下排，突然吱汩汩地尖响了一声，一切恢复了平静。现在的浴缸已经空了，只在下水孔处残留着一个带有肥皂沫的小小漩涡。突然间她意识到自己这样穿着睡衣站在镜子前是在故意磨时间——不禁觉得胸口一阵发抖。就像你等着看牙医一样，翻着去年的旧杂志，知道再过一秒钟，就一秒钟，门就会打开，牙医就会出现在门槛上。

她大声吹着口哨向卧室走去，不过口哨声随即停了下来：卢仁躺在床上，两只手拢起来压在头底下，发出低沉的鼾声。鸭绒被拉开盖到腰部，浆过的衬衣前胸松了，凸胀起来。硬领挂在床脚上，裤子乱扔在地板上，裤背带也散开了。礼服倒是挂上了一个挂衣架，但卷了一下，扔在了沙发上，一片后衣摆卡在了沙发底下。她平静地捡起所有这些东西，放在了一边。上床之前她将窗帘拉开，看看百叶窗是不是放下来了。果然没有放下来。在黑暗的院子深处，夜风吹动灌木。有什么东西在不知从何处飘过来的昏暗光线中闪动，也许是环绕草坪的石头小路上的一个小水坑。在另一个地方，有几处栏杆的影子时隐时现，后来看不见了。突然间一切都黑暗下来，唯有一道昏黑的深渊。

　　她原以为一上床就会马上睡着，可结果恰恰相反。身旁呼呼的鼾声、一种奇怪的忧郁心情，还有这个昏暗陌生的房间，使她不得安生，不让她静下心来入睡。不知为什么，"姻缘"一词屡屡浮过脑海——"般配姻缘"，"为自己找个般配姻缘"，"姻缘"，"姻缘"，"一段没有结果的姻缘"，"如此精彩的棋局"，"请向大师转达我的担心、担心……""她本可以有个美满婚姻的，"她母亲清清楚楚地说，声音在黑暗中飘过。"让我们干杯，"一个亲切的声音低语道，她父亲的眼睛出现在玻璃杯的边缘上，啤酒的泡沫越冒越高。她的新鞋有点紧，教堂里太热了。

一二

　　去国外长期旅行的计划推迟到了春天——这是卢仁太太对她父母做出的唯一让步，她父母希望他们至少婚后头几个月里不要出远门。卢仁太太有点担心，怕柏林生活对丈夫不利，因为柏林生活事实上是和象棋往事纠缠在一起的。然而后来证明，即使是在柏林，想让卢仁高兴起来也是不困难的。

　　去国外长期旅行，多次谈起这事，还说到具体的旅行计划。卢仁现在特别喜欢书房，他们在书房的一个书架上找见了一本精美的地图册。世界最初展现为一个固体的圆球，被经线和纬线组成的网紧紧地捆起来。然后它又铺平展开，一分为二，再分成几个部分。像格陵兰那样的地方，起初只是一个小块，仅仅是个附属物，但世界展开的时候它却膨胀起来，差不多有附近那个大洲那么大。在北极和南极，有一些白色的秃块。海洋平稳地展开，呈蔚蓝色。即使在这个地图上，水也总是充足的。比如说，洗手的水总是有的。有这么多水，这么深、这么广阔的水，那世界到底是个什么样子？卢仁指给他的妻子看他从小喜欢的各种地图形状——波罗的海像一个跪着的女人，意大利像只长统靴，锡兰像印度鼻子里掉下的一滴鼻涕。他认为赤道运气不好——它的道路基本上都穿洋过海。它穿过了两个大洲，这不假，但它与亚洲无缘，亚洲往上提了一下，偏离了赤道的路线。赤道还对它成功穿过去的地方形成了挤——其中有一两个地方的顶端，还有一些凌乱分布的岛屿。卢仁知道最高的山和最小的国家。他看着北美、南美的相应位置，发现两个美洲之间的联结有点演杂技的味道。"不过总的来说，所有这些本可以安排得更有趣一些，"他手指着地图说，"现在的安排没有目的性，没有意义。"他甚至有点生气，因为他看不出所有这些复杂图形能表示什么意义。他花了好几个钟头看了又看，和他小时候一样，要沿着河流纵横交错的迷宫找出一条从北海通往地中海的线路，要么在山脉的布局中探究出某种理性的模式。

"现在我们将去哪儿呢？"他妻子呵呵笑道，就像大人们开始同孩子一起做游戏时经常做的那样，向孩子表达他们愉快的预期。接着她大声地报了一串很有浪漫色彩的地名。"首先顺着这儿下去，到里维埃拉，"她建议道，"再到蒙特卡洛、尼斯，或者，去阿尔卑斯山脉。""然后，往这边来一点儿，"卢仁说，"克里米亚的葡萄十分便宜。""你在说什么呢，卢仁？愿上帝保佑你，我们不可能去俄国的。""为什么？"卢仁问，

"他们邀请我去。""胡说，请就此打住，"她说。她生气倒不是因为卢仁在谈不可能实现的事情，而是因为他隐隐约约提到与象棋有关的事情。"往下看这儿，"她说，卢仁顺从地将目光移到地图上的另一个地方。"比如说这里，这里是埃及，金字塔。这里是西班牙，西班牙斗牛的情景很恐怖……"

她知道他们有可能去的地方其中不少卢仁也许已经去过不止一次了，所以她没有列举大城市，免得勾起往事，对他不利。这个担心是多余的。卢仁那个时候游历过的世界并不反映在地图上，所以她要是列举了罗马或伦敦，那么从她嘴唇上发出这些地名的声音判断，再从地图上标注出的那个大圈判断，他都会想到那是个全新的地方，以前从没有见过。他无论如何不会由此想到那种光线昏暗的象棋咖啡馆，那种地方不论在罗马还是在伦敦都是一个样子。她觉得尼斯不会引起有害联想，便放心地说了，其实在尼斯，象棋咖啡馆也是一个样子。她从铁路部门拿来了不计其数的旅游小册子，看了这些小册子后，他巡回赛棋的世界同现在这个旅游新世界似乎更加鲜明地区别开来了。在这个旅游新世界中，旅游者穿着白色套装漫步，胸前挂着望远镜。玫瑰色的夕阳下挺立着几株黑色的棕榈，还是这几株棕榈，又倒立在玫瑰色的尼罗河里。有一道海湾，蓝得几乎不近情理。有一座旅馆，白得像糖一般，上面挂着一面彩旗，迎着地平线上一艘轮船冒出的烟飘扬。还有白雪皑皑的山顶、悬索桥、荡悠着小船的湖面、数不清的古老教堂、大鹅卵石铺成的窄巷、两边驮着两大包货物的小毛驴……每样东西都引人入胜，每样东西都妙趣横生，每样东西都让这些宣传册的无名作者备受赞扬……音乐般动听的名字，无数的圣人，包治百病的神水，古城墙的悠悠沧桑，头等、二等、三等的旅馆——所有这一切如涟漪出现在眼前，每一样都那么美好，到处都在等着卢仁去看，它们用雷霆般的声音召唤着他，它们好客得都要发疯了。它们不经请示主人，就把它们的阳光四处挥洒了。

在婚后的头几天里，卢仁到他岳父的办公室去拜访。岳父正在口授什么事情，可是打字机却我行我素——只听见快速地咔嗒作响，打出来的是一个重复的单词。响声像是这么个声调：突，霍屯突，突突突，不要突突突——然后会砰的一声跳过去，接着往下打。岳父给他看了好多表格、账本，每页上画有之字形的线，一些书脊上带有小窗口的书，几卷极厚极厚的《德国商务指南》，还有一个计算器，非常聪明，非常好使。然而在所有这些东西中，卢仁最喜欢打字机的声音，词语飞快地流出来，落到纸上，整整齐齐地排成淡紫色的字行，太神奇了——还一次能打出好几份来。"不知我是不是也……不会就要学，"他说。

岳父点头称许，于是一台打字机出现在卢仁的书房里。岳父向他建议，让他办公室的职员中来一位给他讲解如何使用打字机，他却拒绝了，说自己能学会。果真如此，他很快就弄清了打字机的结构，学会了安装色带和往滚筒上卷纸，并同所有的小杠杆部件交上了朋友。后来证明，要记住字母的分布更困难一些，所以字打得非常慢。他根本打不出那种"突突"的快速声响，还不知何故——从打字的第一天起——感叹号就缠着他不放，这个符号总是在最不想要它的地方跳将出来。起初他照着一张德语报纸打，打了半篇专栏文章，然后自己编了一两样事情。一则简短的笔记写成了，内容如下："你涉嫌谋杀，受到追捕。今天是十一月二十七日。谋杀兼纵火。日安，亲爱的夫人。现在是需要你的时候，亲爱的，感叹号，你在哪里？尸体已经找到。亲爱的夫人！今天警察会来！！"卢仁又从头读了三四遍，将纸重新放进去，摸索着找对字母，略带跳动地打出了落款"布索尼牧师"。这时他觉得厌倦了，事情进展得太缓慢。不知为何，他想必须把写成的这封信派上用场。他在电话号码簿中寻找一番，找到了一位叫路易莎·奥特曼的夫人，然后用手写上她的地址，把他的作文寄给了她。

留声机也给他提供了一定程度的消遣。棕榈树下，留声机巧克力色的机柜常用天鹅绒般的嗓音唱歌，卢仁一只胳膊搂着妻子，坐在沙发上听，心里在想很快就是夜晚了。她总是站起来去更换唱片，将唱片举起来迎着灯光，唱片的一个部分总会发出丝绸一般的微光，宛如月光照在海上。然后那个机柜又会重新流淌出音乐。他的妻子会重新坐到他身旁，将下巴一低，托在交叉起来的手指上，眨着眼睛听。卢仁记住了那些旋律，甚至想哼唱出来。有各种舞曲，呻吟的、哇啦哇啦说话的、嚎叫的。有一位极其温柔的美国人，压低声音唱。还有一整套歌剧，由十五张唱片组成——《鲍里斯·戈东诺夫》[1]——其中有一处响起教堂钟声，还有些地方有预示不祥的停顿。

他妻子的父母常过来看看，来得很勤，还定下了一个规矩：卢仁夫妇每星期必须要和他们共进三次晚餐。母亲试了好几次，想从女儿那里了解一点他们婚后生活的具体情况，总是好奇地问："你怀孕了吗？你肯定快要有个孩子了吧？""不是一个，"女儿答道，"我怀了双胞胎。"她仍然是平时那个文静的她，仍然是那样双眉低垂地微笑，仍然用卢仁的姓和"您"称呼卢仁。"我的可怜的卢仁，"她总是这么说，说时轻轻地噘起双唇，"我那可怜的、可怜的人。"这时卢仁总是将脸颊靠在她的肩上摩擦，她也隐约觉得比起怜悯带来的快乐，可能有更大

1　*Boris Godunov*，俄国著名作曲家穆索尔斯基 (1839—1881) 于一八六九年根据普希金的著作自编脚本完成的歌剧，于一八七四年二月在圣彼得堡首演。

的快乐，然而更大的快乐与她毫不相干。她活在世上，唯一关心的就是一分钟接着一分钟地唤起卢仁对象棋以外的事物产生好奇心，从而使他的脑袋保持在那摊黑水上方，能够自如地呼吸。每天清晨她都要问卢仁做了什么梦，用炸肉排或英式橘子酱增进他的早餐食欲，然后带他去散步，陪着他在商店橱窗前溜达。晚餐后给他高声朗读《战争与和平》，和他看着地图神游，念些句子让他练打字。她领着他去了几次博物馆，让他看她最喜欢的画，给他解释说佛兰德斯地区多雨多雾，画家们常用亮色，西班牙是个阳光充足的国家，所以色彩最沉郁的大师就生在那里。她还说那边那幅画的作者善于鉴赏玻璃制品，这边这幅画的作者喜欢画百合花，喜欢画在天堂着了凉，因感冒而微微发红的娇嫩面孔。她引导他注意《最后的晚餐》，饭菜简陋的窄餐桌底下有两只狗正在熟练地找饼屑。卢仁点点头，认真地眯起眼睛，用了很长时间研究起一幅巨大的油画来。画面上画家描绘了罪人们在地狱里遭受的各种折磨——细致入微，令人称奇。他们还去剧院和动物园，也看了电影，直到那时才发现卢仁以前从未看过电影。剧情进展到白热化的程度，最终那个姑娘——这时已是个著名演员——经过多次历险后，返回父母家中。她在门口停了下来，屋里她那位灰白头发的父亲正在同一位医生下象棋，还没有注意到她。这位医生是他们家的忠诚朋友，多少年来对她家的感情不曾有过丝毫改变。黑暗中突然传来卢仁的笑声。"在这种局面下，这些棋子绝对无法继续走了，"他说。不过就在此刻，银幕上的情景全都变了，他的妻子松了一口气。只见那位父亲越变越大，朝观众走来，拼尽全力表演了一番：眼睛睁得好大，接着一阵轻轻的颤抖，眼睫毛扑闪扑闪，又抖了一阵，脸上的皱纹徐徐舒展开来，越来越和蔼，一丝无限亲切的笑容缓缓出现在脸上。那脸还在颤抖——可是诸位须知，这位老人当年曾诅咒过女儿……不过医生——医生站在一旁，开始回忆。这位可怜的医生，谦恭的医生——影片刚开始时，她还是一个年轻姑娘，隔着篱笆向他扔花，他当时躺在草地上读书，见有花扔过来，便抬头观看，看见的只是篱笆。不过突然间一个梳着分头的女孩头在篱笆的那一边冒了出来，接着又出现了一双眼睛，越睁越大——唉，太调皮了，太贪玩了！追过去，医生，跳过篱笆去——她朝那边跑了，可爱的仙女，她就藏在那几棵树后面——抓住她，抓住她，医生！可是如今这一切都成为过去。她低垂着头，双手也无力地垂着，一只手握着一顶帽子，这就是如今的著名影星（一个堕落的女人，唉！）。那位父亲还在颤抖，慢慢张开双臂，她猛一下跪在他的面前。卢仁开始擤鼻子。他们离开电影院时，他两眼通红。不过他清清嗓子，不承认刚才一直在哭。第二天早上喝咖啡时，他一只胳膊肘支在餐桌上，若有所思地说："很好，很好——那部影片。"他又想了一会儿，补充道："可是他们有所不懂。""什么意思，他们不懂什么？"他妻子惊讶地问，"他们都是一流的演员。"卢仁斜看她一眼，又马上移开目光，这话会说到她不喜欢的事情上。她突然明白了是怎么回事，开始暗自思量怎样让卢仁忘掉电影中那盘倒霉的棋。那个导演真笨，竟然认为象棋适合营造"气氛"。不过卢仁倒显得马上忘了这事一般——他正全神贯注地品尝岳母送来的地道俄式面包，而且他的眼睛又变得清澈起来。

就这样，一个月过去了，又一个月过去了。那一年的冬天是白色的冬天，像圣彼得堡的冬天。她给卢仁做了一件棉外套，把他的一些旧物品送给了贫困的俄国难民——其中有一条产于瑞士的绿色羊毛围巾，散发着一股刺鼻的樟脑丸气味，人一闻就闹心。门厅里挂着一件已判定不宜再穿的夹克衫。"这衣服穿着非常舒服，"卢仁恳求道，"舒服极了。""别碰它，"妻子的声音从卧室里传出来，"我还没有看过呢。说不定满是蛀虫了。"卢仁脱下晚餐时穿的短上衣，他总是穿着它试肥瘦，看看他在过去的这个月里是不是胖了许多（他胖了，的确胖了——明天有一个盛大的俄国人舞会，搞慈善募捐），然后深情地拿起那件被判了死刑的夹克衫，将胳膊溜进袖子里。一件可爱的夹克衫，没有一点虫蛀的样子。只是衣袋里有一个微小的洞，但还不是像有时候衣袋兜底彻底扯开了的样子。"妙极了，"他高声叫道。他的妻子手里拿着袜子，从卧室探出头来向门厅里张望。"脱掉它，卢仁。又破又脏的，天知道放多久了。""不脱，不脱，"卢仁说。她从各个角度检查起它来，卢仁站在那里伸手拍拍下摆，意外地感觉到衣袋里好像有什么东西。他伸手进去一摸——没东西，什么都没有，只有一个洞。"太旧了，"他妻子皱着眉头说，"不过可以当劳动服穿……""我求求你，"卢仁说。"那好吧，照你的意思办——等会脱了交给女仆，让她好好拍打拍打。""不交，本来干净的，"他自言自语道，决定把它挂在书房里，挂在哪个不起眼的地方，像文职官员那样脱了衣服挂起来。脱的时候他又一次感觉到衣服的左边稍稍重一点，但他记得衣袋都是空的，便没有查看一边重是什么原因。至于那件晚餐短上衣，现在已经变得有点紧了——对，绝对有点紧。"舞会，"卢仁说，暗自设想了许许多多成双成对转圈的人。

舞会是在柏林市一家最好的酒店里举办的。衣帽间附近围着拥挤的人群，服务员接过客人的衣物，再像抱着睡着了的孩子一样抱走。他们给了卢仁一个干干净净的金属号牌。他和妻子走散了，不过马上又找着了她：她正站在一面镜子前面。

他将金属号牌贴在她施了脂粉的光滑后背上微微凹下去的软肉上。"哎呀，好凉，"她惊叫道，动了动肩胛骨。"挽臂，挽臂，"卢仁说，"我们必须挽臂进去。"于是他们就挽着臂进去了。进去后卢仁第一眼看到的就是他的岳母，看上去年轻了许多，面色红润，戴着一顶珠光宝气的头饰——俄国妇女常戴的kokoshnik[1]。她正在宣传潘趣酒，一位年长的英国人（他刚刚从自己的房间走下楼来）很快就喝醉了，一只胳膊肘支在她摆酒的桌子上。另一张桌子离一株挂满彩灯的枞树不远，上面放了一堆抽奖奖品：有一把很有气派的俄式茶壶，朝着枞树的一边反射出树上的红色和蓝色的彩灯。有穿着无袖短上衣的玩具娃娃，有一台留声机，还有各种酒（斯米尔诺夫斯基捐献的）。第三张桌子上摆着三明治、意大利色拉、鱼子酱——一位漂亮金发女郎正在叫一个人："玛丽亚·瓦西里耶夫娜，玛丽亚·瓦西里耶夫娜，他们怎么又把它拿走了……我早就说过了……""祝您晚上格外愉快！"附近一个人说道，卢仁太太抬起一只拱成天鹅形状的手。再往里去，隔壁房间里有音乐声，跳舞的人在桌子之间的空地踩着节拍转圈。一个人后背砰的一声全速撞在了卢仁的身上，他哼哼着连连后退。他的妻子早就不见了，他举目搜索一番后，又回到第一个房间里。这里

1　用拉丁字母转写的俄语，鸡冠帽。

的赌彩抽奖游戏又一次吸引了他。每支付完一马克，他就伸手入箱摸出一张纸卷成的小圆棒。他又是吸鼻子，又是噘嘴巴，每一次都花很长时间打开纸卷，里面没见有数字的话，就把纸翻过来看看靠外的那一面有没有——这么看是不管用的，但也是人之常情。玩到最后他抽到了一本《咪咪猫》之类的儿童读物，不知怎么处置，便放在了桌子上。桌子上有两杯斟满的酒，正等着一对跳舞的男女回来。人群拥挤，走来走去，动辄还乐声大作，他的神经受到刺激，而且又无处可躲。也许人人都在看他，不明白他为什么不跳舞。舞曲间歇期间，他的妻子在另一个房间里找他，可每走一步就有熟人叫住她。有很多人来参加这场舞会——其中有一位外国领事，是费了好大周折才请到的。还有一位著名的俄国歌唱家，两位女影星。有人给她指了两位女影星的桌子，两位女士脸上挂着装模作样的微笑，她们的男伴是三个膘肥体壮的制造商型大汉，不停地用舌头发出咯咯的声音，还弹响指，冲着脸色苍白、大汗淋漓的服务生发脾气，嫌他动作太慢，效率太低。这三个人中有一个似乎令她尤为讨厌：此人牙很白，棕色的眼睛闪闪发亮，打发走服务生后，又开始大声说起别的事来，俄语中夹杂着最常见的德语词语。突然间她觉得很失落，人人都在关注那两位影星，关注那位歌星，关注那位领事，似乎没人知道出席舞会的还有一位象棋天才，他的名字曾经出现在几百万份报纸上，他弈出的对局已经被称为"不朽之局"了。"说来好怪，同您跳舞一点不费劲。这里的地板很不错。对不起。太挤了。舞会的收入肯定可观。这边的那位男士来自法国大使馆。说来好怪，同您跳舞一点不费劲。"一般一说这句话谈话就结束了，他们跟她跳舞，却不知到底对她说些什么好。一位长得相当漂亮的女士，却了无生趣。还有那场和一个不成功的音乐家的婚姻，或者类似的事情。"你说什么——是个从前的社会主义者？一个什么？玩家？玩牌的？你拜访过他们吗，奥勒格·谢尔盖耶维奇？"

与此同时，卢仁已经在楼梯不远处找到了一只很深的扶手椅，这会儿正从一根柱子后面望着人群，吸着第十三支烟。旁边还有一只扶手椅，一个留着小胡子、皮肤黝黑的绅士过来先询问了椅子是否已有人坐，然后坐了下来。附近仍然人来人往，卢仁渐渐害怕起来。他目光所到之处遇到的都是好奇的眼睛，可恨的是他非得看个什么地方不可，只好将目光盯在邻座那人的小胡子上。此人显然也是烦到处吵闹，为躲无谓的应酬坐到这里来了。他感觉出卢仁在盯着他看，便朝他转过头来。"我很久没有参加舞会了，"他和气地说，咧嘴笑笑，摇摇头。"要紧的是啥也不要看，"卢仁闷声闷气地说，伸出手比划眼睛眨巴的样子。"我大老远来到这里,"这人解释道,"一个朋友硬要拉我来。说实话,我觉得累。""觉得累,也觉得沉重,"卢仁点头称是,"谁知道搞这一套有什么意思?超出我的理解能力。""尤其是像我这样的人,在巴西一个种植园干活,就更不能理解了,"这人说。"种植园,"卢仁紧跟着重复说道,像他的回声一般。"这里的生活方式很古怪,"陌生人继续说,"世界四通八达,这里的人却在极其有限的一小块地板上猛跳查尔斯顿舞[1]。""我也要出远门了,"卢仁说,"我已经拿到了旅游手册。""没什么能和自由自在相比,"陌生人感叹道,"信步漫游,一路顺风。去过了多少美好的国家……我曾在里奥内格罗[2]边远的森林里遇到一个德国植物学家,也曾和一位法国工程师的妻子在马达加斯加岛上住过。""我也肯定会拿到这些地方的旅游手册,"卢仁说,"很有吸引力的东西——那些小册子。每样事情交代得非常详细。"

"卢仁,原来你在这儿!"突然间他妻子的声音响了起来,她正挽着父亲的胳膊匆匆走过。"我马上就回来,我这就过去给我们找一张桌子,"她回过头来喊着说,然后就不见了。"你

1　Charlestons,一种流行于二十世纪二三十年代的美国舞蹈,特点是快速运动侧小腿。

2　Rio Negro,阿根廷中南部省份,西部为一系列湖泊和茂密森林。

的名字是卢仁？"绅士好奇地问。"对，对，"卢仁说，"但这无关紧要。""我过去认识一位卢仁，"绅士说，眼睛眯了起来（因为记忆都是近视眼），"我过去认识一位。你莫非在巴拉舍夫斯基学校上过学，上过吧？""可能上过吧，"卢仁答道，心里起疑，觉得不快，便仔细打量起同伴的脸来。"那样的话我们就是同班同学！"对方惊叫道，"我是彼得利什契夫。记起我来了吗？嗨，你当然记得了！多么巧呀。凭你的脸我是绝对认不出你的。告诉我，卢仁……你的第一个名和你的父姓是什么来着？……啊，我好像想起来了——托尼……安东……接下来是什么？""你弄错了，弄错了，"卢仁抖了一下说。"是弄错了，我记性差，"彼得利什契夫接着说，"好多名字我都忘了。比如我们班那个文静的男孩，你还记得他吗？他后来在弗兰格尔岛战役中失去了一只胳膊——就在撤退之前。我在巴黎见过他上教堂。嗯，他叫什么来着？""为什么非要说这些不可？"卢仁说，"为什么还要说这么多？""不知道，我想不起来了，"彼得利什契夫叹了口气，很舍不得地把手掌从额头上移开。"不过再举一例，有个叫格罗莫夫的，他如今也在巴黎，好像日子过得很舒坦。可是别的同学如今都在哪儿呢？他们都在哪儿呢？都散了，化成烟消失了。想起来真是奇怪。那么卢仁老同学，你的情况如何，你的情况如何呢？""还行，"

卢仁答道，从健谈的彼得利什契夫身上移开目光，突然间认出了老同学当年那张脸：小脸盘，粉红色，挂着令人难以忍受的嘲笑。"想当年真是美好时光啊，"彼得利什契夫叫道，"你还记得我们的地理老师吗，卢仁？记得他经常飓风一般飞进教室，手里还拿着一张世界地图吗？还有那个小老头——唉，我也忘了他的名字——还记得吗？他经常全身发抖着说：'好好玩吧，哼，好你个大傻瓜。'美好时光啊。我们经常飞奔下楼，冲进院子，你还记得吗？还记得那次学校晚会上意外发现阿布佐夫会弹钢琴吗？平时根本没见他练过，记起来了没有？我们给他起了个谐音外号——'何不醉乎'，记起来了吗？""不要回应他，"卢仁飞快地暗想道。"如今这些美好时光全消失了，"彼得利什契夫继续说，"现在我们相逢在舞会上……噢，顺便问一下，我好像记得……你离开学校时从事了什么专业，是什么专门行当？是什么来着？对了，当然是——象棋！""不，不，"卢仁说，"你究竟为什么非要……""噢，对不起，"彼得利什契夫和善地说，"那么是我搞混了。对，对，正是搞混了……舞会跳得正欢，我们却坐在这里大谈过去。你知道我已经游遍了世界……古巴的女人多美啊！要不再举一例，那次在丛林里……"

"一派谎言，"那人身后响起一个懒洋洋的声音，"他根本没去过任何丛林……"

"你为什么凡事都要败兴？"彼得利什契夫回过头拖长声音说。

"别听他的，"一个瘦长的秃顶男人接着说，他就是刚才那个懒洋洋的声音的主人，"革命后他一直住在法国，前天才是他第一次离开巴黎。""卢仁，允许我介绍你们认识一下，"彼得利什契夫笑着说。然而卢仁匆匆离开了，脑袋缩进肩膀里，由于走得太快，身子又是晃，又是抖，样子很奇怪。

"走了，"彼得利什契夫诧异地说，随后又若有所思地补充了一句，"话说回来，也许是我认错了人。"

卢仁撞了一路的人，他用含泪的声音不停地喊叫："对不起，对不起！"就这样还是老往别人身上撞，只好避而不看他们的脸。他到处找他的妻子，终于看见了她，便一把抓住她的胳膊肘。她吓了一跳，转过身来。可是他一开始一句话也说不出来，他喘得太厉害了。"怎么了？"她焦急地问。"我们走，我们走，"他喃喃说道，仍然抓着她的胳膊肘。"请镇静，卢仁，不必这样，"她说道，轻轻地把他推到一旁，这样旁边的人就听不见他们说的话了，"你为什么要走？""那边有一个男人，"卢仁上气不接下气地说，"和他谈话太不爽了。""……是你以前认识的人？"她平静地问。"对，对，"卢仁点头称是，

"我们走吧，求你了。"

卢仁半闭着眼睛，这样彼得利什契夫就不会注意他。他挤过人群来到前厅，开始在所有的衣袋里翻找他的金属号牌。经过三四次各持续了几十秒钟的慌乱和绝望后，他终于找到了它。管衣帽间的服务生像个梦游人一样寻找他的衣物，而他焦急地拖着脚这边那边地来回走动。……他是客人中第一个穿好衣服的，也是第一个走出门的，他妻子匆匆跟在后面，边走边裹紧她的斜纹厚绒布外套。一直到进了汽车后，卢仁的气这才喘得顺畅起来，脸上烦乱愠怒的表情也退去，变成了不好意思的似笑非笑的模样。"亲爱的卢仁碰到了一个讨厌的人，"他的妻子抚摸着他的手说道。"一个中学同学——人品可疑，"卢仁解释说。"不过现在，亲爱的卢仁没事了，"他妻子低声说，吻了一下他柔软的手。"现在都过去了，"卢仁说。

然而事情并非完全如此，留下了后遗症———个谜，一根刺。他开始一夜一夜地思索为什么这次碰到个同学会让他如此不自在。这里头当然有各种各样的个人因素，想起来令人不快——彼得利什契夫上学期间曾经欺负过他，这一回又隐隐提到一本撕烂了的书，写的是小托尼的故事。还有，一个本来充满异国魅力的旅游世界，突然间变成了一个吹牛人满嘴的胡言乱语，这就使将来再也不可能相信旅游宣传册了。不过可怕的还不是碰上了同学这样的事情本身，而是由此引发的另外一些事情——这次碰到同学含有隐秘的意义，他得好好探索。他开始夜里冥思苦想，像福尔摩斯习惯于对着烟灰冥思苦想一样。渐渐地，解开此事奥秘的密码似乎变得复杂起来，远非他起初料想的那样。碰上彼得利什契夫仅仅是什么事情的继续，所以有必要深入考察，有必要回到过去，把他的生活从生病之日一步一步重新推演一遍，直到这次舞会为止。

一三

　　浅蓝灰色的滑冰场（夏季就变成若干网球场）上薄薄盖着一层雪，当地的人们在上面小心翼翼地玩乐。卢仁夫妇早上散步经过这里的时候，滑冰人中身手最矫健的那一个，一位穿着毛线运动衫的年轻人，正好来了个荷兰式的花样，结果重重地坐在了冰面上。再远一点是个小公园，里面有一个穿着一身红衣服的三岁小男孩，迈开穿着羊毛裤的小腿摇摇摆摆朝一块马镫石走去。附近有一点雪积成了个小山包模样，诱人胃口，小男孩伸出一只看不见指头的小手刮下点雪来，送到嘴边。这情形立即招来了背后一只手一把抓住了他，还在他屁股上打了一巴掌。"唉，你这可怜的小人儿，"卢仁太太回头望望说。一辆公共汽车驶过白色的柏油路面，留下两条又粗又黑的道儿。一家卖留声机和游戏机的商店里传出微弱的音乐声，有人过来关上了门，免得音乐患上感冒。一只达克斯猎狗穿着一件蓝布拼接起来的小外套，摇摆着低垂的耳朵，停下来嗅了嗅地上的雪，卢仁太太正好趁机摸了摸它。这一阵一直有白色的东西打在他们脸上，很轻，却很尖利，当他们抬眼凝视空旷的天空时，发现有亮晶晶的微小颗粒在他们眼前飞舞。卢仁太太脚下滑了一下，她责备地看了看她那双灰色雪靴。在俄式食品店附近，他们碰上了阿尔费奥洛夫夫妇。"这天气突然就冷了，"阿尔费奥洛夫感叹道，黄胡子一抖一抖地动。"别吻手了，手套脏了，"卢仁太太说，笑眯眯地看着阿尔费奥洛夫太太总显得生气勃勃的迷人脸庞，问她为什么不来他们家做客。"你正在发胖，先生，"阿尔费奥洛夫大吼一声，顽皮地斜眼瞟了瞟卢仁的肚子，此刻他的肚子在棉大衣下面显得格外大。卢仁可怜巴巴地看看妻子。"记住，永远欢迎你们来，"她点点头说。"等等，玛丽，你知道他们的电话号码吗？"阿尔费奥洛夫问，"你知道？那好。就这样，再会——咱们用苏维埃俄国的告别语。向你母亲转达我最诚挚的敬意。"

"他这个人很小气，也很可怜，"卢仁太太说，挽起丈夫的胳膊，变换着脚步，好和他的步子协调一致，"不过玛丽……多么可爱的人，多么漂亮的眼睛啊……别走那么快，亲爱的卢仁——路很滑。"

轻盈的雪不再飘落，一小块天空暗淡地闪着光。太阳浮出脸来，没有血色，像一只扁平的盘子。"你猜怎么着，我们今天从右边走，"卢仁太太建议道，"我们从没有从右边走过，我敢肯定。""看，橘子，"卢仁说道，觉得很馋，并想起了他父亲说过的话：你用俄语说"leemon[1]（柠檬）"这个词的时候，你会不自觉地拉长面孔，但说"apelsin[2]（橘子）"一词时，就会一脸笑容。卖东西的小女孩敏捷地打开纸袋口，将几个冰凉的、长着小浅坑的红色球体挤着塞了进去。卢仁拿出一个橘子，边走边剥皮，料想橘子汁会溅进眼睛里，不由得紧皱眉头。他将剥下的橘子皮放在衣袋里，这是因为扔在雪地上会太显眼，说不定还会有人把它踩成酱泥。"好吃吗？"他妻子问。卢仁哑巴着嘴嚼着最后一瓣橘子，脸上露出一丝满意的笑容。他正要伸手重新挽住妻子的胳膊，突然停下不走了，四处张望。想了片刻后，他回头往街道口走去，看了看街道的名字，然后又快步赶上妻子，伸出手杖指向最近的一幢房子。那是一幢普通的灰色石头房，铁栏杆后面有个小花园，把房屋和街道隔开。"我爸爸从前常住这儿，"卢仁说，"门牌35A。""35A，"他妻子跟着他说了一遍，不知道接下来说什么，便抬头望望房子的窗户。卢仁继续往前走，用手杖将栏杆上面的积雪捣下来。一会儿后，他又一动不动地站在一家文具店前面。店里有一个蜡像小人，长着两副面孔，一副悲伤，一副欢快，不停地将夹克衫的左右衣襟轮换着打开。夹克下穿着一件白色马甲，马甲左口袋里别着一支自来水笔，夹克左襟一打开，水笔便往

1，2　用拉丁字母转写的俄语。

白色马甲上喷洒墨水，而别在右边口袋里的自来水笔却没有任何动静。卢仁非常喜欢这个双面人，甚至想把它买下来。"听着，卢仁，"等他在窗子边上看够了后，妻子说话了，"很久之前我就想问问你——你父亲去世后难道没留下什么东西吗？留下的东西现在都放在哪儿呢？"卢仁耸耸肩。"曾有一个叫克拉什钦科的人，"过了一会儿他喃喃说道。"这我就听不明白了，"他妻子有点怀疑。"他在巴黎给我写了一封信，"卢仁不太情愿地解释道，"讲了去世和安葬的事，已故父亲的遗物由他保管着。""唉，卢仁，"她叹口气说，"你看你怎么使用语言的。"她沉思片刻后又说，"你父亲的遗物不关我的事，我只是觉得那些原来属于你父亲的东西由你留着才好。"卢仁沉默不语。她想象着那些没人要的东西——也许是老卢仁写书时用过的钢笔，这样那样的文件、照片之类——她伤心起来，暗暗怪丈夫心肠冷酷。"不过有一件事情非做不可，"她决断地说，"我们必须去墓地看看他的坟，确保它不受冷落。""天冷，路也远，"卢仁说。"那我们过一两天去，"她做出了决定，"天气肯定会有变化的。请小心——有辆汽车过来了。"

　　天气变得更糟了，卢仁想起了那块令人压抑的荒地和墓地上的冷风，便请求将扫墓之行推迟到下一周。另外，天气冷得出奇，滑冰场关闭了。这个冰场总是运气不好：去年冬天它一化再化，最后冰场化成了一个水潭。今年又冷得像着了魔一般，连学童们都不来滑冰了。公园里冻死的小鸟挺着胸脯躺在雪地上，两只爪子竖在空中。温度计在周围寒冷环境的影响下，无可奈何地一降再降。就连动物园里的北极熊也发现为它们加强了防冻措施。

现在发现卢仁夫妇的公寓是那些幸运公寓之一，装有神奇的中央供热系统。住在这样的公寓里，人坐着不动时不必非穿上皮大衣、裹上毛毯不可。他妻子的父母冻得快要发疯了，所以极其乐意到有中央供热系统的公寓做客。卢仁穿着那件没有被毁掉的短上衣坐在桌前，正在用心地画放在他面前的一个白色立方体。他的岳父要么在书房里四处踱步，边走边讲述一些非常体面的长篇趣闻轶事，要么拿着一张报纸坐在沙发上，时不时先深深吸气，再清清嗓子。他的岳母和妻子坐在茶桌旁。从书房里穿过昏暗的客厅望过去，可以看见餐厅里明亮的黄色灯罩。餐具柜形成一个棕色的背景，上面映出他妻子明亮的轮廓和裸露的双臂。她的胳膊肘支在桌子上，离开她眼前好远，头斜靠在一只肩上，十指交叉。要么突然平稳地伸开一只胳膊，碰碰桌布上某个闪亮的物体。卢仁将他正在画的立方体放到一旁，取出一张什么也没画的白纸，准备好一只装着水彩块的铁皮盒子，匆匆画起远处的这个景象来。他借助一把尺子吃力地勾画轮廓线，这时远远的那一头发生了一点变化。他的妻子离开了明亮的长方形餐厅，灯灭了，随后灯又在近处的客厅里亮了起来，远处再没有什么可看的了。平时他很少用水彩，倒是喜欢用铅笔画画。水彩潮湿，老是弄得画纸起皱，令人不快，湿了的颜色还会淌到一起去。普鲁士蓝黏力特强，往往粘上取不掉——你刚在画笔尖上蘸上一小点，它就在颜料盒光滑的搪瓷内壁上粘得到处都是，打好的底色也叫它吞掉了，玻璃杯里的水也叫它染成讨厌的蓝色。有些装着墨汁和铅粉的粗软管，可管子盖儿无一例外地全丢了，所以管子的颈口就完全干了。他挤管子的时候用力过猛，管子就会从底部爆裂，于是下面会爬出一条黏糊糊蠕动的胖虫子。他这种胡涂乱画画不出什么结果来，就连最简单的东西——比如画个插着花的花瓶或临摹介绍里维埃拉的旅游宣传册里的一幅落日图——也会画得斑斑点点，看得人讨厌恶心。不过画画总归是好事情。他画了他的岳母，画得岳母生了气。他画他妻子的剪影，妻子说她要是长那副模样的话，他就没有理由娶她了。不过另一方面，他岳父浆过的笔挺衬领却画得很好。卢仁对削铅笔和用铅笔量眼前物体的比例很有兴趣，眯起一只眼睛，举起铅笔，大拇指抵住笔杆。画错了要擦掉时也会小心翼翼地在纸上移动橡皮，一只手掌压住纸。他根据经验知道，不压住的话，纸就会擦得哗哗响，出现褶皱。他会非常细心地吹掉纸上的橡皮屑，生怕用手去抹会把画好的画弄脏。他最喜欢的是他妻子最初建议他画的那些物体，后来就反反复复地画——白色的立方体、角锥体、圆柱体，还有一小块塑料装饰品，这东西让他想起在学校里上图画课的情形——这是他唯一画得来的东西。那些细细的线条让他感到安慰，他画了又画，足有上百次，终于达到了最高程度的清晰、精确、纯正。打阴影也是极爽的事，轻轻地、工工整整地打，不能压得太重，线条分布均匀。

"画完了，"他说，举起画纸，拉开点距离，眯起眼睛，透过眼睫毛观看他画好的立方体。他的岳父戴上夹鼻眼镜，看了许久，连连点头。他的岳母和妻子从客厅过来，也看起他的画来。"立方体还投下一小块阴影呢，"他妻子说，"一个非常非常漂亮的立方体。""画得好，你是一位真正的立体派画家，"他岳母说。卢仁咧了咧嘴的一边，微微一笑，拿着画打量起书房的四面墙壁来。书房门旁边已经挂着一幅画——一辆火车行驶在一道横跨深渊的桥上。客厅里也有一样东西：电话号码簿上放着个骷髅头。餐厅里有一些画得特别圆的橘子，人人见了都理所当然地认为是西红柿。装饰卧室的有一幅木炭做成的浅浮雕，还有一幅圆锥体和尖锥体密谈图。他走出书房，眼睛环顾四面墙壁，他的妻子叹了口气说道："不知亲爱的卢仁会把这幅画挂在哪里。"

"你还没有屈尊告诉我，"她的母亲开始说，抬起下巴指指摆在桌子上的那一堆花里胡哨的旅游小册子。"可我自己也不知道去哪儿呢，"卢仁太太说，"很难定夺，每一个地方都很美。我想我们会先去尼斯。""我建议去意大利湖区，"她父亲说，合上报纸，摘下夹鼻眼镜，开始说起那些湖泊有多么美丽。"我们老是大谈旅行，他恐怕已经听厌了，"卢仁太太说，"找个晴朗的日子，登上火车出发就是了。""不过四月以前不能走，"她母亲恳求道，"你答应过我的，你知道……"

卢仁回到了书房。"我把一盒图钉放在什么地方了，"他说，看看桌子，又拍拍衣服口袋（他又一次，不是第三次就是第四次，感觉到左口袋里有什么东西——但不是那盒图钉——没有时间仔细检查了）。图钉在桌子上找见了，卢仁拿起盒子，匆匆走了出去。

"噢，我都忘了告诉你。想象一下，昨天上午……"她开始告诉女儿，昨天一个女人给她打来电话，没想到这个女人会从俄国来到这里。想当年在圣彼得堡，这个女人还是个年轻姑娘时，常到她家做客。三四年前她嫁给了一个苏联商人，要么是个苏联官员——要准确断定其身份是不可能的——她和丈夫要去一处温泉疗养胜地休闲养生，中途在柏林停留一两个星期。"你知道，苏联公民到我们这里来，我就有点不自在，可她硬是要来。她打电话也不害怕，这我就觉得奇怪了。怎么说呢，苏联的人要是得知她给我打过电话……""噢，妈妈，她也许是一个非常郁闷的女人——她暂且摆脱郁闷，享受自由，便很想见见人。""那好，我把她转交给你，"她母亲说道，松了一口气，"特别是你这里比较暖和。"

几天后的一个中午，那位女士出现了。卢仁因头一天晚上没睡好，这时还在酣睡。有两次他醒过来，想喊却没喊出声来，做噩梦噎住了。卢仁太太如今也不知为何不大喜欢接待客人。客人来后才发现是一位身材苗条、生动活泼的女士，妆化得恰到好处，梳着漂亮的短发，穿戴和卢仁太太一样，东西简约，价格昂贵。她俩大声抢着说话，都说对方一点也没变，要说变也许都变得更漂亮了。两人走过客厅进了书房，书房里比客厅更舒适一些。来人暗自吃惊，这位卢仁太太十一二年前是个活泼漂亮的小姑娘，现在变得又白又胖，也更文静了。卢仁太太则发现这位从前常来他们家拜访的年轻女士如今变成了一位非常风趣自信的夫人。想当年她是个寡言少语的端庄淑女，爱上了一个大学生，后来那个大学生被打死了。"这么说这就是你柏林的家……衷心感谢你。我都快冻死了。国内在列

宁格勒 [1] 要比这里暖和，真的比这里暖和。""圣彼得堡现在怎么样？肯定变化很大吧？"卢仁太太问道。"当然变了，"来人得意洋洋地回答说。"日子过得极其艰难吧，"卢仁太太若有所思地点头说道。"嗨，瞎说！根本不是那样的。国内大家都在工作，搞建设。连我的儿子都工作了——怎么，你不知道我有了儿子？——对，我有，我有，一个聪明伶俐的小伙子——连他都说，国内在列宁格勒'大家都工作，在柏林，布尔乔亚什么也不做'。总的来说，他发现柏林比国内差多了，他甚至啥都不想看。他善于观察，你知道，很敏感……不，认真讲，孩子说得对。我自己也感觉到我们已经超过了欧洲。就拿剧院来说。怎么说呢，你们在欧洲没有剧院，剧院压根不存在。我这么说根本不是，你要理解，根本不是赞美共产党。不过你不得不承认一件事：他们向前看，他们搞建设，集中精力搞建设。""我不懂政治，"卢仁太太缓缓地说，有点伤心，"不过我只是觉得……""我只是想说一个人得思路开阔，"来者连忙说道，"举个例子，我一到这里就买了一份流亡者报纸。当然，我丈夫说，你知道的，开玩笑地说——'你为什么把钱浪费在这些垃圾上——我的女孩？'他的原话比我说的还难听，为了

1　Leningrad，即圣彼得堡，一九二四年列宁逝世后命名为列宁格勒，一九九一年苏联解体后恢复圣彼得堡旧名。

不伤大雅，让我们称之为垃圾——但我却说：'不算浪费。各样东西你都得看看，要绝对不带偏见地了解各种事情。'想象一下——我打开报纸读起来，上面印的全是诽谤之词，谎话连篇，说什么都那么粗野。""我很少看俄文报纸，"卢仁太太说，"比如妈妈从塞尔维亚订了一份俄文报纸，我相信——""那都是阴谋，"这位女士继续说，"除了谩骂什么都没有，没人敢为我们说一句好话。""真是这样吗？我们还是说点别的吧，"卢仁太太心烦意乱地说，"我说不明白，说这类事情我很不擅长，不过我觉得你搞错了。如果哪一天你想和我的父母谈谈这种事情的话……"（说到这里，卢仁太太心中想象她母亲瞪着眼睛尖叫的模样，反倒有一丝快感。）"算了，你还是没有长大，"这位女士宽厚地笑笑，"讲讲你现在做什么，你丈夫做什么，他是干什么的？""他以前下象棋，"卢仁太太答道，"是个出色的棋手。但后来劳累过度，现在正在休养。请你一定不要对他谈象棋。""对，对，我知道他是一名棋手，"来人说，"但他是什么身份？反动派？白匪？""我真的不知道，"卢仁太太笑道。"我听说过他的一两件事情，"来人继续说，"你 maman[1] 一告诉我说你嫁给了一个叫卢仁的人，我马上就想到是他。我在列宁格勒有一个老熟人，她给我讲过——讲起来那么自豪，你

_____
1 用拉丁字母转写的俄语，妈妈 。

知道，太天真——讲她怎样教她的小外甥学象棋，后来小外甥成了一名出色的……"

就在谈话说到这一点的时候，隔壁房间里传出一种奇怪的声音，好像是有人撞上了什么东西，不由自主地喊了一声。"等一下，"卢仁太太从沙发上跳将起来，正要轻轻推开通向客厅的房门，却又改变了主意，穿过门厅去了客厅。在客厅里她看到一个完全出乎她意料的卢仁。他穿着睡衣和卧室拖鞋，一只手里握着一块白面包——不过令人吃惊的当然不是这一点——令人吃惊的事情是他的脸由于激动发抖而变了形。只见他两眼圆睁，目光闪亮，额头看上去凹凸不平，青筋暴起，一见妻子，先好像不理睬她，只管张大嘴站着继续朝书房张望。不一会儿她看明白了，他这是因高兴而激动。他高兴地冲着妻子磕牙齿，又笨重地转了一个圈，险些将棕榈树碰倒，还甩掉了一只拖鞋。拖鞋像个活物一样滑进了餐厅，餐厅里可可茶正在冒蒸气，他紧跟着拖鞋快步走了过去。

"没事，没事，"卢仁诡秘地说，像个发现了什么秘密而欣喜若狂的人，拍拍膝盖，闭上眼睛，晃起脑袋来。"那位女士从俄国来，"他妻子试探着说，"她认识你的姨妈，你这位姨妈——对，就是你那些姨妈中的一位。""好极了，好极了，"卢仁说，突然笑得喘不过气来。我这是在担心什么？她心想。

他就是觉得开心罢了，睡醒后心情好，也许想……"想开个不让别人知道的玩笑，卢仁？""对，对，"卢仁答道，总算找着了个搪塞的办法，便接着说，"我刚才想穿着睡衣去做个自我介绍。""那样我们会觉得很开心，很好嘛，"她笑着说，"吃点东西，穿好衣服。今天上午好像要暖和一点了。"卢仁太太将丈夫留在餐厅，自己立即返回书房。她的客人坐在沙发上看一本旅游小册子里的一些瑞士风光图片。"听着，"她一见卢仁太太进来，便说道，"我要利用利用你。我要买点东西，可我一点也不知道这地方最好的商店都在哪里。昨天我在一家商店的橱窗前站了整整一个钟头，就站在那儿想，也许还有更好的商店呢。再说我的德语也不够用……"

卢仁一直坐在餐厅里，时不时拍拍膝盖。真的有重大事情值得庆祝。自从上次舞会以来，他一直在努力寻找解开往事奥秘的密码，这密码刚才突然间自己显示在他面前，全亏了从隔壁房间里飘来的一句意想不到的话。刚听到那句话的几分钟里，只感受到一种强烈的兴奋感，自己原来是个棋手，这让他感到自豪、欣慰，产生了艺术家都很熟悉的快意人生的生理反应。他又做了好一些小动作后，这才意识到这一非同寻常的发现所具有的真正意义。他喝完了可可茶，刮了胡子，把装饰纽扣换到一件干净的衬衣上。突然间快感消失了，别的一些感觉压倒了他。打谱学得的一些着法可以在实战中隐约重现于棋盘之上，同样道理，现在一种熟悉的生活模式也连续不断地重现于他当前的生活之中，这种现象日益明显。他断定这种重现确是事实后，特别高兴，但这最初的高兴刚刚过去，他刚刚开始仔细反思他的发现时，吓得发起抖来。他注意到他童年的种种意象一步一步重现出来（乡下的房子……城市……学校……姨妈），这个过程既可怕，又高雅，还捉摸不定，他隐隐觉得美，又隐隐觉得怕。不过他仍然不太理解为什么这种密码式的重现会在他的灵魂深处激起如此强烈的恐惧。有一件事情他觉得真真切切地存在：那就是他很恼怒自己过了这么久都未发现这一连串狡猾的着法。现在想起了某些细节——还有许多细节时不时活灵活现地展示出来，以致刚开始时的那种重现现象几乎隐匿不见了——卢仁暗自生气，恨自己没深思，没有采取主动，只是盲目地听任密码自行展现。那么从现在起，他决心提高警惕，密切注意情况的进一步发展，如果有进一步发展的话——还有当然，当然，要确保他的发现成为牢不可破的秘密，人要表现得快活，不同寻常地快活。然而从那天开始，他就不得安闲了——如果可能的话，他必须设计一道防线，来抵御这种自行展现的密码，彻底摆脱它。为此他必须预见到它的终极目标，它当前的走向，但目前还没有迹象表明可以做到这一点。

一想到那种重现很可能还会继续，他就惊恐万分，以至于恨不能停止生命的时钟，让重现像那局棋赛一样永远封盘，永远凝固。与此同时，他又注意到自己还继续活着，某种准备还在进行中，事情在爬行一般缓慢发展，他没有能力阻挡这种运动。

他的妻子假如这几天和他多待些时候的话，也许就会很快地注意到他的变化：阴沉沉的表情中时不时显出木愣愣的快活样子。可是说来不巧，恰好就在这几天里，那位从俄国来的女士纠缠不休，她只好按原先说好的让她利用利用。这位女士拉着她转商店，一个接一个地转，一转就是好几个钟头。她不慌不忙地试帽子，试衣服，试鞋子，然后到卢仁家坐着不走。她还是像以前那样口口声声说欧洲没有剧院，还是冷腔冷调地把圣彼得堡说成列宁格勒。出于某种原因，卢仁太太觉得她很可怜，便陪她去咖啡馆，还给她的儿子买了些玩具。她儿子是个神情忧郁的小胖子，在生人面前说话能力就丧失殆尽，给他送那些玩具时他非常害怕，不敢接受，于是他母亲一口咬定这里没有他喜欢的任何东西，他只盼赶快回国，回到他那些少先队的小伙伴中去。她也拜访了卢仁太太的父母，但遗憾的是，讨论政治的谈话没有发生，他们回忆了一番以前的熟人。这期间卢仁则默默地、聚精会神地给小伊万喂巧克力，伊万默默地、聚精会神地吃，后来脸涨得通红，被匆匆带出屋去。这几天天气也暖和起来，有一两次卢仁太太对丈夫说，等这个不幸的女人带着她那个不幸的孩子和那个不便抛头露面的丈夫彻底离开后，当天他们就去扫墓，决不再拖延。卢仁满脸堆笑，点头称是。打字机、地理、画画，全都置之脑后，因为他现在明白了，所有这些只是密码的一部分，解码之策全都积淀在童年时期，会通过现在的这些活动错综复杂地重现出来。这几天也真过得荒唐：卢仁太太觉得她对丈夫的情绪关心不够，有什么事情正在悄悄地脱出控制，而她还在彬彬有礼地继续听着那位来访者的无聊话语，把她的要求翻译给商店售货员。特别不愉快的事情是，一双已经穿过一次的鞋子后来发现不合脚，她只好陪着她又去那家商店。女士气得脸色发紫，用俄语大骂商家，要求换鞋。完了她还得安抚她，还得设法把她那番尖酸刻薄的骂人话用德语翻译时做相当程度的降温处理。在她离开的前一天晚上，她带着小伊万来告别。她把伊万留在书房里，和卢仁太太一起去了卧室，这已经是她第一百次看卢仁太太的衣橱了。伊万坐在沙发上挠膝盖，尽量不看卢仁，卢仁也不知道该往哪里看才好，思量着如何让这个不爱动的孩子动起来。"电话！"卢仁终于大叫一声，伸出指头指指电话，故作吃惊地大笑起来。可是伊万闷闷不乐地顺着卢仁手指的方向看了一眼，又移开了目光，下嘴唇拉了下来。"火车和悬崖！"卢仁又喊了一声，伸出了另一只手，指着墙上一幅他自己画的画。伊万的左鼻孔里满满地垂下一团闪闪发亮的鼻涕，他往回一吸，无动于衷地看着前方。"《神曲》的作者！"卢仁低声吼道，抬手指向但丁的半身像。沉默，轻轻地吸鼻子。卢仁被自己这番体操般的动作折腾累了，也沉默起来。他开始琢磨餐厅里会不会有糖果，要么是不是去客厅玩玩留声机。可是沙发上的小男孩就这么坐着，好像给卢仁施了魔法一般，要离开是不可能的。"有个玩具就好了，"他自言自语道，然后看看书桌，估摸裁纸刀能引起孩子的好奇。一看这东西还是引不起孩子的好奇，他绝望之下翻起衣服口袋来。这一次和以前好多次一样，他感觉到左边口袋尽管空空如也，却隐隐装着什么东西，具体是什么不得而知。卢仁心想这种空袋有物的现象能引起小伊万的兴趣，便挨着伊万在沙发边上坐了下来，诡秘地眨眨眼睛。"变个魔术，"他边说边让他看看口袋是空的。"这个小洞跟魔术没有关系，"他解释道。伊万无精打采，恶狠狠地看着卢仁的举动。"口袋虽空，里面还是有东西的，"卢仁兴高采烈地说，又眨眨眼睛。"在衣服衬里里面，"伊万轻蔑地说道，耸了耸肩扭过头去。"对！"卢仁叫道，故作惊喜状，一只手从小洞里插进衬里，另一只手托住衣服的底襟。最先露出来的是什么东西的一个红色的角，紧接着露出了整个东西——是一个皮面笔记本形状的东西。卢仁竖起眉头打量它，捧在手里翻转过来，拉出塞在皮面夹缝里的一个小翻盖，小心翼翼地打开它。它不是笔记本，是一个摩洛哥山羊皮做成的折叠式小棋盘。卢仁马上想起来，这是巴黎的一家俱乐部送给他的——参加那次象棋大赛的所有棋手都得到了这么一个小东西——不仅仅是俱乐部送的纪念品，也是某个商家的广告。折叠后的棋盘形成一个小盒子，表面画有棋盘方格，里面摆着明胶做成的小棋子，像指甲盖的模样，每一枚上画着一个棋子的对应图形。棋子底部呈尖形，走棋时插在方格底边处的一个小缝里，这样画着对应棋子图形的圆形面就平躺在棋盘方格上。这样摆开后效果非常工整美观——谁见了都忍不住要赞叹这个红白相间的小小棋盘，指甲盖般的光滑的明胶棋子，还有压印在棋盘边上的记谱标识，横边上是金色的字母，竖边上是金色的数字。卢仁乐得张大了嘴，开始往棋盘上插棋子——先沿着第二道格插了一排兵——但接着改变了主意，用指尖将那些可以插入的小棋子从方格里拔了出来，开始摆他同图拉提比赛的那盘棋弈至封盘时的局面。棋局几乎一下子就摆好了，紧接着事情的整个物质层面消失殆尽：躺在他手掌上面的小小棋盘变得没有了形体，没有了重量，摩洛哥山羊皮化成了一团粉红色和奶油色相间的烟雾，一切都消失了，只剩下那盘棋局，复杂、激烈，蕴含着无穷无尽的变着。卢仁一根手指顶住太阳穴，陷入了沉思，因此没有注意到伊万。他无事可干，已经爬下了沙发，开始摇晃落地灯的黑色支柱。灯柱一斜，灯灭了，卢仁在一片漆黑中回过神来，一时间不知道他这是在哪里，也不知道周围发生了什么事情。不远处有个看不见的人咕哝着在忙活，突然橘黄色的灯罩又亮了起来，发出透明的光，一个面色苍白、剃着光头的小男孩正跪在地上，整理灯线。卢仁吃了一惊，砰的一声合上棋盘。俨然一个小时候的他，一个小卢仁，跪在地毯上，爬了过去，刚才就是为了他才摆开棋子的……这一切从前曾经发生过……他又一次迷惑了，不明白一种熟悉的事情反复重现，这种现象到底是怎么形成的呢。片刻之后，一切恢复了正常：小伊万吸着鼻子，爬回到沙发上，橘黄色的灯光照不到的地方光线稍暗，朦胧中浮现出卢仁的书房，还轻轻晃动。红色的摩洛哥山羊皮笔记本无辜地躺在地毯上——不过卢仁知道，这只是一个花招，密码还没有全部解开，很快一次新的、可怕的重现会不请自来。他迅速弯腰拾起那个物质东西，塞进上衣口袋里。它象征着一种占领他想象的力量，刚才又一次发作，既给他极大的快感，又令他毛骨悚然。他正想把它藏在哪里更为保险，就在这时传来了说话声，他的妻子和他们的那位客人走了进来，双双朝他游过来，好像穿过香烟的烟雾一般。"伊

221

万，起来，该走了。对，对，亲爱的，我还有许多东西要收拾，"这位女士说，然后走到卢仁跟前，开始向他道别。"认识你非常高兴，"她说道。就在这句话寥寥几个词语之间，她竟然想起了她在此之前不止一次想起过的话：好笨的笨蛋，好怪的怪人！"非常高兴。现在我能告诉你的姨妈我见过她的小棋手了，如今长大了，出名了……""回来的时候一定来看我们，"卢仁太太急忙大声打断她的话，第一次带着仇恨的目光看着这个女人微笑的淡红色嘴唇和无情的愚蠢眼睛。"那是当然，不用说也会来的。伊万，起来，说再见！"伊万很不情愿地说了，几个人一同走进了门厅。"在柏林送客人出去总是兴师动众的，"她见卢仁太太从窗前矮几上拿起钥匙，便讥讽道。"不，我们有电梯，"卢仁太太答话不沾正题。她极不耐烦地盼这位女士赶快离开，眉毛一挑示意卢仁拿来她的海豹皮外衣。卢仁却只把孩子的外套从衣帽架上取了下来……不过这时幸好女仆过来了。"再见，再见，"卢仁太太站在门口说，即将离开的两位客人在女仆的陪同下进了电梯。卢仁越过妻子的肩膀看见伊万爬上了一个小凳，但这时电梯门关上了，铁笼子里的电梯沉了下去。卢仁太太跑进书房，脸朝下趴在了沙发上。卢仁挨着她坐下，内心深处却开始吃力地制造、黏合、缝补一个笑容，准备妻子回过头的时候马上献给她。他妻子转过头来。他的笑容出来了，完整而又成功。"唉，"卢仁太太叹口气，"我们终于摆脱他们了。"她一把抱住她丈夫吻起来——吻他的右眼，又吻下巴，再吻左耳——遵守着他曾经认可的一套严格顺序。"好了，打起精神来，打起精神来，"她连说两遍，"那位夫人现在走了，消失了。""消失了，"卢仁顺着她说，叹了口气，吻了吻正在拍他脖子的那只手。"多么温柔，"她轻声说，"啊，多么甜蜜的温柔……"

到上床睡觉的时间了，她去脱衣服，卢仁转遍了所有三个房间，寻找一个可以藏起那副袖珍象棋的地方。任何地方都不可靠。那些最出人意料的地方每天早上都会遭到贪婪的吸尘器那个大鼻子的入侵。藏个东西太难了，太难了：别的东西都牢牢把持着各自的地盘，对一个无家可归、逃避追赶的东西自是猜忌，不予欢迎，决不会让给它一丝缝隙的。所以那天晚上他没能藏好那个摩洛哥山羊皮笔记本，因此便决定索性不去藏它了，扔掉算了。然而事实证明扔掉也绝非易事，于是它继续待在了他的衣服衬里中。直到几个月后，所有的危险已过去很久很久，这个袖珍棋盘才重见天日。到了那时候，它来自何处再也无人知晓。

一四

卢仁太太心下承认那位俄国女士到她家访问三周,不可能没留下任何痕迹。那位客人的看法虚假、愚蠢——但如何才能证实呢?她吃惊地发现近几年来她对流亡运动一点不感兴趣,只是被动地接受父母说得天花乱坠、似是而非的观点。移民政治会议曾一度是她经常关注的事情,但是现在在会议上听到的讲演她从不注意。她忽然想到卢仁有可能也对政治产生兴趣——兴许会迷上政治,就像千百万的聪明人迷上政治一样。对卢仁来说,忙上一件新事情是十分必要的。他变得很奇怪了,从前熟悉的那种少言寡语、闷闷不乐的情形又出现了。他的目光中常有一种躲躲闪闪的神情,好像他有事瞒着她。她担心他还没有找到一个能令他完全入迷的爱好,她也怪自己思维狭窄,没能找到一个领域、一种想法、一种目标,好为卢仁暂停不用的天赋提供用武之地和精神食粮。她明白她必须加紧行动,卢仁生活中没有被占据的每一分钟都有可能被幽灵钻了空子。对浪漫的富翁而言,旅游是治他们愁闷病的关键药物。但对卢仁而言,在去风景胜地之前有必要为他找到一种有趣的游戏，然后才能求助于旅游这种安慰剂。

　　她从报纸着手。她订了 Znamya（《旗帜》）、Rossianin（《俄国人》）、Zarubezhny Golos（《流亡之声》）、Ob'yedinyenie（《联合》）和 Klich（《号角》）等报，买来了最近几期的流亡者杂志，还买来了一些苏维埃报纸和杂志，以资比较。她决定每天晚饭后他俩都要读报纸给对方听。她注意到有些报纸有象棋专版，起先考虑是否要把这些象棋部分剪下来毁掉，又担心这么做是对卢仁的侮辱。卢仁的老游戏以趣味棋局的方式出现过一两次。这令她不快，也很危险。她不能藏起登有象棋专版的报纸，因为卢仁要把报纸收集起来，以便往后装订成册。每当他打开一份登有黑乎乎的象棋棋局的报纸时，她就特别注意他脸上的神情，但他感觉到她的目光，就会匆匆跳将过去。她不知道他是怀着怎样的负罪而又期待的心情盼着象棋版面出现的星期四或星期一，她也不知道他趁她不在时怀着怎样的好奇心仔细观看那些登在报上的棋赛。只要报上登有棋局测验，他就会斜眼瞥一下棋局图，只凭这一眼，便记住了各个棋子的位置，也马上记住了要测验的问题，然后就在妻子给他念社论的时候心里暗暗解起这个难题来。"……整个活动形成了根本的转变和增益，这是计划用来保障……"他的妻子用平稳的语调读着。（真是一盘有趣的棋局，卢仁心想。黑方的后完全自由。）

"……在他们的重大利益上形成明显分歧，更重要的是这种高压手段有其致命之处，注意这一点并非多余……"（对白方在h7形成的攻势黑方显然有防御之策，卢仁心想。他妻子突然停住不念了，低声说道："我不明白他这么说是什么意思。"这时卢仁机械地笑了笑。）"如果在这一方面，"她又往下念，"毫无顾忌的话……"（啊，太棒了！卢仁暗暗喝彩，找到了难题的解拆之法——原来是一着高妙无比的弃子攻杀法。）"……灾难迫在眉睫，"他妻子读完了文章，叹了口气。现在的情况是，报纸读得越仔细，她越觉得没意思。报上用的词语、隐喻、假设和争论如云似雾，都是用来遮蔽事实真相的。事实真相到底如何，她总是有所感觉，但从来说不清楚。当她转向另一个世界的报纸——苏联的报纸时，没意思的感觉便漫无边际地扩大起来。这些报上有阴沉清冷的会计室，肮脏沉闷的办公室，这样的办公室让她想起了一个小官员毫无生气的面孔。当时是为了办个什么微不足道的文件，她和卢仁不得不去一个办事机构，那个单位打发他俩一个部门一个部门地跑。那个小官员是其中一个办公室的，衣衫破旧，动辄发脾气，正在吃糖尿病人专用的面包卷。他可能拿着一份极低的薪水，已经结了婚，有了孩子，孩子全身长满了皮疹。他们当时没有、又不得不有的那份文件，在他看来，具有宇宙般的重要性，整个世界都悬挂在那张纸上，一个人要是没有了它，世界就会无可奈何地倒塌在地，化为尘埃。事情还不止如此：后来证明，卢仁夫妇不知要等多久才能得到这份文件，绝望空虚几千年再说吧。要减轻这种 Weltschmerz[1] 的唯一办法就是不停地写申诉状。那位官员怒斥可怜的卢仁，因为他在他的办公室里吸了烟。卢仁吓了一跳，忙把烟蒂塞进口袋。透过窗户可以看见一座正在修建的房子，到处搭着脚手架，细雨斜斜落下。屋子一角挂着一件黑色的小夹克衫，那位官员上班期间就脱下它，换上一件发亮的丝织衫。他的办公桌给人的整体印象是紫墨水颜色和那种前所未有的绝望感。他们一无所获，走了出来，她觉得好像在和一个又老又瞎的永恒老头斗，实际上这个永恒老头已经打败了她，轻蔑地把她战战兢兢奉上的俗气贿赂——三支香烟——扫到了一边。在另一个机构里，他们马上就拿到了要办的文件。后来卢仁太太颇为恐怖地想，把他们支走了事的那个官员可能在想他们会像孤魂野鬼一般在真空中游荡，也可能在等他们无计可施哭着返回他的办公室。她不明白为什么一拿起一份莫斯科报纸，那位官员的样子就清清楚楚地浮现在她的眼前。这也许是同样的厌烦和怜悯的感觉，但这种感觉对她来说还远远不够，她心里并不满足于此——突然间她明白过来，她也在寻找一种

———————————
1　德语，痛苦。

模式，一种能真正代表感觉的东西，所以现在的感觉根本不中要害。各种流亡报纸表达的意见都是模糊不清的，她的思想无法理解各报之间复杂的争斗。这种意见的分歧尤其令她吃惊，常使她沮丧地认为任何一个与父母想法不一致的姑娘想问题都会像当年学校里曾给一群咯咯傻笑的女孩子大讲社会学的那个跛子一样可笑。后来发现意见的分歧极其细微，但其中包含最阴险的敌意。如果这一切对思想来说过于复杂，那么感情开始比较明确地抓住了一件事情：不论是在这里还是在别处，人都在折磨别人，或者极想折磨别人，只不过那边的折磨和人想折磨人的欲望都要比这里厉害一百倍，所以还是这里好一些。

轮到卢仁读报时，她会为他选一篇幽默文章，要么选一个感人的小故事。他读得结结巴巴，很滑稽，把有些词的音发得很怪，经常跳过句号，要不就是不到句号处就停下来，声音用升调还是用降调也没有任何逻辑依据。她不难看出，报纸引不起他的兴趣。任何时候她引导他就他们刚刚读过的某篇文章谈起话来时，他就连忙同意她所有的结论。有时候为了检验他是否说心里话，她就故意说所有的流亡者报纸都在撒谎，他竟然也表示赞同。

报纸是一回事，人是另一回事。听听大家的谈话也许不错。她想象着具有不同倾向的人——比如她母亲所说的"一小撮知识分子"——聚集在他们的公寓里，卢仁听到大家针对新事情各抒己见、热烈争论时，他即使不立马精神焕发，至少也会暂时消遣消遣。在她母亲的所有熟人中，最有见识的当属奥勒格·谢尔盖耶维奇·斯米尔诺夫斯基，她母亲甚至带点调情意味地断言他是"左派"。然而当卢仁太太请他领一些有趣的、思想自由的、不仅读《旗帜》也读《联合》和《流亡之声》的人到她家里来时，斯米尔诺夫斯基却回答说，她应该理解，他如今已不在这样的圈子里走动了，而且已开始谴责与这些圈子来往的人。他还急匆匆地解释说他如今在别的一些需要他走动的圈子里走动。卢仁太太听得头开始发晕，就像过去在游乐场里坐转盘时那么晕。这次失败后，她开始从她记忆库的各类小小库房中搜寻她曾经偶然遇到的、现在可能对她有帮助的人。她想起了一个俄国女孩，当年她在柏林应用艺术学校上学时的邻桌同学，是某个民主团体中一个政工干部的女儿。她想起了阿尔费奥洛夫，他去过许多地方，爱讲一位老诗人死在他怀中的故事。她想起了一个不受赏识的亲戚，他在一家自由主义俄文报报馆工作，这家报纸的名字每天晚上都会被那个在街道拐角上卖报纸的胖妇人用喉声高唱一番。她还挑选了一两个其他人。她也想到许多知识分子可能还记得作家卢仁或者认识棋手卢仁，因此会乐意来她家做客。

卢仁真的介意这一切吗？他真正感兴趣的只有一件事，那就是他莫名其妙地深陷其中的复杂精巧的棋局。他无可奈何地苦苦寻找象棋重现的迹象，想知道它会朝什么方向发展。然而他不可能总是保持高度警惕，总是集中精力。他的心力会暂时衰弱，登在报上的棋局会让他无忧无虑地快乐快乐。快乐一阵后，他又会绝望地注意到他太大意，他的生命棋局又移动了精妙的一步，无情地延续着那些致命的密码。于是他决定加强戒备，把握好他生命中的每一秒钟，因为陷阱无处不在。最使他觉得压抑的是无法发明一道理性的防线，因为他的对手的意图仍然深藏不露。

　　就他的年龄而言，他身材太胖，体力太弱。他在妻子为他选来的客人中间走来走去，想找一个安静的地方。他从头至尾都在看，都在听，琢磨下一步的线索以及这场比赛如何进展下去——比赛并非由他开局，而是由可怕的针对他的力量指挥着。说来也巧，常会出现下一步怎么走的暗示，也会有所进展，但密码的整体意义仍未揭示明白。要找一个安静的地方很难——大家向他连连提问，他得把问题暗自重复几遍才能弄懂它们的简单含义并找到简单的回答。三间互不相连的屋子里灯光很亮——没有一间不开灯的——人有的坐在餐厅里，有的坐在客厅不太舒适的椅子上，有的坐在书房的无靠背长沙发椅上。一个穿着灰白色法兰绒裤子的人试了好几次，坐到了书桌上，为图坐得舒服，把颜料盒和一堆拆开了的报纸挪到了一边。一个年长的老演员坐在了沙发椅上，他的面部因演过多种角色做了处理，嗓音极其浑厚。就是他，曾穿着毛毡拖鞋演了他最成功的几出戏，演的几个角色需要低吼、呻吟、装神弄鬼、用低沉圆润的声音念台词。挨着他坐着的是记者巴斯肥胖的黑眼睛妻子，曾经做过演员，他便和她一起回忆他们在伏尔加某镇同台演出的美好时光，当时演的是情节剧《爱情之梦》。"你还记得高帽子引起的混乱吗？我手段巧妙，轻松圆了场，"老演员兴致勃勃地说。"无休止的热烈掌声，"黑眼睛女士说，"大家给了我那么热烈的掌声，我永生难忘……"他们就这样抢着说话，各说各的回忆。那个穿灰白色法兰绒裤子的人第三次向沉默的卢仁要了"一支小烟卷"。他是个刚刚起步的诗人，热情洋溢地念着自己的诗作，念得像唱歌一般，还轻轻地一扬头，遥望长空。平时他的头也高高扬起，结果他那个动来动去的大喉结极为显眼。他这一次再也要不到烟了，因为卢仁心不在焉地走进了客厅。诗人尊敬地望着他那肥胖的颈背，心中感叹他是一个多么了不起的棋手，盼着有朝一日能和经过休养恢复过来的卢仁谈谈象棋，因为他也是个狂热的棋迷。后来他从门缝里看见了卢仁太太，便暗自思量值不值得追求她。卢仁太太正微笑着听满脸麻子的高个子记者巴斯说话，边听边在想让这些客人都围着一张茶桌喝茶太困难了，以后干脆给他们坐着的地方端去茶水岂不更好？巴斯说得非常快，好像是非要在尽可能短的时间里把一个曲折的意思表达出来，还要带上所有的附加内容和油腔滑调的套语，以求支持、调整他的整体意思。听他说话的人要是意外地用心听了，就会一点一点地明白过来，他这一套快速话语的迷宫逐渐显示出一种令人吃惊的连贯性。他的演说偶尔重音不准，带点报刊气，却突然发生变化，好像从他表述的思想中获得了某种典雅和高贵。卢仁太太看到了她丈夫，将一个盘子往记者手里一塞，走过他进了书房。那个盘子上放着一只剥开皮的橘子，橘子皮剥成了好看的花样。

"注意了，"一个相貌平平的男人说道，他从头至尾听了记者刚才的一席话，很是赞赏，"注意了，丘特切夫[1]笔下的夜晚很凉，天上的星星是圆的、潮湿的、发光的，不只是些小亮点。"他不再多说，因为他总的来看说话很少，看样子说话少并不是出于谦恭，而是出于某种担心，怕抖露了什么本不属于他、只是托他代管的贵重东西似的。卢仁太太突然间非常喜欢他，原

1　Fyodor Ivanovich Tyutchev（1803—1873），俄国诗人。一生留下不足四百首诗作，第二本诗集在他去世后才问世，但他盛享诗名，俄国象征派将他奉为鼻祖，西方学者把他与普希金、莱蒙托夫并列，称为十九世纪俄国三大诗人。

因恰恰是他衣着朴素，相貌平平。此人有点像装满稀有的神圣物品的泥土花瓶，里面装的东西太珍贵，以至瓶表面涂上油彩的话会有亵渎神圣之嫌。他叫皮特洛夫，没有一点出众之处。他没有写过任何东西，过着乞丐一样的生活，但从未对任何人谈过自己的情况。他活在世上只有一样功能，那就是恭敬而专心地管好他受人之托代管的东西。这些东西需要不惜一切代价保管好，务必分毫不差地保持原貌，保持原有的成色。为此，他连走路时都小心翼翼地迈着小碎步，尽量不撞上任何人。只有在极个别的情况下，他在和他谈话的人身上发现了亲人般的关怀时，他才把他深藏不露的巨大宝物暂且露一点点——就一点点、娇嫩、细微，却无比珍贵：一行普希金的诗，或一种野花的乡下称谓。"我记得这家男主人的父亲，"当卢仁的背影退入餐厅时记者说道，"他脸不像他，不过肩膀长得很像。他是个好人，人品不错，不过作为一个作家……什么？你真的发现那些油印石版画插图的儿童读物……""请，请，请大家去餐厅，"卢仁太太说道，陪着她在书房中找到的三个客人走了出来，"茶已经上好。来吧，有请了。"已经坐在餐桌旁的人都坐到桌子一边去了，另一边坐着一个孤零零的卢仁，神情忧郁地低着头，嚼着一块橘子，搅着杯中的茶。阿尔费奥洛夫和他的妻子坐在一起，旁边是一个黑皮肤的盛装女孩，黄鹂鸟画得极好。还有一个秃顶的年轻人，戏称自己是印刷工人，骨子里却渴望当政治领袖。另外两个女人是两位律师的夫人。坐在餐桌旁的还有一个讨人喜欢的瓦西里·瓦西列维奇，怯生、健壮、心地单纯，留着一缕金黄色的山羊胡，穿着一双老年人常穿的厚呢布鞋。在沙皇统治时期，他被流放到西伯利亚，后来又流亡国外。一九一七年刚刚回国，一眨眼就赶上了革命，随后又遭流放，这一次流放他的是布尔什维克。他认真地谈论他的地下工作，谈论考茨基[1]和日内瓦，一见卢仁太太便不由自主地充满深情，因为他发现她长得很像当年那些为了人民的利益和他一道工作的目光清澈、怀抱理想的少女。

和往常这样的聚会一样，所有的客人到齐围着餐桌坐定后，大家反而都不说话了。静得出奇，就连女仆上茶时的呼吸声也听得清清楚楚。卢仁太太不由自主地冒出个荒唐想法，想了好几次：何不问问女仆，她为什么如此这般地喘粗气，难道不能喘得轻一点？这个矮胖的乡下姑娘，总的来说不是很麻利——尤其是接电话，简直就是灾难。卢仁太太听着女仆的喘气声，猛然想起几天前女仆接电话闹出的笑话。"是一个法什么……弗什么……弗尔蒂先生。我把号码写下了。"卢仁太太

1　Karl Johann Kautsky（1854—1938），马克思主义理论家，德国社会民主党领导人之一，第二国际机会主义派别领袖。

拨通了这个号码，结果一个人厉声答道这是一家电影公司的办公室，根本没有什么弗尔蒂先生。事情搞成了一团糟，无计可施。她正想批评批评这个德国的女仆，以此打破座间的沉默，忽然发现谈话已经展开了，大家说起了一本新小说。巴斯口口声声说这部小说写得精致巧妙，一词一句都可见作者彻夜不眠的推敲功夫。一个女人的声音说道："不对哎，它读起来挺容易的。"皮特洛夫朝卢仁太太斜过身去，低声引了茹科夫斯基[1]的一句名言："写时下工夫，读时才容易。"诗人把某个人的话拦腰打断，使劲发出了一个带卷舌的喉音，高声说茹科夫斯基是一只没有头脑的鹦鹉。瓦西里·瓦西列维奇没有读过这部小说，听了这话摇头反对。他们到前厅像彩排节目一般相互道别，因为到街上他们又再道别了一次，尽管大家要去的是同一个方向。就在门厅里道别的时候，那位面部经过巧妙处理的演员突然伸手一拍前额："亲爱的，我差点忘了，"他对卢仁太太说，每说一个词都要捏一下她的手，"前一天一个来自电影王国的人向我要你的电话号码——"说到这里故作惊讶之状，松开了卢仁太太的手，"怎么，你不知道我如今在拍电影吗？对啊，对。尽演主角，好多特写镜头。"就在这时，他被诗人一

---

[1] Vasily Andreyevich Zhukovsky（1783—1852），俄国诗人和翻译家，在形成俄国的诗风和诗歌语言方面是普希金最重要的前辈之一。

肩膀挤到旁边去了，卢仁太太也就无从知道演员所说的是什么人了。

客人都走了。卢仁斜身坐在餐桌旁，桌子上是剩下的茶点，还有空了的和没喝尽的玻璃杯，固定成了各种各样的姿势，就像果戈理《钦差大臣》尾声中的各种人物一样。他的一只手摊开重重地压在桌布上。他半垂着又一次肿胀起来的眼皮，盯着一根发黑的火柴头，刚刚离开他的手指，正痛苦地扭曲着。他那张大脸微微发亮，鼻子和嘴角一带布满了松弛的皱纹。脸颊上刮了又长、长了又刮的胡碴儿在灯光下闪着金黄色。深灰色的套装摸上去很松软，把他裹得比从前更紧了，尽管做的时候留有很大的余地。卢仁就这样坐着，一动不动，盛着糖果的玻璃盘子闪着微光。一只茶匙静静地躺在桌布上，远远离开任何杯子或盘子。一小块奶油松饼，看上去并不特别诱人，但真的很好吃，不知为何原封不动地放在那里。这是怎么了？卢仁太太看看丈夫想道。天哪，这是怎么了？她产生了一种回天无力、毫无希望的痛苦感觉，就好像接受了一份太困难、她干不了的工作一般。任何办法都不管用——试了能想到的娱乐活动，也请来了有意思的客人，可一切都是枉费心机。她尽力想象自己领着这个又一次闭着眼、拉着脸的卢仁在里维埃拉到处玩，但她能想象到的全部情景只是卢仁坐在他的房间里，盯着地板发呆。她突然心生邪念，想透过命运的锁眼窥视一下她的将来——十年，二十年，三十年——全都一个样，没有任何变化，同样的卢仁，沉着脸，弓着背，沉默，无望。可耻的邪念，不能这么想！她的精神马上重新振作起来，她满脑子又是熟悉的形象和牵挂的事情：到睡觉的时候了，下次最好不要买那种脆松饼，皮特洛夫真不错，明天上午他们得去看看护照办得怎么样，扫墓之事看来又要往后拖了。乘上一辆出租车，开向郊外，直奔一片荒地之中的那个俄式小墓地，没有比这更简单的事了。然而总是横生枝节，害得他们去不了。不是卢仁牙疼，便是办护照的事，要么就是别的什么事——反正都是些预料不到的小障碍。不知还会有多少新的烦心事啊……卢仁绝对得去看牙医。"牙又疼了吗？"她把手放在卢仁的手上问道。"啊，是啊，"他歪歪脸说，把一边脸颊往里一吸，噗地响了一声。其实他是前天为了解释他的低沉情绪和寡言少语而发明了牙疼。"明天我就打电话叫牙医，"她果断地说。"不必了，"卢仁喃喃说道，"请别叫，没有必要。"他的嘴唇在发抖。他觉得好像要哭出来了，每样事情现在都变得这么可怕。"是什么没有必要啊，嗯？"她温柔地问，末尾的问号用闭嘴轻轻发出的一声"嗯"表示出来。他摇摇头，又不失时机地吸了吸牙齿。"没必要去看牙医吗？不，卢仁肯定要去看牙医的。

谁也不能忽视这一点。"卢仁从椅子上站起来，托着腮进了卧室。"我会给他一片药，"她说，"我要做的就是给他一片药。"

药片没有起作用。卢仁在妻子睡着之后仍久久不能入睡。如实讲，夜里的几个钟头，在安全、封闭的卧室里失眠的几个钟头，才是他平静思考的几个钟头，不必担心拆解怪物般的密码时遗漏新招。一到夜里，尤其是当他躺下，闭上眼睛，一动不动时，是不会发生任何事情的。这时他会尽可能小心冷静地把已经冲他而来的所有杀招细细过一遍，但只要他开始推测他过去的情况将会以什么形式重现时，他就马上迷惑起来，害怕起来，害怕不可避免的、无比可怕的灾难带着无情的精确性朝他压来。这天夜里，面对这种缓慢、高雅的进攻，他比以前任何时候更感到无奈。他想干脆别睡了，把这个夜晚，把这种静静的黑暗尽可能地拖长，让时间停留在半夜。他的妻子睡得悄无声息，简直就像没睡在那里一般。只有床头柜上的小闹钟发出嗒嗒响声，证明时间仍然存在。卢仁听着这微弱的心脏跳动声，重新陷入了沉思，接着又惊醒过来，发现小闹钟的嗒嗒声停止了。他觉得这个夜晚似乎永远停了下来，现在没有一丝声音显示时间的流逝。时间死了，万物安然无恙，一片天鹅绒般舒适的寂静。睡眠不知不觉间利用了这种幸福和解脱，然而这会儿睡着了，仍然不得安宁，因为睡眠是由六十四个方格和一个巨大的棋盘组成的，他就站在棋盘中央，一丝不挂，浑身发抖，有一个小兵那么大，望着各子所处的大概位置。只见那些棋子或戴王冠，或长马鬃，一个个硕大无比。

他醒来时，他妻子已经穿好了衣服，俯身吻吻他的眉间。"早上好，亲爱的卢仁，"她说，"已经十点钟了。我们今天做什么——看牙还是看签证？"卢仁睁大眼睛，目光迷乱地看看她，随即又闭上了。"昨晚是谁忘了给小闹钟上弦？"他妻子笑着说，疼爱地摸摸他脖子上鼓起的白肉。"照这么睡，你一辈子就全睡过去了。"她一歪头，看看丈夫埋在枕头中的半个脸，发现他又睡着了，便微笑着离开了卧室。在书房里，她站在窗前，望着碧蓝的天空，只见清冷无云，心想今天可能很冷，卢仁应该穿上开襟绒衫。书桌上的电话铃响了，肯定是她母亲来电话问他们是否到她那儿吃饭。"喂？"卢仁太太说，坐在椅边上。"喂，喂，"一个陌生的声音冲着电话激动烦躁地大喊。"对，对，是我，"卢仁太太说，挪到一把扶手椅上。"你是谁？"一个不高兴的声音用德语问道，带着俄国口音。"您是哪位？"卢仁太太问。"卢仁先生在家吗？"那人用俄语问道。"Kto govorit[1]，您是哪位？"卢仁太太微笑着又问了一遍。沉默。那声音似乎在同自己讨论，要不要报名亮相。"我想和

1　用拉丁字母转写的俄语，您是哪位？

卢仁先生说话，"他又说起来，转用德语，"一件非常紧急、非常重要的事情。""稍等片刻，"卢仁太太说，说完在屋里来回走了一两趟。算了，这事不值得叫醒卢仁。她又回到电话旁。"他还在睡觉，"她说，"你想留个口信的话……""唉，这就太麻烦了，"那个声音说道，最终还是讲了俄语，"这是我第二次打电话。上一次我留下了我的电话号码。这件事对他来说十分重要，不允许丝毫耽搁。""我是他的妻子，"卢仁太太说，"如有需要……""非常高兴认识你，"那个声音兴致勃勃地打断她的话，"我叫瓦伦提诺夫。你丈夫当然对你讲过我的情况。事情是这样的：告诉他一醒来就立马钻进出租车来我这儿。维利塔斯电影公司，拉本斯特拉斯大街八十二号。事情很紧急，对他很重要。"那个声音又改用了德语，不是因为事情的确重要，就是因为德语的地址把他又拉回了德语。卢仁太太假装写下了地址，然后说："也许你还是先告诉我是什么事情。"那个声音不高兴了，烦躁起来："我是你丈夫的一个老朋友。每一秒钟都宝贵。我今天十二点整要见到他。请转告他。每一秒钟……""好的，"卢仁太太说，"我会转告他的，只是我不知道——也许今天他不方便去。""你只需在他的耳边低声说'瓦伦提诺夫要见你'就可以了，"那个声音大笑着说，用德语大声说了声"再见"，便在撂了电话的咔嗒一声响后消失了。卢仁太太坐在电话旁思忖良久，然后自称是傻瓜一个。她应该拿起电话，不由分说，先讲明卢仁已经不再下棋了。瓦伦提诺夫……直到此刻，她才想起来她曾经在高顶礼帽中发现过的名片。瓦伦提诺夫，当然是通过象棋结识卢仁的。卢仁没有别的熟人。他从来没提起过任何一个老朋友。此人所讲是完全不可能的。她应该要求他说明他是干什么的。她真是个傻瓜。现在该怎么办？问问卢仁？不。瓦伦提诺夫是谁？一个老朋友。戈拉尔斯基说有人曾经问他……哈，非常简单。她走进卧室，确信卢仁还在睡觉——他通常上午睡得格外香甜——又走回到电话旁边。拨通后那个男演员正巧在家，他立即展开一通长谈，把那天聚会上和他说过话的那位女士这一次或那一次做过的刻薄卑鄙的事情统统讲了一遍。卢仁太太不耐烦地听完他的唠叨，然后问瓦伦提诺夫是谁。男演员说了声："对啊！"接着说道，"你看我是多么健忘，没个人从旁提醒，这就没法活了。"在详细讲了他和瓦伦提诺夫的交往之后，他终于顺便说了一句，说据他所知，瓦伦提诺夫曾经是卢仁的棋父，就是说，是他把卢仁培养成顶尖高手的。然后这位男演员又说开了前一天晚会上的那位女演员，在谈完她的最后一点下作之事后，开始滔滔不绝地向卢仁太太道别，道别的最后一句话是"吻你的小手掌"。

“原来是这样，”卢仁太太挂上电话听筒，“那就好。”就在这时候，她猛然想起她刚才在电话里有一两次提到了瓦伦提诺夫的名字，要是她的丈夫从卧室出来走到厅里，就有可能碰巧听到。她的心一下子不跳了，连忙跑过去看他是不是还在睡觉。他已经醒了，正躺在床上吸烟。“今天上午我们哪儿也不去，”她说，“要出去也太晚了。我们去妈妈那儿吃饭。多躺一会儿吧，那样对你有好处，你太胖了。”她紧紧地关上了卧室门，接着又关上了书房门，然后在电话号码簿上匆匆寻找维利塔斯公司的号码，同时听着动静，看卢仁是不是过来了。她拨通了电话，发现要找来瓦伦提诺夫接电话不大容易。有三个不同的人依次接上电话，回答说他们会马上找到他，然后接线员断了她的线，她又得从头拨一遍。每次她都尽可能压低声音，有些话还得重复说，这让她非常闹心。最后，一个有气无力的声音沮丧地通知她瓦伦提诺夫不在，不过十二点半肯定回来。她请求对方转告瓦伦提诺夫，卢仁不能过来，因为他病了，还会病上好久，恳请他不要再打扰他了。挂上听筒她又听了听，只听到了自己的心跳声，于是她如释重负地长长出了一口气。瓦伦提诺夫算是打发了。谢天谢地，刚才电话机旁就她一人。现在事情结束了。他们马上就可以出发了。她还得给她母亲和牙医打电话。但瓦伦提诺夫已经打发了。这个名字听得人倒胃口。她沉思片刻，就在这片刻沉思中，她完成了一趟漫长的休闲之旅，这样的情况还经常发生：她拉上瓦伦提诺夫进入了卢仁的过去，根据他的声音设想他的模样：戴着角质架眼镜，长着长腿。她一边在迷雾中穿行，一边寻找一个地方，好像倒垃圾一样倒掉这个奸诈狡猾得令人讨厌而又难以捉摸的瓦伦提诺夫。可是她找不到这么一个地方，因为她对卢仁的青年时代几乎一无所知。她挣扎着往过去的更深处走去，经过了那个半带鬼气的温泉疗养院和疗养院里的那座半带鬼气的旅馆，那便是当年那个十四岁的神童住过的地方。这时她发现自己已经进入了卢仁的童年，童年时代的空气不知为何比较清新——但她还是不能把瓦伦提诺夫安置在这里。她带着的这个包袱随着她的前行越来越可憎，她只好带着它又往回走，走到卢仁的青年时代，迷雾中这里那里都是小岛；他出国下棋，在巴勒莫买明信片，拿着一张名片，上面有一个神秘的名字……她被迫返回家来，仍然带着志得意满、不可一世的瓦伦提诺夫，把他交还给了维利塔斯公司，就像投递一个挂号包裹，没有找到地址，又退回了原处。那么就让他待在那里，无人知晓，但毫无疑问是个祸害，留着他那个可怕的绰号——棋父吧。

去父母家的路上，她挽着卢仁走在结了一层霜、现在又洒满阳光的街道上，她说最多一个星期内他们就会出发了，走之前一定要去祭扫一下那座孤独的坟。然后她简要地讲了一下他们本周的日程——办护照，看牙医，买东西，告别晚会——星期五去墓地。她母亲的公寓里很冷，不像一个月前那么冷，但仍然很冷。她母亲身上裹着一条又大又厚的披肩，披肩上绣着牡丹花被绿叶簇拥的图案，就这样她还是缩着肩膀打冷战。她父亲在吃饭的时候回来了，要了点伏特加酒，不停地搓手，发出沙沙的干响声。卢仁太太第一次注意到生活在这些空荡荡的发出回声的屋子里多么悲哀，多么空虚。她也注意到她父亲的快乐同她母亲的微笑一样都是装出来的，两个人都老了，非常孤独，又不喜欢可怜的卢仁，所以尽量不谈卢仁夫妇不日就要远行的事。她想起了当初说她未婚夫时提到的所有可怕的事情，对不祥的警告，还有她母亲的喊叫："他会把你切成碎片，他会把你放在炉中燃烧……"到头来却是非常平静、非常忧郁的结果，大家都带着死沉沉的微笑——画中装模作样的农妇，椭圆形的镜子，柏林的俄式茶壶，坐在餐桌边的四个人。

一段暂停，卢仁那天想道。一段暂停，不过它打算干什么看不出来。它想让我放松警惕。要小心，要小心。集中精力，保持警惕。

近来他想的所有事情都具有象棋的性质，但他仍然坚持想下去。他一直禁止自己重新想起与图拉提那盘没有下完的棋，也不打开许多珍藏起来的登有象棋专刊的报纸。尽管这样，他能想起来的东西和事情都呈象棋的模样，他的思想就像他坐在棋盘边那样思考。有时候在梦里他向长着玛瑙般眼睛的医生发誓说他如今没有下象棋——他只是有一次在一张袖珍棋盘上摆了摆棋子，看了看两三盘报上登的棋局——只是因为无事可干。就是这点错误也不能怪他，但这点错误代表了整套密码中的一系列步骤，每一步都在巧妙地重现同一个神秘主题。要提前预见下一次的重现是困难的，极其困难的，但只要再重现几次，一切就会变得清晰起来，也许能找到防守之策……

然而下一步酝酿得非常缓慢。暂停持续了两三天。卢仁为办护照而去拍照，摄影师托住他的下巴，把他的脸轻轻转向一边，让他张大嘴巴，然后钻他的牙，发出一阵尖利的嗡嗡声。嗡嗡声停了，牙医在玻璃架子上找什么东西，找到了，在卢仁的护照上用橡皮图章盖了一下，又用钢笔闪电般地写了几下。"好啦，"他说，递过来一份文件，上面画着两排牙齿，其中两颗被钻了孔的牙齿上面用墨水画有小十字。所有这些事情中都没有可疑之处，狡猾的暂停还在继续，一直到星期四。到星期四这一天，卢仁一切都明白了。

就在前一天他已经想好了一个有趣的方案，用此方案，他也许能挫败他神秘对手的图谋。这个方案包括自觉做出某种意想不到的荒唐行为，这种行为可能越出生命的系统规则，从而打乱对手设计好的一系列步骤。这是一种试验性的防守，可以说是无目标的防守——但卢仁眼看对手不可避免地要采取下一个步骤，疯了一般地害怕，不可能找到更好的防守之策了。就这样到了星期四下午，他陪着妻子和岳母逛商店时，突然停下来叫道："牙医。我忘了看牙医。""胡说，卢仁，"他妻子说，"怎么会呢？昨天他不是说全治好了嘛。""不舒服，"卢仁说，抬起一根手指，"要是填上的东西感到不舒服……昨天说了，要是感到不舒服，我就该四点钟准时到他那儿。现在觉得不舒服。现在是四点差十分。""你搞错了吧，"他妻子微笑着说，"不过疼的话，当然必须去。完后就回家。我六点左右到。""和我们一起吃晚饭，"她母亲带着恳求的语气说。"不，我们今晚有客人，"卢仁太太说，"都是些你不喜欢的客人。"卢仁挥挥手杖以示告别，弓着背爬进了一辆出租车。"一场小小演习，"他嘿嘿笑道，觉得热，便解开了外衣的纽扣。转过第一个弯后，他叫出租车停下，付了钱，信步往家走去。走着走着他突然觉得这一切都像是他从前做过的事。他害怕起来，一见附近有个商店，便拐了进去，决心出个新奇之着，胜对手一筹。进去发现这是一家妇女美发店。卢仁环视一下，停住脚步，一个笑眯眯的女人问他想要点什么。"要买……"卢仁说道，仍然四处张望。就在这时候，他看见了一个半身蜡像，就抬起手杖指了指它（意想不到的举动，宏伟壮丽的举动）。"那东西不卖，"那个女人说。"二十马克，"卢仁说着掏出钱包来。"你想买那个橡皮模型？"那个女人问道，不信他真要买。这时又有人走了过来。"对，"卢仁说，说着检查起蜡像的面孔来。"要小心，"他低声自言自语道，"我可能正掉进陷阱里！"蜡像小姐的表情，还有她的粉红色的鼻孔——这事从前也发生过。"开个玩笑，"卢仁说道，说完便匆匆离开了美发店。他感到想吐一般的不舒服，加快了脚步，尽管他没有急着要去的地方。"家，家，"他喃喃说道，"一到家里，我就会把各个环节理顺。"快到家时，他注意到门口停着一辆黑色闪亮的豪华轿车。一位戴礼帽的先生正向看门人打听什么。看门人一见卢仁，连忙指着他喊道："他在那儿！"那位先生转过身来。

原来是瓦伦提诺夫，他比从前略黑一些，这使得他的白眼球更加突出。穿得仍像从前一样风度翩翩，一件黑皮毛领子的大衣，一条大大的白色丝围巾。他面带迷人的微笑，大步朝卢仁走来，在卢仁身上投下探照灯般的目光。这道目光在卢仁身上扫来扫去，看见了卢仁那张苍白肥胖的脸和眨动的眼皮。接下来的一瞬间，这张苍白的脸失去了所有的表情，被瓦伦提诺夫紧紧握在两手中间的那只手也变得松软无力。"我亲爱的男孩，"容光焕发的瓦伦提诺夫说道，"见到你我很高兴。他们告诉我你卧病在床，亲爱的男孩。但那只是他们的疏忽……"瓦伦提诺夫使劲地发出"忽"这个音，噘着他红润的嘴唇，亲切地眯起双眼。"不过问候话我们往后拖拖，再说了，"他打断了自己的话，砰的一声戴上他的圆顶礼帽，"我们走。这件事格外重要，耽搁了就……要命了，"他一边下了这样的结论，一边一把拉开了汽车门，然后伸出一只胳膊搂住卢仁的背，像是要把他从地面上提起来，带走，再放下，放到挨着他的那个低低的柔软座位上去。正对着他们是一个高起来的座位，上面斜身坐着一个高挺鼻梁的黄脸小个男人，大衣领子翻了起来。瓦伦提诺夫刚刚盘腿坐定，就和这个小个子男人说起话来。他们原来的谈话刚才在一个逗号处被打断了，这会儿随着汽车加速越说越快。他不停地骂小个子男人，口气刻薄，没完没了，根本不理会卢仁。卢仁像一尊雕像一般坐着，好像这尊雕像刚刚被小心搬来靠在什么东西上。他完全凝固了，只听见瓦伦提诺夫沉闷的抱怨声从远处传来，好像隔着一道厚帘子一般。但对那个高挺鼻梁的家伙来说，这并不是抱怨声，而是一股极其恶毒的骂人话汇成的洪流。不过力量在瓦伦提诺夫这一边，被侮辱的一方只是叹息，看上去很可怜，抠着显得过小的黑大衣上的一个油点。有时听到某些特别尖锐的言词，他会抬起眉头，看看瓦伦提诺夫，但后者目光如电，他受不了，就马上紧闭眼睛，轻轻地摇头。瓦伦提诺夫几乎骂了一路，一直骂到旅程结束。他用胳膊肘轻轻地将卢仁推出汽车，自己也随之下车，使劲摔上车门，这时挨了一路骂的小个子男人仍坐在汽车里，汽车马上又拉着他走了。这时车里宽敞多了，但他还是垂头丧气地窝坐在那个高起来的小座位上。与此同时，卢仁将他没有表情的木然目光停留在一个蛋壳白色的木牌上，上面写着一行黑字：维利塔斯。但瓦伦提诺夫马上推着他向里头走去，将他放在俱乐部里专用的那种扶手椅上，这种扶手椅比刚才汽车里的座椅更黏，更柔软。这时有人叫瓦伦提诺夫，听声音很生气。瓦伦提诺夫将一盒打开的香烟推到卢仁有限的视野之内后，道了一声歉，就不见了。他的声音还在房间里振动着，对正在缓慢地从麻木状态中恢复过来的卢仁来说，这声音开始逐渐地、神秘地变成一个迷人的形象。在这个声音的带动下，在棋盘邪恶诱惑的音乐中，卢仁怀着回忆关于爱的往事时特有的细腻和含着泪的忧伤心情，回忆起了他从前参加过的上千次棋赛。他不知道该选择这些棋赛中的哪一局来让自己淋漓尽致地过把瘾：每一局都诱惑着、拥抱着他的想象，他从一局飞向另一局，每想起一局，就马上把这样或那样的动人心弦的着法重演一遍。昔日那些着法，精纯、美妙，思想在那些着法中沿着大理石台阶走向胜利。棋盘的一角有轻微的动静，然后一声惊心动魄的爆炸，还有后走向牺牲结局时的号角声。……每一局都精美绝伦，每一局都注入了不同程度的爱，这种爱选择了复杂的反复和神秘的路途。这种爱注定是毁灭性的。

关键之着找到了。进攻的目标明显了。棋步重复，毫不留情，一步步重新通向昔日那种会摧毁人生之梦的激情。荒废，恐怖，疯狂。

"啊，不要这样！"卢仁大声地说，想站起来。但他又弱又胖，粘住他的扶手椅也不会轻易放开他。就算他站得起来，现在又能怎么样呢？他的防守已经证明是错误的。这个错误被他的对手预见到了，所以那蓄谋已久的一步毫不留情地走出来了。卢仁呻吟一声，清清嗓子，心烦意乱地四面看看。他前面是一张圆桌子，上面放着来宾签字簿、杂志、一张一张的白纸，还有一些照片，上面照着一些受了惊吓的女人和凶狠地瞪着斜眼的男人。其中一张照片上有一个白脸男人，五官毫无生气，戴着美式大墨镜，双手抓着摩天大楼的壁架吊在空中——眼看就要掉进深渊的样子。那个难以忍受的熟悉声音又一次传来：为了不浪费一点时间，瓦伦提诺夫还在门的另一边时就开始对卢仁说话了，门打开后，他便接着说已经开始了的话："……拍一部新电影。我写的剧本。想想看，亲爱的男孩，故事是一个年轻姑娘，美丽而多情，坐在一列快车的车厢里。在某一个车站，上来了一个年轻人。他家境很好。夜晚降临在列车上。她睡着了，睡梦中展开了四肢。一个魅力四射的青春尤物。那个年轻人——你知道这样的年轻人，精力充沛，但人品绝对正派——不折不扣地失去了理智。他恍恍惚惚地扑到她身上。"（瓦伦提诺夫跳起身来，做了个喘着粗气扑上去的样子。）"他闻到了她身上的香味，摸到了她的花边内衣和魅力四射的年轻胴体……她惊醒了，推开他，大叫起来。"（瓦伦提诺夫攥紧拳头放在嘴跟前，两只眼睛鼓了出来。）"列车员和一些乘客跑了进来。他受到审判，被判刑事劳役。他的年迈母亲找到小姑娘，求她救救她的儿子。戏在姑娘身上。原来从一开始——就是在列车上——她就爱上了他。现在她心潮难平，他是因为她才——你看，这就是冲突之所在了——因为她才被判服劳役的。"瓦伦提诺夫深吸一口气，说得平静些了，"后来他越狱而逃。历尽艰险。他改名换姓，变成了一个著名棋手。故事发展到这个节骨眼上，我亲爱的男孩，就得找你帮我了。我已经想好了一个绝妙主意。我要拍一场真正的棋赛，由真正的棋手同我的主人公对弈。图拉提已经同意了，莫泽也同意了。现在，我们需要超级大师卢仁……"

"我猜想，"瓦伦提诺夫稍停片刻后接着说，停顿时看了看卢仁毫无表情的脸，"我猜想卢仁他会同意的。我有大恩于他。他只需短短露个面就能得到一笔相当可观的报酬。与此同时，他还会记起从前他父亲撇下他撒手而去时，是我慷慨解囊救助他。那时我想我花钱没关系的——我们是朋友，有账以后算。现在我还是这么想。"

就在这时，门被忽地一下推开了，一个没有穿外套的卷发先生用德语大声喊叫，听声音急着叫他过去："请快点，瓦伦提诺夫博士，就过来一分钟！""请原谅，亲爱的男孩，"瓦伦提诺夫说着向门口走去，但还没有走到门口，猛一转身，掏出钱包翻腾翻腾，翻出一张纸，扔在卢仁面前的桌子上。"最近排的棋局，"他说，"你可以一边等我，一边破解它。十分钟后我就回来。"

他不见了。卢仁小心翼翼地抬起眼皮，机械地拿起那张纸。这是从象棋杂志上剪下来的一幅棋局测验图。要求三步把王将死。由瓦伦提诺夫博士排局，排得不露声色，暗藏玄机。卢仁了解瓦伦提诺夫，立即就找到了答案。在这道精妙的棋局测验中，他清清楚楚地看到了棋局作者的所有奸诈行径。从瓦伦提诺夫刚才说的一大堆不明不白的话语中，他明白了一件事情：没有电影，电影只是一个借口……一个陷阱，一个陷阱……要骗他去下棋，接下来的一步很清楚。但这一步是决不会叫他走成功的。

卢仁猛地一使劲，痛苦地龇着牙从扶手椅上站起来。他只有一个信念，就是动起来。他一只手挥动手杖，空着的一只手打着响指，出了房门，进了走廊，然后信步向前走去。一个庭院走到头后，又朝大街上走去。一辆车牌号很熟悉的有轨电车停在他的前面。他上了车，坐下，却又马上站了起来，双肩大幅度地动了动，抓住皮带吊环拉手，走到另一个靠窗的座位上坐下。车里很空。他递给售票员一个马克，使劲摇头表示不用找钱。他不可能一动不动地坐着。他又一次跳起身来，车转弯时差一点摔倒，于是在离车门更近的地方坐下。可是在这地方他也不能安稳就座——车上突然挤满了一大群学童，还有十来个老太太，五十个胖男人。卢仁继续移动，踩在别人的脚上，终于挤出一条路，站在车门口的台阶上。一见他的家，他马上跳下了还没停稳的电车。柏油马路从他的左脚掌下滑过，拐过弯后他的后背重重地摔在地上。他的手杖夹在了两腿之间，突然像松开的弹簧一样跳了出来，飞过半空，落在他的身旁。两个女人朝他跑过来，扶他站起。他开始用巴掌拍落衣服上的尘土，戴上帽子，头也不回地走向他家的房子。电梯试了试，坏了，但卢仁一点没有抱怨。他对运动的渴望到现在仍未得到满足。他开始爬楼梯。他家住的地方还要上楼好远，他得继续爬一阵子。他好像是在爬一座摩天大楼。终于爬到最后一个楼梯平台上，他深吸一口气，在门锁里嘎吱吱地转钥匙，然后迈进门厅。他的妻子从书房里出来迎接他。她脸色通红，双目闪亮。"卢仁，"她说，"你到哪里去了？"他脱下大衣，挂起来，又移到另一个挂衣钩上，还想再拨弄几个钩。这时他的妻子走近前来，他躲开她，绕了个弧形的弯进了书房，她跟了过去。"我要你告诉我你都到哪儿去了。你这手是怎么回事？卢仁！"他迈开大步在书房里走了一圈，清清嗓子，穿过门厅进了卧室，在一个盘绕着瓷制常春藤的绿白相间的大盆里仔细地洗起手来。"卢仁，"他的妻子心烦意乱地喊，"我知道你没有去牙医那里。我刚刚给他打过电话。哎呀，你好歹说话呀。"他用毛巾擦干手，在卧室里转圈，仍然和刚才一样木愣愣地看着前方，然后又走回到了书房。她抓住他的肩膀，但他还是没有停下来，一直走到窗户跟前，拉开窗帘，看见夜晚的沉沉深渊中滑过许多灯光。他的嘴唇做了个咀嚼的动作，然后离开了窗户。这时又开始了一种奇怪的散步——卢仁在三个挨着的房间里来来回回地走，好像有个确定的目标似的。他的妻子一会儿走在他的身边，一会儿找个地方坐坐，心烦意乱地看着他。卢仁偶尔会走进走廊，朝那些窗户开向庭院的房间张望，然后又出现在书房里。整个这一段时间里，她都觉得这也许是卢仁又胡闹着开个小玩笑，然而这一次他脸上有一种她以前从未见过的神情，一种神情……也许是庄重的神情？……很难用话语说明白，但她一见他的脸，就感到一阵难以言表的恐惧。他清着嗓子，吃力地喘着气，仍然迈着平稳的步子在各屋里走。"看在上帝的分上，坐下，卢仁，"她轻柔地说，目光盯着他分毫没有移开，"好啦，让我们说点什么。卢仁！我给你买了一个盥洗袋。噢，请坐下！你要是老这么走会累死的！我们明天去墓地。我们明天有很多事情要做。盥洗袋是鳄鱼皮的。卢仁，求你了！"

可是他没有停下来，只是每经过窗户时会放慢脚步，举起一只手，想一会儿，然后继续走。餐厅里的桌子上已经摆好了八个人的餐具。她想起客人们马上要到了——现在取消这顿宴请已经太晚了——可这里……这样的恐惧。"卢仁，"她叫道，"客人随时都会到。我不知道该怎么办……跟我说句话。也许你碰上了什么意外的事情，也许你遇上了不想见的熟人？告诉我。求求你了，我再也忍受不了了……"

突然，卢仁停了下来。整个世界都似乎停止了一般。他停在客厅里，停在留声机旁。

"到此为止吧，"她轻轻说道，泪水夺眶而出。卢仁开始从衣服口袋里往外掏东西——先是一支自来水笔，接着是一块压得皱皱巴巴的手帕，然后又是一块手帕，叠得整整齐齐，这是她今天早晨才给他的。这之后他又掏出了一个香烟盒（岳母赠送的礼物），盖子上印着三驾马车，然后是一个空的红色纸烟包，两支稍稍破损的香烟。他的钱包和金表（岳父赠送的礼物）被特别小心地掏了出来。这些东西之外又掏出一个大桃核。所有这些东西都放在了留声机的外壳上，然后他检查了一遍，看看有没有忘掉没掏出来的东西。

"我想都全了，"他说，扣上靠近肚子的那颗衣扣。他妻子抬起落满泪痕的脸大惑不解地盯着卢仁掏出来的一小堆东西。

他走到妻子面前，微微躬身。

她将目光移到他的脸上，隐隐希望看到那个熟悉的、不自然的似笑非笑的表情——她果然看到了，卢仁在微笑。

"唯一的出路，"他说，"我必须退出比赛。"

"比赛？我们要玩什么吗？"她轻轻地问，同时脑子里面在想她得扑粉化妆了，客人随时都会到。

卢仁伸出一只手。她将手帕往腿上一扔，匆匆伸出指头递给他。

"想当初多好啊，"卢仁说，先吻了一只手，然后又吻另一只，这是她教给他的吻法。

"这是干什么，卢仁？你像是要道别似的。"

"对，对，"他说，装作心不在焉的样子。然后他转过身去，走进走廊。就在这时，门厅里响起了门铃声——是一个守时的客人，一到就按了门铃。她在走廊里追上丈夫，抓住他的衣袖。卢仁转过身，不知说什么好，便低头看她的双腿。女仆从远处那一头跑过来，走廊里比较狭窄，发生了一次小规模的匆忙碰撞：卢仁稍微后退一下，接着又往前走了。他妻子也先后退再前进地动了动，下意识地整理了一下头发。女仆低声叨咕着什么，低下头，想找个空好溜过去。她终于找着空溜过去了，消失在把门厅和走廊隔开的那道帘子后面。这时卢仁像刚才那样又躬了躬身，迅速地打开他站在一旁的那扇门。他的妻子抓住了门把手，门已经要关上了。卢仁推门，她将门把手抓得更紧。她狂笑起来，使劲要把膝盖顶进那道还开得相当宽的门缝里去——可就在这时候，卢仁将全身的重量斜压在门上，门关上了。弹簧栓咔嗒一声响，钥匙在锁里转动了两下。与此同时，门厅里传来说话声，有人在喘气，还有一个向另一个打招呼的声音。

　　卢仁锁上门之后做的第一件事情是开灯。一个搪瓷浴缸进入视线，在左手墙边闪着白光。右手墙上挂着一幅素描画：一个投下阴影的立方体。远处窗户旁边立着一个小衣柜。窗户的下半部是磨砂玻璃，亮蓝色，不透明。窗户的上半部是一块黑黝黝的长方形夜色，像镜子一般忽闪忽闪。卢仁用力拉窗户下半部的把手，但是有什么东西粘上了或是卡住了，窗户就是打不开。他想了一下，然后握住立在浴缸旁边的一只椅子的椅背，先看看这把结实的白色椅子，再看看坚固的磨砂窗玻璃。他终于下定了决心，握着椅子腿举起椅子，像使用古代的攻城槌一样朝磨砂玻璃砸去。只听一声裂响，他舞动椅子又砸了一下，顿时磨砂玻璃上出现了一个星状的黑洞。有期待之中的片刻寂静。然后，从远远的楼下传来轻轻的跌碎声。他又砸了一下，想让洞再大一些，一块楔形的玻璃在他脚下化为碎片。门后面传来说话声。有人敲门。有人大声地叫他的名字和他的姓。然后是沉默，他妻子的声音极其清晰地说道："亲爱的卢仁，开门，请开门。"卢仁按捺住沉重的喘息声，将椅子放回到地板上，试图将身子从窗户里挤过去。仍有大块的楔形玻璃和带尖角的玻璃碎片留在窗框上。什么东西扎了一下他的脖子，他马上缩回头来——不行，他过不去。一只拳头砰砰砸门。两个男人的声音在争论，他妻子的低语声穿过吵闹声传来。卢仁决定不再砸玻璃了，砸起来动静太大。他抬眼观看。窗户的上半部。但怎么上去呢？他不想闹出声来，也不想搞破坏，于是搬移起小衣柜上面的东西来。一面镜子，一个装着什么东西的瓶子，一只玻璃杯。他把每样东西都缓缓地搬下来，彻底放好，房门后面的闹嚷声也起不到催他快一点的作用。他把小垫子也移走后，开始往小衣柜上爬。小衣柜有他齐腰高，开始他爬不上去。他觉得很热，便脱下了夹克衫，这时他发现手上沾满鲜血，衬衣前襟上也有血点子。终于他发现自己已经爬上了柜子，身子压得它吱吱作响。他立刻伸手去够上半部窗框，这时感觉到捶门声和说话声在逼着他加快行动，他别无选择，只能加快。他抬起一只手，往窗框上猛推一把，窗户忽地一下打开了。黑黝黝的天空。从这冷清的黑暗之外悠悠传来他妻子的声音，柔声叫道："卢仁，卢仁。"他记起了再往左边一点就是卧室的窗户，妻子的低语声就是从那里传来的。与此同时，房门后面的说话声和撞击声越来越大，外面那一块肯定聚了二十多人——瓦伦提诺夫、图拉提、捧着一束鲜花的老绅士……他们又是吸鼻子，又是嘀嘀咕咕，后来又来了一些人，大家合力抬着什么东西撞击颤巍巍的房门。可是那块长方形的夜空仍然太高。卢仁单膝跪下，把椅子拖到柜子上。椅子不牢靠，不容易放稳当，不过卢仁还是爬了上去。现在他可以轻松地把胳膊肘支在那块黑色夜空的底边上。他的喘气声太大了，快把他自己震聋了，于是房门后面的喊叫声远了，远了。可是从卧室窗户里传来的声音却越来越清楚，带着穿透力夺窗而出。使劲爬了好多次后，他发现自己的姿势好奇怪，好难看：一条腿悬在窗外，另一条腿不知在哪里，可身体还是挤不出去。衬衣的肩部划破了，脸上湿漉漉的。他一只手抓住了头顶的一个东西，侧着身子钻出窗来。现在他的两条腿都悬在窗外了，他只要松开他正在抓着什么东西的双手——他就得救了。松手之前他向下望去。下面正在进行着某种紧张的准备工作：窗户的倒影聚在一起，自动拉成同一水平，只见整个深渊分成了深色和浅色相间的方格。在卢仁松开手的那一时刻，在冰凉的空气灌进他嘴里的那一时刻，他真真切切地看见了亲切地、坚定不移地展现在他面前的是一种什么样的永恒。

门被撞开了，人涌了进来。"亚历山大·伊万诺维奇，亚历山大·伊万诺维奇。"几个声音在叫喊。

可是没有亚历山大·伊万诺维奇。